Mike Bickle

VERLIEBT IN DICH

Die romantischen Krieger der Endzeit

Mike Bickle

Verliebt in dich

Die romantischen Krieger der Endzeit

Hassmann-Verlag, Fürth

Im Original erschienen bei Creation House,
Lake Mary, Florida 32746, U.S.A.
mit dem Titel: „The Pleasures of Loving God".

Hassmann-Verlag, Otto-Seeling-Promenade 14, 90762 Fürth

Übersetzung: Michael Zerbs
Covergestaltung: Image Grafik-Design GmbH, Landsberg am Lech
Druck: Schönbach-Druck GmbH, Erzhausen

Die Bibelzitate sind, soweit nicht anders vermerkt, der revidierten Elberfelder Übersetzung entnommen.

ISBN 3-932491-28-9

INHALT

WIDMUNG

Ich widme dieses Buch meinem geliebten Sohn Lukas und seiner wunderbaren Frau Ricci, die beide zur Zeit auf dem Missionsfeld in Mexiko tätig sind. Ich wünsche ihnen das Erlebnis der Freuden, Gott zu lieben, während sie den Waisenkindern in Mexiko dienen. Ich danke Lukas für seinen unermüdlichen Eifer während der ersten Geburtsmonate des International House of Prayer in Kansas City, in denen er jede Nacht bei der Leitung der Gebetstreffen (Mitternacht bis 6 Uhr früh) mithalf. Ich erinnere mich daran, mehrmals mitten in der Nacht dorthin gekommen zu sein, ohne dass Lukas davon wusste. In einem Nebenraum hatte ich unentdeckt große Freude daran, Lukas durch die Wand hindurch Gott um Erweckung in den Nationen anflehen zu hören. Was für eine Freude war das in meinem Herzen. In Sprüche 10,1 heißt es: „Ein weiser Sohn erfreut den Vater." Danke, Lukas, dass du mein Herz mit Freude erfülltest, als ich deine Hingabe an Jesus und an das House of Prayer genießen durfte. Danke, Ricci, dass du eine so aufrichtige Frau Gottes bist.

DANKSAGUNG

Ich danke Amelia Fuller für die unzähligen Stunden ihrer Zeit und für die Energie, die sie bereitwillig investierte, um die Predigten zu Papier zu bringen, aus denen dieses Buch hier entstand. Ihre Tränen im Gebetsraum und ihre Arbeit am Computer sind mir große Ermutigung. Danke, Deborah Perkins, für die Stunden, die du damit verbrachtest, die Predigtmitschriften zusammenzufügen und auszubessern. Deine Hingabe an Gott ist etwas Wunderbares und dein aufrichtiger Wunsch, an verborgenen Orten zu dienen, ist etwas Seltenes und schenkt anderen Kraft. Ich bin Renee DeLoriea für die talentierte und mit geistlicher Tiefe angefertigte Umsetzung der Mitschriften in ein vollwertiges Buch sehr dankbar. Renee, es hat wirklich Spaß gemacht, mit dir zusammenzuarbeiten. Es begeistert mich, zu sehen, wie der Heilige Geist professionelle Fähigkeiten, wie bei dir, gebraucht. Von unschätzbarem Wert war auch die einsichtige und fingerfertige Überarbeitung durch Peg deAlminana. Du hast deine Sache toll gemacht. Danke!

International House of Prayer

Am 19. September 1999 starteten wir in Kansas City einen Anbetungsdienst, der 24 Stunden am Tag läuft. Wir bilden Sänger, Musiker und Fürbitter darin weiter, während dem Fluss prophetischer Salbung in gegenseitiger Interaktion zu stehen. Im Optimalfall haben wir in jedem Anbetungsteam zwischen zehn und fünfzehn Sänger. Zentrum unseres Modells ist das Beten (Singen) von Schriftstellen, der Gebrauch der apostolischen Gebete, der Hymnen aus dem Buch der Offenbarung, der Psalmen und des Hohenlieds Salomons.
Wir halten drei Arten von Gebetstreffen ab:

* Fürbittende Anbetung, bei der es um geistliche Kampfführung für Erweckung geht.
* Hingebungsvolle Gebetstreffen in einer gesalbten Atmosphäre, bei denen wir Jesus zu Füßen sitzen.
* Treffen der „Anbetung aus dem Wort heraus", die sich aus dem gemeinsamen Wechselgesang der Psalmen, des Hohenlieds und der Hymnen der Offenbarung zusammensetzen. Wir befinden uns gerade am Anfang, Chöre für Wechselgesang zu bilden.

Unsere Vision ist es, Teams zu trainieren und auszusenden, die überall auf der Erde Gebetshäuser gründen. Im Augenblick sind es etwa 100 Menschen, die sich eigenhändig um ihre finanzielle Absicherung kümmern, damit sie dem Dienst „fürbittender Missionare" nachkommen können. Weitere 150 befinden sich gerade mitten in ihren Umzugsvorbereitungen, um nach Kansas City zu kommen und dort Training zu empfangen. Es gibt auch einige Besuchergruppen, die zu uns kommen und gewöhnlich bis zu einer Woche lang bleiben. Wir stellen ihnen sehr kostengünstig Unterkünfte zur Verfügung. Über die Woche halten wir „Ein-Tages-Seminare" ab, um Besucher zu schulen. Weitere Informationen über unsere gegenwärtige Struktur, Prinzipien, Ein-Tages-Seminare, Trainings-Programme, zeitlich begrenzte Unterkünfte oder Dienstressourcen lassen sich auf unserer Homepage unter *www.ihopkc.com* finden.

VORWORT

Mein Freund Mike Bickle ist in der Tat ein Mensch, der Gott nachjagt – sein Leben spricht für ihn! Deshalb wird die Botschaft dieses Buches im Herzen all der Menschen widerhallen, die überall auf der Erde Gott nachstreben.

Wenn ein Vater mit seinen Kindern herumbalgt, mit ihnen spielt, wer hat dann genaugenommen an dieser Zusammenkunft die meiste Freude? Die Kinder denken, dass sie es sind, doch der Vater weiß, dass es im Grunde er ist! So ist es auch bei Gott. Gott hat Freude an unserer Anbetung und im Gegenzug erleben wir die Freude seiner Gegenwart. In diesem kraftvollen Buch beschreibt Mike Bickle die Wahrheit dieses Prinzips und zeigt uns zudem, wie wir unsere leidenschaftliche Liebe für Gott wieder entfachen und seine Freude an unserer Gegenwart wiederentdecken können.

Mike Bickle übermittelt uns in „Verliebt in dich – Die romantischen Krieger der Endzeit" sein Herz auf offene und erfrischende Weise. Er berichtet davon, wie sich seine persönliche Identität als Sohn eines rauen Boxers zu der eines Liebhabers Gottes wandelte. Er erlebte, dass Gott Freude dabei empfindet, Zeit mit ihm zu verbringen – und er möchte, dass auch du weißt, dass Gott Freude darüber empfindet, wenn er mit dir zusammen sein kann!

Egal, ob wir dabei in die Tiefen göttlicher Intimität abtauchen oder zu den Höhen heiliger Leidenschaft aufsteigen – oft finde ich in diesem Buch meine eigenen stillen Gedanken wieder. Beim Schreiben meiner letzten Bücher wurde mir klar, dass die Freude an der Gegenwart zurückkommt, sobald die Leidenschaft wieder Raum bekommt. Nun werde ich von Mike Bickle wieder ganz neu daran erinnert, dass Fülle von Freuden vor Gottes Angesicht ist (Ps. 16,11).

Wenn du willst, dass die geistliche Temperatur in deinem Herzen wieder ansteigt, das Tempo deiner Nachfolge schneller wird, wenn deine Seele durstig ist und danach verlangt, Gott besser kennen zu lernen, dann ist dieses Buch genau das richtige für dich. Danke, Mike, dass du uns die Freude, Gott zu lieben neu vor Augen führst.

– Tommy Tenney

Autor vieler Bestseller
Einschließlich „The God Chasers“ und „God’s Secret to Greatness“

EINLEITUNG

Manchmal stellten mir Leute die Frage: „Was genau ist der Schlüssel zu einem glücklichen Leben?“

Ich erläutere ihnen dann, was nach meiner Meinung das „Geheimnis“ des Glücklichseins und eines freudvollen Lebens ist. Im Grunde genommen ist es eigentlich gar kein Geheimnis. Wahrheit ist, dass diejenigen, die für Jesus leben, das Leben genießen können, wenn wir anfangen zu erkennen, dass Gott uns tatsächlich liebt! Die Vorstellung, dass Gott sich selbst auch in unserer Schwachheit über uns freut und uns wirklich mag, ist für viele schwer annehmbar.

Ich befinde mich wirklich gerade erst am Anfang zu glauben, dass ich einer der Favoriten Gottes bin! Nun, vielleicht klingt das in deinen Ohren etwas arrogant, aber nur so lange, bis du siehst, dass Gott Millionen von Favoriten hat. Durch die Brille der Leidenschaft seines eigenen Herzens und der Gabe der Gerechtigkeit hindurch nimmt uns Gott als Menschen wahr, die er liebt, und zwar so, wie er auch seinen eigenen Sohn liebt (siehe Joh. 15,9; 17,23). Diese Tatsache macht uns zu Favoriten Gottes. Wenn mein Verständnis wächst, dass ich einer der Favoriten Gottes bin, und ich mehr von der lebendigen Realität erfasse, dass er mich wirklich mag, finde ich mich im Besitz einer absolut grundlegenden Wahrheit wieder, die mir dabei hilft, das Leben zu genießen.

Kern dieses Buches ist die Herausforderung der Braut Jesu, der Gemeinde, in der freiwilligen Liebe gegenüber Jesus zuzunehmen, und dadurch auch untereinander. Der Vater möchte gern für seinen Sohn eine Braut haben, deren Liebe auch Zeiten der Prüfung standhält.

Eines meiner bevorzugtesten Bücher der Bibel ist das Hohelied der Liebe. Mein Zeugnis ist das eines geistlich unwissenden Mannes, den Gott befähigte, ihn zu lieben. Ja, ich liebe ihn nicht in voller Perfektion, doch liebe ich ihn mehr, als ich es mir in meinen Anfängen jemals hätte vorstellen können. Ich weiß vieles über Kämpfe und Versagen zu berichten. Aber ich erlebte auch, von der Zärtlichkeit Gottes und seiner Gnade umarmt zu werden.

Wenn du verliebt bist, fällt es dir viel leichter, etwas für die Person zu tun, die du liebst. Zeit mit Jesus zu verbringen ist kein großes Opfer, wenn wir die Macht der Liebe wahrnehmen, die durch uns hindurchströmt. Eigentlich ist es überhaupt kein Opfer, da es etwas ist, was uns auch selbst gefällt.

Mein jetziger Dienst macht es mir möglich, regelmäßig viel Zeit mit dem Herrn zu verbringen. Durch die Gnade Gottes konnten wir in Kansas City ein Haus des Gebets gründen, das rund um die Uhr in Betrieb ist, und nun besteht meine Aufgabe darin, viele Stunden damit zu verbringen, den Herrn anzubeten!

Im September 1999 gab uns der Herr das Freizeichen, ihn 24 Stunden am Tag anzubeten. Obwohl wir gerade erst damit begonnen haben, dieses Haus des Gebets zu bauen, schenkt uns der Herr während der Anbetung immer wieder Strategien, um seine Absichten ausführen und so die Aktivität des Heiligen Geistes auf Erden freisetzen zu können.

Gerade jetzt in dieser Zeit steht eine Armee von Fürbittern auf, die sich verpflichtet, einen lichtechten Lebensstil zu führen. Ihre Quelle der Stärke und Freude rührt von der intimen Nähe zu Gott und dadurch auch vom Genuss der Vorteile her, die sich aus dem Erlebnis tiefer, persönlicher Momente mit ihm ergeben. Die Fürbitter sahen sich oft als Randfiguren, die in den hinteren Zimmern in der Gemeinde ihren Dienst tun. Die Zeit für sie ist gekommen, als fester Bestandteil des arbeitenden Leibes Christi hervorzugehen, der den Missionsauftrag aus einem Herzen voller Liebe für Jesus ausführt, anstatt aus Pflichtgefühl.

Hast du dich bis zu einem Punkt der Erschöpfung und Entmutigung hin verausgabt? Ertappst du dich immer wieder dabei, ein und dieselbe Sünde zu bekennen, bis du bald darauf entdeckst, dass sofort wieder eine andere auftaucht, um ihren Platz einzunehmen? Wenn wir den Missionsbefehl lediglich aus Pflichtgefühl heraus befolgen, kann der Zustand des Burnout (= inneres Ausgebranntsein) die Folge sein. Grund dafür ist, dass Gott niemals wollte, dass die menschliche Rasse zuerst arbeitet und erst dann liebt. Wenn unsere Prioritäten durcheinandergekommen sind und unser Hauptaugenmerk auf der Arbeit liegt, wartet dort irgendwo an der nächsten Ecke das Burnout auf dich. Du bist einfach nicht dafür geschaffen, die Liebe auf einen Nebenrang zu verweisen. Sie muss ganz vorne stehen und das Zentrum unseres Lebens sein.

Dieses Buch ist ein Vorstoß in den Genuss unserer Beziehung zu Jesus. Ich hoffe, dass es einigen dazu verhilft, noch klarer zu erkennen, warum das so wichtig ist und wie es praktisch umgesetzt werden kann. Die Liebesbeziehung mit Gott ist umso wichtiger, je näher wir uns dem Ende der Zeit nähern. Wenn wir ihn im Schutz seiner Liebe anbeten, wird uns das selbst in Zeiten großen Gerichts auf Erden Sicherheit, Schutz und Versorgung bieten.

Gott, der Vater, wünscht sich für seinen Sohn Jesus eine vor Liebe verrückte Braut. Er sehnt sich nach einer Gemeinde, die an Jesus einfach alles liebt – nicht eine solche, die sich herauspickt und aussucht, welche Eigenschaften Christi ihren eigenen Vorstellungen entsprechen, und welche nicht. Wir müssen einfach alles an ihm lieben, seine Gnade, aber auch sein Gericht.

Im Grunde ist das die Essenz dieses Buches. Es ist die Herausforderung der Braut Christi, Jesus in reifer Liebe zu lieben. Der Vater wünscht sich für seinen Sohn eine Braut, deren Liebe auch Zeiten der Prüfung standhält.

Weißt du, windelweich geschlagen zu werden ist wirklich nicht gerade eine Schlüsselkomponente zum Heiligwerden. Wahre Heiligkeit kann nur aus einer Liebesbeziehung mit einem Gott hervorgehen, den wir wirklich lieben. Scharfe Drohungen werden nur kurzfristige Erfolge verzeichnen. Gott, der Vater, wünscht sich für seinen Sohn keinesfalls eine Braut, die zur Nachfolge gezwungen wurde. Er wünscht sich für seinen Sohn eine reine Liebe, ein williges Herz – eine Braut, die eine Liebhaberin ist, nicht nur eine Dienerin.

Wenn du weißt, dass der Herr jetzt in diesem Moment tiefe Freude über dich empfindet, dann verändert das dein Leben. Es versetzt uns in Trance! Ja, du kannst einen tiefen Atemzug nehmen, ruhig werden und Begeisterung über die Tatsache empfinden, dass Gott uns nicht so sieht, wie sich viele von uns selbst sehen. Er definiert uns nicht über unsere Anstrengungen, sondern über seine Leidenschaft für uns und unseren Wunsch, Menschen zu sein, die Gott wirklich lieben.

Er sieht dich im Licht dessen, wozu er dich geschaffen hat: als jemanden, der seinen Sohn Jesus liebt. Satan, der Ankläger der Brüder, möchte dein Leben gern über deine Anstrengungen und Misserfolge definieren. Warum? Damit du dich verdammt und entmutigt fühlst und in einem Gefühl geistlicher Niederlage und Hoffnungslosigkeit versinkst.

Dein Leben wird ein paar bedeutsame Änderungen erleben, wenn du entdeckst, dass der Herr es genießt, an dich zu denken. Wenn Gott über dich nachdenkt, lächelt er vor sich hin. Wenn du erst einmal erkennst, wie sehr dich der Herr wirklich mag, folgt nur ganz natürlich, dass du ihn auch liebst.

Wenn du dieses Buch hier liest, dann bitte den Heiligen Geist doch darum, dir dabei zu helfen, zu erkennen, dass du in der Tat ein echter Favorit Gottes bist.

Fülle von Freuden ist vor deinem Angesicht, Lieblichkeiten in deiner Rechten immerdar. Psalm 16,11

1. Deine Identität als Geliebte(r)

In den letzten zehn Jahren bekam ich die Gelegenheit, mit vielen Menschen in Kontakt zu kommen, die eine mächtige Salbung und einen großen, bekannten Dienst besaßen. Der Herr gebraucht sie auf mächtige Weise, indem er seine übernatürliche Kraft durch sie ausgießt. So war ich äußerst überrascht, als mir diese geistlichen Riesen anvertrauten, dass sie in den großen und dynamischen Diensten, denen sie vorstanden, sehr große Langeweile empfanden und sich selbst dann auch noch langweilten, wenn sie in der Kraft Gottes gebraucht wurden.

Ich nahm beispielsweise mit einem sehr bekannten Mann Gottes an einer europäischen Konferenz teil und war dort Zeuge von einem mächtigen Wirken des Heiligen Geistes. Nach dem Treffen konnte ich es fast nicht erwarten, ihn zu fragen, was er dabei empfunden hatte, als eine Frau beim Dienen vor Freude aufschrie, nachdem sie in einem einzigen Moment geheilt wurde. Seine Antwort erstaunte mich sehr.

Er sagte: „Ich freute mich für sie, aber mit der Zeit habe ich mich an solche Wunder gewöhnt.“ Dann fuhr er fort: „Ich fühle mich genauso, wie wenn ich nach der Konferenz in meinem einsamen Hotelzimmer sitze, nämlich gelangweilt.“ Er beschrieb danach seine Bitterkeit über mehrere Enttäuschungen, die sich bei ihm festgesetzt hatte.

Ich erinnere mich an die Zeiten, als ich noch dachte: *Sicherlich führt das Vollbringen von Wundern im Namen Jesu dazu, dass das Leben von Begeisterung erfüllt wird.* Diese Worte platzten mir dann auch heraus und er antwortete: „Am Anfang denken wir alle so. Doch mit der Zeit holt uns unser eigener geistlicher Konkurs ein, solange wir Gott nicht auf tiefe und kontinuierliche Weise begegnen."

Dieser Mann war nicht der einzige Diener des Evangeliums, der aus diesem Grund in Langeweile versank. Viele drückten mir auf eher subtile Weise ihre Unzufriedenheit aus. Die Jahre, in denen Gott ihre Hände dazu gebrauchte, Kranke zu heilen, ihre Worte, die Inspiration vermittelten und Leben veränderten, und ihre Träume und Visionen, die über den natürlichen Bereich hinaus gingen – all dies ließ in ihrem Geist eine Unzufriedenheit zurück. Viele mächtige Gemeindegeneräle enden darin, Gott nicht mehr genießen zu können, und müssen hart darum kämpfen, eine intime Beziehung mit ihm zu haben. Trotz ihrer persönlichen geistlichen Dürre gedeihen ihre Dienste dennoch auf kontinuierliche Weise.

Früher dachte ich, dass die Salbung auf einem Dienst das Herz einer Person in Gott stärken würde. Jetzt aber weiß ich, dass dies einfach nicht der Realität entspricht! Eine zutiefst gesättigte Seele, das persönliche Gefühl von Bedeutung und Bedeutsamkeit und ein reicher Speicher an göttlicher Lust entspringt nur der intimen Erkenntnis Gottes.

Streckst du dich nach geistlicher Erneuerung aus? Sehnst du dich nach göttlicher Zufriedenheit über deine größten Vorstellungen hinaus? Dann konzentriere dich auf zwei Dinge: Richte dich erstens an der intimen Erkenntnis der Schönheit Gottes und dem Charakter Gottes aus (im Sinne vom Erkennen seiner Persönlichkeit). Denke zweitens darüber nach, was es bedeutet, in sein Bild hinein geschaffen worden zu sein. Oder anders ausgedrückt: wie Gott uns in Christus sieht. Diese zwei Bereiche der Wahrheit werden dein Herz wie nichts anderes stärken. In diesem Kapitel werden wir sehen, wie wichtig es ist, zu erkennen, wer er ist (wie er wahrgenommen werden kann) und wer wir in ihm sind (wie Gott uns sieht). Wenn wir wirklich den Herrn genießen wollen – oder erneuert werden wollen –, dann müssen wir auch unsere wahre Identität als neue Kreatur in Christus verstehen.

Die unzweifelhafte Schönheit, die uns von unserem prachtvollen Gott geschenkt wurde, ist etwas, was unser Herz für alle Ewigkeit faszinieren und beleben wird. Denk doch einmal darüber nach, dass die Schönheit, die Jesus besitzt, auch dieselbe Schönheit ist, die er seiner Braut durch die Gabe der Gerechtigkeit schenkt.

In den vergangenen Jahren wurde viel über Erneuerung und Erweckung diskutiert. In diesem Buch werde ich zu zeigen versuchen, dass lang anhaltende persönliche Erneuerung in erster Linie durch die Offenbarung kommt, dass sich Gott nach mir sehnt, er an mich denkt und ich davon fasziniert bin, wer er ist. Folge dieser Erkenntnis ist, dass ich mich zu einem Menschen entwickle, der Gott von ganzem Herzen liebt. Wenn sich meine Identität auf die Tatsache gründet, dass ich von einem Gott voller Schönheit geliebt werde und ich ihn deswegen auch liebe, kann ich über die Beziehung mit ihm Freude empfinden.

Diese Realität ruft ein sehr tiefes Gefühl der Sicherheit und Zufriedenheit hervor – das Wissen, dass wir nicht nur Menschen sind, die von ihm geliebt werden, sondern ihn im Gegenzug ebenfalls von ganzem Herzen lieben. Ich muss *wissen*, dass ich Gott ganz hingegeben bin. Viele Menschen betrachten sich selbst als halbherzige Heuchler. Aber genau diese Anklage gegenüber ihrer Ernsthaftigkeit vor Gott verschließt ihnen ihr Herz auf ganz fatale Weise.

Das wunderbare Wissen, dass mir Gott, der sich von Herzen nach mir sehnt, selbst in meinen Schwächen noch nachläuft, ist etwas vollkommen Erstaunliches. Unsere emotionale Chemie muss sich beim Bewusstwerden dieser erstaunlichen Realität fast zwingend verändern.

Diese Offenbarung befreit uns von der Bestrebung, ein gewisses geistliches Niveau zu erreichen, um Gott überzeugen zu können, dass er uns lieben und Freude an uns empfinden kann. Wir können glaubhaft und tief im Innern wissen, dass Gott leidenschaftliche Freude über uns empfindet. Er ist geradezu verrückt nach uns, er sehnt sich nach uns, selbst wenn wir noch darum kämpfen, in ihm zu wachsen und heranzureifen.

Da ich Gott genießen kann, sündige ich auch weniger, gebe dann nicht mehr so schnell auf und bin nicht mehr so wählerisch im Hinblick auf meine Beziehungen mit Brüdern und Schwestern in Christus. Wenn ich den Herrn genießen kann, bin ich auch gehorsamer, diene ihm mit größerer Ausdauer und ertrage schwierige Umstände mit größerer Geduld. Oder anders ausgedrückt: ich bin in meinem

Geist und in meiner geistlichen Identität erneuert. Dinge, die einst schwierig für mich waren, gehen mir jetzt leicht von der Hand.

Das Gefühl, dass Gott mich genießt, entfesselt selbst noch weitere Gnade, damit wir in Gehorsam, im Dienst und in Schwierigkeiten ausdauernd sein dürfen. Während diese Realität noch in mir wächst, diene ich dem Herrn mit Freude und beginne, ihn auch zu genießen.

Das sind die Bekräftigungen jener Gläubigen, die sich im Herrn freuen können, da wir wissen, dass sich der Herr nach uns sehnt – deswegen sind wir Menschen, die Gott lieben. Um es kurz zu machen: Erneuerung bedeutet schlicht und ergreifend, sich im Herrn zu freuen.

In Einklang mit Gott

Eine Stimmgabel ist ein Instrument mit zwei langen Metallenden, die eine konstante Tonhöhe hervorrufen. Wahrscheinlich hast du in deinem Leben schon irgendwann einmal eine Stimmgabel gesehen. Wenn du sie irgendwo anschlägst, wird ein Ton erzeugt, weil die Schwingungen des einen Endes das andere dazu bringen, mit ihm zu schwingen. Die Energie des einen Endes wird durch die Nähe zur Energie des anderen aufrechterhalten.

Wir wurden von Gott erschaffen, um uns mit ihm im Einklang zu befinden. Wir werden mit Leben erfüllt und gestärkt, wenn wir mit der faszinierenden Erkenntnis des ungeschaffenen Gottes in Kontakt kommen, der Lust an uns empfindet, der sich nach uns sehnt und uns erlöst hat.

Wir können von Kolosser 3,10 ein sehr wichtiges Prinzip über persönliche Erneuerung ableiten: „… und den neuen (Menschen) angezogen habt, der erneuert wird zur Erkenntnis nach dem Bild dessen, der ihn erschaffen hat!“ In dieser Passage stellt Paulus zwei Bereiche der Erkenntnis in den Vordergrund. Der erste ist die Erkenntnis des Bildes Gottes. Ein anderes Wort für Bild könnte hier auch das Wort *Persönlichkeit* sein. Paulus lernte zuerst vor dem Herrn, dass das Erkennen der Persönlichkeit Gottes zum Gehorsam ermutigt. Es motiviert Menschen, Buße zu tun, und stärkt ihr Herz.

Diese Schriftstelle ist der Schlüssel zu unserem Verlangen, uns in Buße und persönlicher Erneuerung vorwärts zu bewegen. Nichts ist dazu mehr in der Lage, das Herz zu erneuern und zu erwecken, als die wundervolle Erkenntnis des Bildes Gottes – es gibt einfach nichts Erneuernderes als dieses!

Dies ist der Schlüssel für unsere persönliche Erneuerung und auch dafür, andere zur hingebungsvollen Nachfolge des Herrn zu führen. Die Erkenntnis der Persönlichkeit Gottes, die Erkenntnis dessen, wie Gott ist, wird deine Freunde und Lieben zum Herrn führen. Ein der Wahrheit entsprechendes Verständnis vom Erkennen der Persönlichkeit Gottes ist wahrscheinlich derjenige Bereich, an dem es der Gemeinde am meisten mangelt.

In unserem Inneren erwacht etwas, wenn wir wissen, wie Gott ist. Er erschuf uns so, dass unser Geist ermattet, wenn wir keine Erkenntnis von der Schönheit Gottes haben. Unser Geist wird zunehmend abgestumpfter und herzloser, wenn wir nicht in regelmäßigen, frischen Kontakt mit dem Wort Gottes treten, durch das uns der Heilige Geist zeigt, wie Gott ist.

Der Prophet Jesaja wies darauf hin, dass wir den Messias „wunderbar" nennen würden (Jes. 9,6). Er ist derjenige, der die Gemeinde in Staunen versetzt. Oh, diese Macht, in der Kraft endlosen Staunens zu leben! Wir wurden dazu geschaffen, um zu staunen und zu bewundern. Wir empfinden Langeweile, wenn es kein Staunen mehr gibt. Er wird *der wunderbare Gott* genannt werden.

Die Erkenntnis Gottes lässt die Sünde als dumm erscheinen und die Gerechtigkeit als etwas Hervorragendes. Sie lässt Ausdauer in Schwierigkeiten als etwas Vernünftiges erscheinen und bringt in unserem Geist ein großes „Ja!" zum Willen Gottes hervor. Diese Erkenntnis wird das Herz der Nachfolger Gottes – und auch der Ungläubigen – erwecken.

Satan und sein Dämonenheer arbeitet hart daran, unseren Verstand zu verblenden, damit wir die Herrlichkeit und Person Gottes nicht erkennen können (siehe 2. Kor. 4,4). Der Teufel weiß, dass er seine Position im Kampf wesentlich verbessert, wenn er unseren Blick dafür trüben kann, wie Gott in Wahrheit ist. Er klagt Gott in unserem Herzen an. Er arbeitet darauf hin, die Gemeinde mit Lügen vollzustopfen, die sich schließlich so anhäufen, dass die Wahrheit in unserem Herzen angegriffen wird. Geschieht dies, kommt es zu geistlicher Langeweile. Ein geistlich gelangweilter Gläubiger ist gegenüber den Angriffen Satans verletzbarer.

Ein wesentlicher Aspekt persönlicher Erneuerung ist die *Buße*. Im selben Moment, in dem wir den Ausdruck „in tiefere Buße kommen“ gebrauchen, sollten wir eigentlich auch davon sprechen, „durch den Genuss des Herrn motiviert zu werden“, oder „sich im Herrn zu freuen“.

Werfen wir einen genaueren Blick auf Kolosser 3,10:

> Und den neuen (Menschen) angezogen habt, der erneuert wird zur Erkenntnis nach dem Bild dessen, der ihn erschaffen hat!

Die meisten Bibelübersetzungen bringen das Bild Gottes mit dem Bild der Gläubigen in Zusammenhang, die in Jesus Christus zu einer neuen Kreatur wurden.

> Und den neuen Menschen angezogen habt, der nach Gott geschaffen ist in wahrhaftiger Gerechtigkeit und Heiligkeit.
>
> Epheser 4,24

Epheser 4,24, eine Parallelstelle zu Kolosser 3,10, zeigt uns klar, dass sich Paulus auf den Gläubigen bezieht, der in Jesus Christus zu einer neuen Kreatur wurde. In Kolosser 3,10 bezieht sich Paulus auf unsere geistliche Identität in Jesus Christus, und nicht auf unsere natürliche Identität.

Ich behaupte nicht, dass ich die größten Erfahrungen auf diesem Bereich besitze. Aber ich beanspruche für mich, doch ein wenig davon zu verstehen, wie man den Herrn genießen kann. Meine persönliche Erfahrung und mein Studium des Wortes Gottes, der Kirchengeschichte und der Zeugnisse großer Männer und Frauen Gottes überzeugten mich, dass es nichts gibt, was in unserem Herzen eine hingebungsvollere Liebe erweckt, als Zeiten, in denen sich uns Gott durch sein geschriebenes Wort selbst offenbart. Nichts erweckt in unseren Herzen mehr Motivation, Freude und Vergnügen, als den Heiligen Geist zum Begleiter zu haben, der seinen Arm um uns legt und uns in diese göttliche Schatzkammer hineinbegleitet, in der sich Gott uns offenbart.

Erneuerung und das Wort

Wenn wir die Schrift näher betrachten, erkennen wir klar, dass es dort eine ganz bestimmte biblische Methodologie zur Erneuerung oder zur Buße – eine Unterabteilung der Erneuerung – gibt. Gott legt in seinem Wort eine Strategie offen, auf die wir und die Menschen, die wir erreichen wollen, erneuert werden können. Diese Erneuerung geschieht am effektivsten, wenn wir uns oder andere mit dem Folgenden in Kontakt bringen:

* der Erkenntnis des Bildes Gottes
* der Erkenntnis des Bildes unserer geistlichen Identität in Christus (Erkenntnis, wer wir in Christus sind)

Es gibt noch andere Dinge im Reich Gottes, die ihren Beitrag zur Erneuerung liefern. Kolosser 3,10 und Epheser 4,24 veranschaulichen jedoch, dass diese zwei Aspekte der geistlichen Erkenntnis unsere Herzen mehr erneuern als irgendetwas anderes.

Die meisten von uns versuchen gewöhnlich, Menschen zu Vorgehensweisen zu ermutigen, die nichts mit diesen zwei primären erneuernden Wahrheiten zu tun haben.

Wir glauben fälschlicherweise, dass wir Menschen dadurch erneuern können, dass wir sie einfach nur bestätigen. Bestätigung wird jedoch keine lang anhaltenden Erfolge verzeichnen. Ja, ich bin vollkommen für Bestätigung. Ich bin dafür, Menschen zum Essen einzuladen, ihnen zu sagen, wie wichtig sie uns sind, und Zeit mit ihnen zu verbringen. Ich denke, dass es sehr wichtig ist, diese Dinge zu tun. Diese Art von Unterstützung wird jedoch die Menschen nicht so stark erneuern wie die offengelegte Erkenntnis der zwei Wahrheiten, die ich zuvor beschrieb. Das größere Bedürfnis eines Individuums wird sich stets danach richten, in der Erkenntnis des Bildes Gottes und in der Erkenntnis des Bildes erneuert zu werden, wer man in Jesus Christus ist.

Ich sage hier nicht, dass die Pflege menschlicher Beziehungen und Bestätigung durch Menschen nichts Wichtiges sind. Vielleicht kennen wir eine Vielzahl von Möglichkeiten, auf die wir Menschen ermutigen können, doch normalerweise beziehen sich diese nicht auf Kolosser 3,10. So scheint es auch nicht erstaunlich, dass unsere

Anstrengungen der Erneuerung auf lange Sicht eben ziemlich uneffektiv waren.

Aus diesem Grund ist es sehr wichtig, dass Pastoren die Gläubigen systematisch und regelmäßig mit dem konfrontieren, was die Schrift über die Erkenntnis Gottes und die Erkenntnis ihrer Identität in Gott sagt. Es ist wichtig, dass wir vor evangelistischen Einsätzen in Gespräche eintauchen, die diese zwei Voraussetzungen wiederspiegeln, damit wir lang anhaltende Erneuerung erleben können. Wenn wir etwas davon verstehen, wer er ist und wir in ihm, wird dies die Art und Weise revolutionieren, auf die wir miteinander umgehen. Es verändert buchstäblich unsere emotionale Chemie, wenn wir der Majestät, Schönheit, liebevollen Zuneigung, erstaunlichen Mystik und dem Glanz unseres geliebten Gottes, Jesus Christus, begegnen.

Es ist so, dass wir nach Monaten und Jahren unseres christlichen Dienstes häufig an einen Punkt geistlicher Gelangweiltheit gelangen. Manchmal rutschte ich zeitweise während der Jahre dort hinein und war mir dessen offensichtlich nie bewusst, bis ich diesen Zustand wieder verlassen hatte. Manchmal finde ich mich in Wüstenzeiten wieder, in denen ich mich geistlich gesehen passiver verhalte als zu anderen Zeiten. Vom Wort Gottes her weiß ich, dass die Lösung für dieses Problem in meinem Geist in Kolosser 3,10 beschrieben wird. Dort wird das Gegenmittel deutlich aufgezeigt. Wenn mein Herz schwerfällig und lethargisch wird, versuche ich, mit diesen zwei dynamischen Wahrheiten, die dort aufgezeigt werden, in Kontakt zu treten: mit der Erkenntnis Gottes und der Erkenntnis der Vision meiner geistlichen Bestimmung in Christus.

Ich konnte herausfinden, dass Menschen, die depressiv oder bedrückt sind, normalerweise nicht wissen, wer der Herr im Grunde genommen für sie ist und wie sie der Herr sieht.

Aus deiner geistlichen Identität heraus leben

Weil das ganz einfach ist, leben die meisten von uns aus ihren Gefühlen heraus, die sich auf unsere natürliche Identität gründen. Wenn wir aus unserer natürlichen Identität heraus leben, definieren wir uns darüber, wie viel Geld wir verdienen, welche Position und Fähigkeiten wir besitzen, wie viel Macht und Einfluss wir haben und wen wir kennen. Der Herr dagegen möchte, dass wir aus den Ressourcen und der Kraft unserer geistlichen Identität heraus leben – anders ausgedrückt, dass wir unser Leben über die Tatsache definieren, dass sich der erhabene Gott nach uns sehnt und uns durch das Geschenk der Gerechtigkeit Jesu wieder aufrichtete. Wenn wir uns weg von unserer natürlichen Identität hin zu einem Leben aus unserer geistlichen Identität heraus bewegen, wird uns das auf kontinuierliche Weise erneuern. Es wird unser Herz auf eine Weise stärken und ermutigen, wie es anders nie passieren könnte.

Ich konnte in meinem eigenen Leben erfahren, dass mein wachsender Dienst mein Verlangen nach Bedeutsamkeit und Abenteuer genaugenommen nicht befriedigen konnte. Es war im Sommer 1990. Mein Konferenzdienst hatte in diesem Jahr auf einmal internationale Ausmaße angenommen und erlebte finanziellen Reichtum und Wachstum, wie ich es mir in dieser Weise zuvor niemals vorstellen konnte. Diesen Sommer besuchten etwa 3000 Menschen meine Lokalgemeinde und über 8000 unsere jährliche Gemeindekonferenz in Kansas City.

Als aber die Menschenmasse wieder weg war und nur mein müder Körper und ich auf dem Bett zurückblieben, verspürte ich dasselbe Gefühl der Unzufriedenheit, an das ich mich in meinen früheren Jahren gewöhnt hatte. Ich hatte zuvor immer gedacht, dass Wachstum im Dienst dieses Gefühl der inneren Leere vertreiben würde. Nun aber musste ich mich der Tatsache stellen, dass ich hier falsch lag.

Dies war der Sommer, als Gott begann, mir das Hohelied der Liebe auf eine tiefe persönliche Weise nahe zu bringen. Über einige Wochen hinweg entfaltete der Herr die Wahrheiten dieses Buches vor meinen Augen. Die Schriftpassage in Hohelied 7,11, „Ich gehöre meinem Geliebten, und nach mir ist sein Verlangen“ fand in meinem Herzen eine so ungewöhnlich persönliche Anwendung. Ich fühlte, wie mich ein weiter Ozean brennender Leidenschaft Gottes umwarb. Ich erinnere mich daran, dass ich zu Gott hinaufrief: „Auch wenn ich nie wieder vorne auf einer Plattform reden werde – ich werde mich dennoch in deiner Liebe mit Ehre und Herrlichkeit gekrönt fühlen.“ Ich begann, meine geistliche Identität zu entdecken.

Entdecke deine geistliche Identität

In Johannes 13 wird schrittweise aufgezeigt, wie der Herr die geistliche Identität des Petrus festigte und offenbarte. Simon Petrus, Hauptapostel der Zwölf, sollte den Herrn später dreimal in der Nacht verleugnen, in der Jesus verraten wurde. Doch in Johannes 13,10 macht Jesus eine sehr interessante Aussage. Er sagte zu den zwölf Aposteln, die beim letzten Abendmahl zusammensaßen: „Und ihr seid rein, aber nicht alle." Er bezog sich auf Judas, als er auf eine Ausnahme hindeutete.

Jesus sah ihnen direkt ins Gesicht und sagte, dass nur einer von ihnen nicht rein sei. Grund dafür war, dass einer von ihnen ein verräterisches Herz hatte.

Ich dachte immer, dass Petrus vor Pfingsten schwach und unreif in Gott war. Dies entsprach auch der Wahrheit, aber es machte ihn nicht unrein. Was für eine Perspektive! Wie konnten sie geistlich gesehen unreif und doch zugleich vor Gott nicht unrein sein? Weil geistliche Unreife nicht dasselbe ist wie Rebellion, der Zustand derer, die vor Gott unrein sind.

Wir finden im Matthäusevangelium weitere Informationen über diese Begebenheit. Jesus sagte:

> Ihr werdet euch alle in dieser Nacht an mir ärgern; denn es steht geschrieben: „Ich werde den Hirten schlagen, und die Schafe der Herde werden zerstreut werden." Matthäus 26,31

Dann in den Versen 33-34:

> Petrus aber antwortete und sprach zu ihm: Wenn sich alle an dir ärgern werden, ich werde mich niemals ärgern. Jesus sprach zu ihm: Wahrlich, ich sage dir, dass du in dieser Nacht, ehe der Hahn kräht, mich dreimal verleugnen wirst.

Als der Herr zu Petrus sagte, dass der Hahn krähen würde, schuf er zugleich ein prophetisches Gleichnis vom geistlichen Stolz des Petrus. Petrus untermauerte diesen Vergleich nur umso mehr, als er sagte: „Selbst wenn ich mit dir sterben müsste, werde ich dich nicht verleugnen."

Jesus hatte gesagt: „Ihr werdet euch alle in dieser Nacht an mir ärgern." Doch während demselben Gespräch in Johannes 13,10 sagte er zu ihnen: „Und ihr seid rein."

Wie konnten sie sicher sein, trotz ihres Ärgerns zugleich rein zu sein? Der Grund dafür liegt darin, dass es einen großen Unterschied zwischen dem Ärgern aus der Schwachheit unseres Fleisches und dem verräterischen Herzen gibt, das sich in Rebellion Gott gegenüber auflehnt. In den Augen Gottes ist es kein Widerspruch, die Gruppe in Johannes 13,10 rein zu nennen und in Matthäus 26,31 zugleich davon zu sprechen, dass sie sich alle infolge ihrer Unreife an ihm ärgern würden.

Weißt du, dass du stolpern kannst, ohne zu fallen? Weißt du, dass du nicht perfekt und doch zugleich vor dem Herrn rein sein kannst? Dies bedeutet nicht, dass deine Sünde keine Rolle spielt. Doch ist es äußerst wichtig, daran zu denken, dass Gott immer noch den Schrei in unserem Herzen sieht. Selbst wenn du stolperst, nimmt er immer noch wahr, dass du einen willigen Geist besitzt – dass du immer noch eine aufrichtige Liebe für ihn hast. Wir sind keine hoffnungslosen Heuchler, wenn wir stolpern. Satan möchte uns davon überzeugen, dass wir Gott nicht wirklich lieben, wenn wir in unserem Fleisch schwach sind. Es gibt jedoch einen großen Unterschied zwischen geistlicher Unreife und Rebellion. Wenn wir beides durcheinander bringen, ebnen wir den Weg für schwere geistliche Rückschläge.

Bitte verstehe mich nicht falsch – Gottes Zuneigung uns gegenüber, wenn wir uns in Schwachheit befinden, ist nicht dasselbe wie seine Zustimmung oder Billigung des Lebensbereiches, auf dem wir sündigen. Es ist jedoch genaugenommen seine Zuneigung uns gegenüber, dass er uns zur Disziplin führt. Er diszipliniert uns nicht, weil er uns abschreibt, sondern weil er sich Intimität mit uns wünscht.

Ihm ist die Sünde in unserem Leben nicht gleichgültig, wenn wir nämlich seine Gebote nicht erfüllen – selbst wenn wir einen willigen Geist besitzen. Doch bringen wir ihn dadurch nicht zur Verzweiflung. Er sehnt sich danach, tiefe Intimität mit uns zu haben. Doch gibt es da etwas in unseren gutgemeinten Versuchen der Glaubensnachfolge, was über das Stolpern und Hinfallen hinausgeht.

In Lukas 22,32 finden wir weitere Information über dieses Gespräch. Jesus sagt zu Petrus:

> Ich aber habe für dich gebetet, dass dein Glaube nicht aufhöre. Und wenn du einst zurückgekehrt bist, so stärke deine Brüder!

Genaugenommen sagt der Herr hier zu Petrus, dass er für ihn betet, damit Simon Petrus trotz seiner Verleugnung des Herrn nicht fallen würde.

Vielleicht kratzt du dich jetzt am Kopf und sagst: „Nun mal halblang! Wenn man stolpert, zeigt das nicht, dass man hingefallen ist und der Glaube versagt hat?“

Es gibt einen Unterschied zwischen einem Gläubigen mit einem aufrichtigen Herzen, der sein schwaches Fleisch kennen lernt, und einer Person mit einem gegenüber Gott trügerischen Herzen, die mehr als nur stolpert und tatsächlich in ihrem Glauben Schiffbruch erleidet. Es gibt den Zustand, ein trügerisches Herz zu besitzen.

Die Worte des Herrn unterscheiden zwischen diesen zwei Kategorien. Es ist extrem wichtig, den Unterschied zwischen diesen zwei Zuständen des Herzens wahrzunehmen, denn wenn wir stolpern und das Ziel nicht erreichen, machen wir oft den Fehler, uns selbst als Rebellen abzustempeln.

Trotzdem: es gibt einen riesigen Unterschied zwischen Unreife und Rebellion. Der unreife Gläubige ist der, der im Glauben unreif ist. Es gibt vielleicht ein paar Ausnahmen, doch die meisten von uns sind noch sehr unreif in ihrem Glauben, vergleichen wir uns beispielsweise mit dem Apostel Paulus. Der unreife Gläubige, also jemand, der in seinem Glauben noch unreif ist, wird stolpern. Er sagt und tut vielleicht Dinge, die nicht mit einer gehorsamen Nachfolge des Herrn Hand in Hand gehen.

Nach dieser Diskussion beim letzten Abendmahl gingen sie zum Garten Gethsemane. Hier greift Jesus das Gespräch noch einmal auf. In Matthäus 26,41 sieht Jesus zu Petrus und beschreibt ihm sein Herz auf zweierlei Weise. Jesus meinte gegenüber Petrus, dass er einen willigen Geist, aber ein schwaches Herz besäße – beides zur selben Zeit.

> Wacht und betet, damit ihr nicht in Versuchung kommt! Der Geist zwar ist willig, das Fleisch aber schwach.

Obwohl die englischsprachige NIV-Bibelübersetzung das Wort Fleisch mit „Körper“ übersetzt, glaube ich nicht, dass Christus hier vom anfassbaren Körper spricht. Ich glaube, dass Jesus hier über das Prinzip des Fleisches redet, jene Neigung, in Drucksituationen zu sündigen.

Jesus verstand den offensichtlichen Widerspruch in Petrus, da er das Menschsein vollständig nachvollziehen konnte. Psalm 103,14 sagt uns, dass Gott nicht vergisst, dass wir nur Staub sind.

> Denn er kennt unser Gebilde, gedenkt, dass wir Staub sind.

Das Problem des Petrus war seine mangelnde Erkenntnis darüber, dass sein Fleisch schwach war. Er glaubte aufrichtig, dass er den Herrn niemals verleugnen würde. Er dachte, dass er niemals am Ziel vorbeischießen würde. Petrus in seiner Unreife hatte mehr Vertrauen in seine Hingabe an den Herrn als in die Hingabe des Herrn an ihn. Diese falsche Vorstellung haben anfangs die meisten Gläubigen. Genaugenommen begann auch ich so. Als ich den Herrn kennen lernte, war ich vollkommen begeistert. Eigentlich war ich sogar wahrscheinlich mehr über mich selbst begeistert als über den Herrn. Ich dachte mir insgeheim, dass der Herr das Geschäft des Jahrhunderts gemacht hätte – mit mir!

Ich war genau so wie Petrus. Meine Einstellung war die folgende: „Ich werde bestimmt nicht stolpern. Herr, mach dir um mich keine Sorgen. Geh und kümmere dich um bestimmte andere Leute. Ich werde immer da sein für dich!“

Ich hätte meinen Namen direkt in diese Passage, die von Petrus handelte, einsetzen und dasselbe so für mich sehen können. Ich hätte mir etwa folgende Situation vorstellen können: Der Herr sagt zu mir: „O. K., Mike, du wirst stolpern, weil du schwaches Fleisch besitzt. Du hast aber einen willigen Geist.“

Ich hätte dann darauf geantwortet: „Ich doch nicht, Herr. Ich werde nicht stolpern! Die anderen werden stolpern.“ Da ich meine Schwachheit in diesen frühen Jahren nicht erkannte, dachte ich, dass der Herr ein wirklich gutes Geschäft mit mir gemacht hatte.

Ich erinnere mich daran, dass ich später einmal sehr verwirrt war, als mir der Herr die Augen für die Schwachheit meines eigenen Fleisches öffnete.

Für viele von uns ist es schwer, die Tatsache wahrzuhaben, dass Gott uns – selbst in unserer Unreife – liebt und Gefallen ans uns hat. Wir sind Menschen, die Gott lieben, selbst wenn wir noch unreif sind. Wenn wir stolpern, betrachten wir uns oft als hoffnungslose Heuchler und verlieren das Bekenntnis unserer Seele aus den Augen, dass wir Gott lieben. Wir lauschen einem anklagenden Geist, anstatt an der Wahrheit festzuhalten, was uns Gott über unsere Identität in Jesus Christus sagt. Wir fangen an, den Lügen des Feindes zuzuhören, die uns anklagen und einreden wollen, dass wir hoffnungslose Heuchler sind, die Gott eigentlich gar nicht wirklich lieben.

Als Petrus stolperte, war er immer noch ein Mensch, der Gott liebte. Aufgrund dessen, was Christus für uns tat, war er immer noch vor Gott rein.

Ich bin geliebt und auch ich liebe

Ich kann mir der Tatsache sicher sein, dass Gott mich in meiner Unreife liebt. Trotz meiner Unreife erwidere ich ihm meine Liebe, die ich für ihn empfinde. Nebenprodukt dessen, dass ich geliebt bin, und auch selbst liebe, ist, dass ich während meiner Zeit auf Erden persönlichen Erfolg erlebe. Mein vorrangiger Erfolg beruht auf dem einen geistlichen Prinzip und der einen geistlichen Tatsache, dass ich geliebt bin und auch selbst Gott liebe. Betrachten wir dies einmal auf ganz grundlegende Weise: Egal, was sonst noch passiert – ich bin bereits erfolgreich, weil ich seine kostenlose Liebe empfangen habe und zu einem Nachfolger Jesu geworden bin.

Selbst als Petrus in Matthäus 26 stolpert und den Herrn verrät, geht ihm der Herr trotzdem nach und begegnet ihm in Johannes 21. In dieser Passage tritt der auferstandene Jesus Petrus zum ersten Mal nach dessen Verleugnung von Angesicht zu Angesicht gegenüber.

In Johannes 21,15-17 läuft der Herr zu Petrus hin, um ihm dabei zu helfen, seinen Glauben wiederzufinden. Zu diesem Zeitpunkt betrachtete sich Petrus zweifellos als hoffnungsloser Heuchler, der den Herrn direkt nach seinem Schwur, dies niemals zu tun, verraten hatte. Die Schrift legt nahe, dass Petrus den Gedanken aufgegeben hatte, weiterhin Apostel zu sein. Im Herzen sagte sich Petrus wahrscheinlich: „Ich liebe dich, aber ich weiß, dass ich mich jetzt disqualifiziert habe. Ich weiß, dass ich nicht mehr so vor dir stehen kann wie zuvor. Ich bin einfach ein viel zu großer Versager!"

In dieser Schriftpassage stellt ihm der Herr dreimal dieselbe Frage: „Simon, (Sohn) des Johannes, liebst du mich?"

Jesus fragt Petrus hier etwas sehr Wichtiges. Er stellte Petrus diese Frage nicht, um Informationen zu erhalten. Jesus fragte, weil Petrus, der durch sein Versagen bis ins Innerste hinein erschüttert war, ganz dringend diese Information über sich selbst benötigte.

Nur acht Tage zuvor, als Jesus und Petrus im Garten Gethsemane waren, hatte der Herr zu Petrus gesagt, dass sein Fleisch schwach sei. Ich kann mir vorstellen, dass ihr Gespräch etwa folgendermaßen verlief: Der Herr sagt zu Petrus: „Petrus, ich erzählte dir noch etwas über dein Herz, was du nicht verstanden hast. Ich sagte dir, dass du einen willigen Geist besitzt. Petrus, wenn ich dich so ansehe, dann sehe ich ein ‚Ja' in deinem Geist. Du hast einen willigen Geist. Du hast mir gegenüber ein ‚Ja' in deinem Geist. Du bist in der Tat in meinen Augen ein Mensch, der Gott aufrichtig liebt, Petrus. Deswegen möchte ich dich fragen: Liebst du mich?"

Ich stelle mir vor, dass Petrus so etwas Ähnliches sagte, wie: „Ja, auf jeden Fall, wenn du es so meinst, dann liebe ich dich. Meinst du wirklich …"

Vielleicht unterbrach ihn hier der Herr: „Ja, Petrus, du liebst Gott wirklich. Du bist kein hoffnungsloser Heuchler. Petrus, du bist nicht aus dem Rennen ausgeschieden, Petrus. Du hast die Schwachheit deines Fleisches kennen gelernt. Ich konnte dir nicht vertrauen, bis du das wahrnimmst."

Das Kriterium bzw. die Grundlage für den Dienst war für Petrus seine Stärke und die Fähigkeit, Gott zu dienen. Doch für Jesus war das Kriterium für einen Dienst etwas vollkommen anderes. Es war die Liebe. Die ehrliche Liebe für Jesus qualifizierte ihn dafür, als Apostel dienen zu können, und nicht die Fähigkeit des Petrus, niemals zu stolpern. Wie schon zuvor gesagt, hatte Petrus mehr Vertrauen in seine Hingabe an Jesus als in die Hingabe Jesus an ihn. Die Sicherheit in Gott, wie Petrus sie verstand, gründete sich auf seine eigene Fähigkeit, niemals zu fallen. Doch nach dieser schwierigen Zeit gründete sich die Sicherheit des Petrus auf die Tatsache, dass er von Gott geliebt wurde.

Indem Jesus dreimal dieselbe Frage stellte, festigte er die neuen Kriterien, von denen aus der Dienst des Petrus zukünftig ausgeübt werden sollte.

Deine Schwäche begreifen

Männer und Frauen im Reich Gottes, die keine gesunde Offenbarung über die Schwäche ihres Fleisches besitzen, bilden eine Gefahr, wenn Gott sie für eine gewisse Leiterposition oder einen Dienst salbt. Sie können mit ihrem geistlichen Stolz im Reich Gottes viel Zerstörung anrichten.

Es gibt keinen größeren Missbrauch als ein in seinem Dienst gesalbter Leiter, der keine demütige Erkenntnis von der Schwachheit seines Fleisches besitzt. Selbstgerechtigkeit, geistlicher Missbrauch und falsche geistliche Machtausübung können die Folge dieses Problems sein. Es gibt eine Vielzahl verrückter Dinge, die außerhalb dieses Kontextes der zweifachen Offenbarung geschehen. Wenn wir nicht wissen, dass wir ein schwaches Fleisch haben, geben wir uns einem rücksichtslosen Stolz hin. Doch wenn wir unsere Schwachheit erkennen, beginnen wir zu verzweifeln, wenn wir nicht sehen, dass wir auch einen willigen Geist besitzen. Gott möchte weder rücksichtslosen Stolz, noch verdammende Verzweiflung. Er möchte stattdessen, dass wir uns in seiner Liebe sicher fühlen und fest wissen, dass er liebevollen Gefallen an uns empfindet und unsere Liebe – auch wenn nur schwach vorhanden – dennoch als aufrichtig ansieht.

Wie Petrus erleben wir oft eine Offenbarung über die Schwachheit unseres Fleisches, doch verlieren wir schnell auch jene Offenbarung aus den Augen, dass wir vor Gott einen willigen Geist haben. Wir sagen: „Herr, wir sind dir hingegeben! Wir werden niemals stolpern!“, und dann zwei Jahre später: „Herr, ich bin so schwach, ich bin ein unverbesserlicher Heuchler!“ Wenn Satan uns nicht mit rücksichtslosem Stolz kriegen kann, versucht er es damit, unser Vertrauen in die Liebe zu zerstören, indem er uns Verdammungsgefühle einredet, weil wir doch hoffnungslose Heuchler sind.

Wir müssen an einem Punkt angelangen, bei dem wir beide Aspekte wahrnehmen. Unser Fleisch ist schwach und unser Geist ist willig. Beides ist notwendig, damit wir gesundes geistliches Wachstum erleben können.

Drei Bekenntnisse der Liebe

In Johannes 21,15 sagt Petrus:

> Ja, Herr, du weißt, dass ich dich lieb habe.

Ich kann mir vorstellen, wie er etwas im Boden herumscharrt und schließlich beschämt stammelt: „Ja, Herr, du weißt, dass ich dich lieb habe." In Vers 16 fragt Jesus noch einmal:

> Simon, (Sohn) des Johannes, liebst du mich?

Ich kann mir vorstellen, dass Peter darauf etwa folgendermaßen reagiert: „Oh, diese Frage verletzt mich! Ich hasse das! Ich bin ein Heuchler. Ich habe vor dir versagt! Ich habe dich verleugnet, Gott. Ich kann kein Leiter mehr sein. Ich habe mich für immer disqualifiziert. Es gibt keine Möglichkeit ..."

Vielleicht hob der Herr in diesem Moment das Kinn des Petrus hoch, um ihm in die Augen zu schauen, und antwortete: „Petrus, schau mich an. Erinnerst du dich, als wir im Garten Gethsemane waren? Ich sagte dir, dass du einen willigen Geist hast. Ich sehe in dir, Petrus, ein Verlangen, Gott zu lieben. Ja, du hast ein schwaches Fleisch, aber du hast einen willigen Geist. Erinnerst du dich daran? Ich sagte, dass du rein bist, und im selben Moment sagte ich dir auch, dass du mich verraten würdest. Du bist gestolpert, aber du bist nicht gefallen. Du hast nun deine Schwachheit kennen gelernt, doch dein Herz hat dich betrogen. Du bist unreif, aber du bist nicht rebellisch, Petrus."

Ich kann mir vorstellen, dass bei dieser zweiten Antwort in Vers 16 die Worte schon mehr Festigkeit hatten: „Du ... hast Recht ..., Herr. Du weißt, ... dass ich ... dich liebe."

In seinem Herzen dachte sich der Herr vielleicht: „Petrus, du hast mich dreimal verraten und ich möchte die Schande dieser drei Verleugnungen brechen, die über deinem Leben liegt. Deswegen musst du die Wahrheit, – dass du Gott lieb hast –, auch dreimal aussprechen.“

Jesus zerbrach die Macht der Schande, die vom Versagen des Petrus kam, um in ihm den Zustand des Vertrauens vor dem Gnadenthron wiederherzustellen. Dies ist jedoch nicht das Einzige, was in dieser Passage passiert.

Häufig verschließen wir uns gerne der Gnade Gottes, wenn wir hinfallen und am Ziel vorbeischießen. Wir möchten uns für eine bestimmte Zeit einer Bewährungsprobe oder dem Fegefeuer aussetzen. Wir verabreichen uns für eine Zeitlang emotionale Schläge und denken, dass wir auf diese Weise in irgendeiner Weise Vergebung erfahren. Doch wenn wir dies tun, setzen wir unser Vertrauen auf etwas anderes als in die brennende Liebe Jesu und das vollendete Werk am Kreuz. Wenn wir unser Auge und unser Herz auf das vollendete Werk, das durch seinen Tod vollbracht wurde, richten, wird der Herr auf uns zukommen und uns dahin führen, die Wahrheit zu bestätigen, wer wir vor ihm sind.

Jesus sieht zu Petrus und fragt ihn dieselbe Frage zum dritten Mal. Dieses Mal antwortet Petrus:

> Herr, du weißt alles; du erkennst, dass ich dich lieb habe.
>
> Johannes 21,17

Viele von uns können inmitten ihres Versagens nicht einmal dieses Bekenntnis vor dem Herrn aussprechen, weil wir ihm nicht glauben. Unser Herz ist fest mit dem Band der Schande umschlossen. Wir würden niemals zu wagen glauben, dass der Herr, der alles weiß, auch weiß, dass wir Jesus echt lieben. Stattdessen ist unser Fokus so stark auf unser Stolpern ausgerichtet, dass wir von der Verzweiflung weggetragen werden, weil wir die Erkenntnis der Tatsache aus den Augen verloren haben, dass wir Gott lieben und von Gott geliebt sind.

Petrus erlebte eine Wandlung. Am Ausgangspunkt definierte er seine Identität in erster Linie über seine Fähigkeit, Gott hingegeben zu sein und über das, was er für Gott tun konnte. In seinem Stolz fiel er zu Boden. Danach definierte er sich über sein Versagen – er nahm die Identität dieses Versagens an, als er seine eigene Schwäche erkannte. Er fand seine Identität in seiner Schande und in seinem Versagen.

Doch der Herr selbst gab der niedergeschlagenen Identität des Petrus wieder ein neues Fundament. Danach definierte sich Petrus nie mehr über sein Gefühl der menschlichen Macht oder des Versagens, oder eben das, was er glaubte, was andere über ihn denken könnten. Der Herr kam in Auferstehungskraft, schaute Petrus ins Gesicht und gab ihm ein festes, neues Fundament: „Du bist geliebt und auch du selbst liebst."

Der Eine, der Gott liebte

Der Apostel Johannes antwortete anders als Petrus. Johannes definierte sich selbst über die brennende Zuneigung des Herrn ihm gegenüber. Er definierte sich als ein Mensch, der von Jesus geliebt wurde. Dies können wir in der folgenden Schriftpassage erkennen:

> Petrus wandte sich um und sieht den Jünger nachfolgen, den Jesus liebte, der sich auch bei dem Abendessen an seine Brust gelehnt … hatte … Johannes 21,20

Hier handelt es sich um das Evangelium, das vom Apostel Johannes persönlich geschrieben wurde. Johannes spricht in diesem Vers von sich selbst. Statt zu sagen: „Petrus und Johannes sagten zu dem Herrn …", schreibt er: „Petrus und der Jünger, den Jesus liebte." Er nennt sich nicht selbst bei Namen.

Im Grunde genommen sagt Johannes: „Ich weiß nicht richtig über diese anderen Jungens Bescheid, die sich in ihrer Schande und ihrem Versagen wälzen. Was mich angeht, ich weiß, dass ich der bin, den Gott liebt."

Durch das gesamte Johannesevangelium hindurch bezeichnet er sich fünfmal auf diese Weise. Kannst du dir vorstellen, im Wort Gottes über dich selbst zu schreiben und fünfmal zu sagen: „Hans und der, den Gott liebte, gingen zum Treffen", anstatt: „Hans und ich gingen zum Treffen."?

Johannes sagt hier im Grunde: „Ich habe genauso wie Petrus versagt." Vielleicht erinnerst du dich daran, dass in Matthäus 26 beschrieben wird, wie Jesus sagte, dass ein jeder von ihnen stolpern würde. Johannes gab hier Folgendes zur Antwort: „Ich weiß, dass ich gestolpert bin, aber ich bin der, den Gott liebt. Ich weiß, dass Gott mich liebt."

Mir macht es sehr viel Freude, diesen Vers in Zeiten der Anbetung zu gebrauchen. Ich komme vor Jesus und bezeichne mich selbst als der, den Gott liebt. Ich sage: „Jesus, hier bin ich, der, an dem du Gefallen hast. Hier bin ich wieder – dein Favorit." In der Gerechtigkeit Christi haben wir alle das Recht, uns vor Gott als „Favorit" oder „Favoritin" zu bezeichnen. Versuch es ruhig einmal.

Es hängt so viel daran. Johannes ist im Neuen Testament das, was David im Alten Testament war. Johannes trug in seiner schwachen Menschlichkeit diese einmalige Offenbarung vom Wohlgefallen Gottes in sich. Jesus Christus hatte bei Johannes die Identität als Liebhaber gegründet.

Du bist einer der Auserwählten Jesu, genau so wie Johannes und Petrus. Aus diesem Grund treffen die Bekenntnisse der Jünger auch für dich zu. In Vers 17 und 20 von Johannes 21 werden zwei Bekenntnisse aufgeführt. Das Bekenntnis des Johannes in Vers 20 ist, dass du der Jünger bist, den Gott liebt. Außerdem sieht der Herr dich auch als Jünger, der ihn aufrichtig liebt. Dies ist das Bekenntnis des Petrus in Vers 17, als er sagte: „ … du weißt, dass ich dich lieb habe."

Hier ist die herrliche zweifache Definition deines Lebens vor Gott. Dies ist deine Identität als neue Kreatur in Christus. Du bist der, den Gott liebt, und du bist ein Mensch, der Gott aufrichtig liebt. Selbst wenn du die Schwäche deines eigenen Fleisches entdeckst, beschreiben diese zwei grundsätzlichen Bekenntnisse deine geistliche Identität am besten.

Johannes verleugnete den Herrn auf gleiche Weise wie Petrus in dieser Nacht. Johannes fiel jedoch in kein emotionales Loch der Selbstbeschuldigungen und des Selbstmissbrauchs, wie es so viele von uns tun. Er war sich bewusst, dass der Herr ihn selbst inmitten seiner Misstritte liebte. Große Kraft und Freiheit lassen sich finden, wenn wir uns weigern, den Anklagen des Feindes zu lauschen, und wenn wir unentwegt in unserer Identität verharren, Gott aufrichtig zu lieben.

Unser Wissen, wer wir vor dem Herrn sind, findet sich im Bekenntnis des Johannes wieder: „Ich bin die Person, die Gott liebt, selbst mit aller Sünde. Ja, ich bin der, den Gott liebt. Ja, ich bin der, an dem Gott Wohlgefallen hat." Das ist das wichtigste Bekenntnis.

Ich mag es, zum Herrn zu sagen: „Ich bin geliebt und ich liebe dich. Und deswegen bin ich erfolgreich." Die Gesamtheit dieses Bekenntnisses ist wichtig, da diese geistliche Identität Erneuerung schenkt. Der erste Teil des Bekenntnisses, nämlich unser Wissen, wer wir im Herrn sind, ist nur der eine Teil der Erneuerung. Der nächste Schritt besteht darin, an folgendem Bekenntnis festzuhalten: „Ich liebe den Herrn."

Wie wir unsere Definition als Liebhaber finden können

Manchmal erlebt mein Dienst Zeiten, in denen alles gut läuft, und manchmal gibt es schlechte Zeiten, in denen ich die Salbung der Gegenwart Gottes nicht spüren kann und die Menschen scheinbar gelangweilt sind. Manchmal sind meine Umstände segensreich und manchmal erlebe ich Lebensabschnitte, in denen ich kaum irgendeine Art von Segen erkennen kann. Manchmal geht es meiner Gesundheit gut, manchmal ist sie angegriffen. Manchmal sind meine wichtigsten menschlichen Beziehungen gesund; manchmal sind sie angeknackst. Aber keiner dieser Umstände verändert auch nur ein kleinwenig an der Tatsache, sozusagen am Urgestein der Wahrheit, dass ich geliebt bin und dass auch ich selbst liebe. Ganz grundsätzlich gesehen bin ich erfolgreich vor Gott. Wenn Drucksituationen überall in mein Leben hineindrängen, ist das Bekenntnis, das mir Trost spendet, ein solches, das mich von Verzweiflung befreit: Ich bin geliebt. Ich bin ein Liebender. Und deswegen bin ich erfolgreich.

Vielleicht fiel es Petrus schwerer als Johannes, diese Worte auszusprechen. Uns aber muss es nie mehr schwer fallen. Du musst den Worten des Anklägers, die durch deinen Ehepartner, deine

Kinder, deine Eltern oder deine besten Freunde kommen können, nicht mehr gehorchen. Genaugenommen können sie dir alles mögliche an den Kopf werfen. Vielleicht definieren sie dich sogar über deine Schwächen, deine wunden Stellen und dein Versagen, doch vergiss das Eine nicht: du definierst dich *nicht* über die Bereiche, in denen du kämpfst. Du definierst dich als die Person, die Gott liebt und die von Gott geliebt ist. Dies ist die elementare Definition deines Lebens.

Diese mächtige Definition wird lebenslange Buße hervorbringen, die im inneren Menschen immer stärker und mächtiger heranreift. Das Wissen, wer er ist, und die Erkenntnis dessen, wer wir in ihm sind, sorgt in unserem Geist für persönliche, anhaltende Erneuerung, die auf jede Person, der wir begegnen, Auswirkung haben wird.

Vielleicht verlierst du deine Gesundheit oder deinen Dienst, vielleicht erlebst du zerbrochene Freundschaften und wirst von geistlichen Angriffen überwältigt und gejagt. Doch wenn du wirklich weißt, dass du geliebt bist, und wenn du danach trachtest, ein Liebhaber oder eine Liebhaberin zu sein, dann wirst du in den Augen Gottes erfolgreich sein.

Ich bin auch gerne in anderen Bereichen erfolgreich, weiß jedoch ganz sicher, dass ich bereits erfolgreich bin, wenn nichts weiter passiert und alles andere mir weggenommen werden sollte. Niemand kann mir das wegnehmen. Niemand. Der Teufel nicht. Die Feinde können es auch nicht. Und auch Freunde können es nicht.

Wie wir unser Bekenntnis als Liebhaber aufrechterhalten

Ich spreche dieses Bekenntnis vor Gott aus, wenn ich Schmerz und Drucksituationen begegne: „Ich bin geliebt und ich liebe dich; deswegen bin ich erfolgreich. Ich liebe dich, selbst wenn meine Liebe nur in Form eines Samens vorliegt und noch unreif ist. Selbst wenn meine Liebe schwach ist, bin ich in meiner Seele ein Liebender."

Ein Grund, warum Gott Drucksituationen zulässt, liegt darin, unsere Seele wieder an der Realität auszurichten. Der Schmerz der Realität treibt unsere Seele zum Ort der Stille.

Wenn bestimmte Umstände schwierig werden, krallen sich viele Menschen an ihr Bekenntnis, dass sich die Umstände schon auf irgendeine Weise wieder bessern werden. Es gibt aber ein besseres Bekenntnis: Ich bin geliebt und auch ich selbst liebe. Deswegen bin ich erfolgreich. Schmerzen werden dich zum einzigen Ort des Trostes hintreiben – zu genau diesem Bekenntnis – dem Bekenntnis, das unser Herz von Verzweiflung befreit.

Wenn Druck in mein Leben gelangt, verstecke ich mich an diesem Ort der Stille – in der inneren Haltung, meine Seele zurückzuorientieren. Dort begegne ich dem Geist des Lebens und werde im Innern wieder erfrischt. Es ist wie ein Muskel, der immer und immer wieder betätigt wird. Mein Herz wächst stetig in der absoluten Wahrheit, dass ich geliebt, ein Liebhaber und deswegen erfolgreich bin.

Niemand kann dich davon abhalten, erfolgreich zu sein – kein ärgerlicher, eifersüchtiger Saulus, keine feindlichen Philister, keine Macht Satans. Niemand kann mich in der absoluten Definition, was Gott unter Erfolg versteht, davon abhalten, erfolgreich zu sein.

Da uns der Sohn Gottes, der ewige, himmlische Bräutigam, zum Wohlgefallen seines Herzens erwählte, ist es unvorstellbar, dass wir jemals unbedeutend sein werden. Er erwählte uns dazu, im weiten, ewigen, sich ausbreitenden Königreich zu herrschen, das sich Reich Gottes nennt. Wir sind diejenigen, für die sein Herz schlägt. Er verlangt nach uns. Wir sind das Erbe, auf das er wartet. Wenn wir das wissen, ist es unvorstellbar, dass wir in der Verzweiflung über Unbedeutsamkeit dahinschmachten. Wenn wir nur sehen könnten, zu wem wir durch ihn geworden sind!

Wir können voller Zuversicht sagen: „Ich habe vielleicht nie einen großen Dienst, ich bin vielleicht nie riesig erfolgreich im Geschäftsleben und vielleicht werde ich in menschlichen Kategorien niemals richtig anerkannt werden, doch ich werde niemals unbedeutend sein. Ich bin ein Mensch, den der Herr liebt. Ich bin die Person, für die der Herr starb. Ich bin die Person, nach der er verlangt. Ich bin die Person, auf die er wartet.“

Deswegen kann ich niemals mehr unbedeutend sein – und ebenso auch du nicht!

… will den suchen, den meine Seele liebt. Hohelied 3,2

2. Der göttliche Bräutigam

Mein Vater war 18 Jahre lang professioneller Boxer. Als Amateurboxer ging er zu den Olympischen Spielen und wurde Weltmeister. Ich wuchs in der Turnhalle mit Zigarrenrauch, nach Schweiß riechenden Umkleideräumen, kleinen Wetteinsätzen und blutiggeschlagenen Boxern auf. Später wurde mein Vater in die gewalttätige, kriminelle Unterwelt mit hineingezogen, die den Sport des Boxens umgibt.

Mein Vater trainierte mich im Boxen, als ich zehn war, und ich liebte es, die warme Turnhalle zu verlassen und mit ihm zusammen in die nahegelegenen Kneipen zu gehen, wo wir von starken Burschen und Gangstern umgeben waren. Du kannst dir meine anfängliche Entrüstung vorstellen, als mich der Herr zum Hohenlied 8,6 und dazu berief, dem Leib Christi die Botschaft von Jesus als himmlischen Bräutigam und der Leidenschaft der Braut zu predigen.

Es passierte im Juli 1988, als ich gerade in meinem Büro betete. Dies war eine der Erfahrungen, die mich von allen, die ich jemals in über 25 Jahren mit dem Herrn hatte, am meisten beeinflusste. Zu diesem Zeitpunkt wusste ich wenig über das Hohelied der Liebe, doch während dieser gewissen Gebetszeit und persönlichen Hingabe geschah es, dass ich den Absatz von Hohelied 8,6-7 las. Beim Lesen der Schriftstelle kam der Geist Gottes über mich und umwarb mich mit der Liebe Gottes auf ganz ungewöhnliche Art und Weise. Tief betroffen begann ich zu weinen und bat den Herrn, mir tiefe Liebe für Jesus in mein Herz zu legen. Der Geist des Herrn blieb in ruhiger Stärke auf mir, als ich mich zum Beten hinkniete. Ich erlebte seit diesem Tag niemals wieder etwas Vergleichbares.

Ich begann, eine Intimität mit Gott zu verspüren, die ich zuvor niemals gekannt hatte. Als die Intensität dieser Erfahrung zunahm, griff ich nach dem Telefonhörer und bat meine Sekretärin, keine Anrufe mehr zu mir durchkommen zu lassen. Zu dieser Zeit nahm ich noch nicht wahr, dass ich gerade meine wichtigste Dienstbeauftragung empfing, während ich leise vor mich hin weinte und immer wieder sagte: „Jesus, versiegle mein Herz; gib mir deine übernatürliche Liebe in mein Herz. Leg deine feurige Liebe in mich hinein.“

Plötzlich wurde ich davon aufgeschreckt, als mein Telefon klingelte. In nur einem kurzen Augenblick wandelte sich mein Versunkensein im Heiligen Geist in Ärger. Ich nahm den Anruf entgegen, da ein guter Freund von mir am Apparat war. Er begann, mir zu erklären, dass er einen Traum über mich gehabt hatte, in dem er die donnernde, hörbare Stimme des Herrn vernahm, der die Worte aus Hohelied 8,6-7 aussprach. Der Herr bat ihn, mich anzurufen und mir eine bestimmte Botschaft zu übermitteln.

Er sagte mir erstens, dass Gott zu ihm gesagt hatte, dass der Heilige Geist das Hohenlied der Liebe besonders betonen und seine Wahrheit in der kommenden Generation durch die gesamte Kirche und sogar zur gesamten Welt hingehen lassen würde. Zweitens sagte er mir, dass die Botschaft vom Hohelied für den Rest meines Lebens der Hauptfokus meines Lebens und Dienstes sein würde. Es sei meine Dienstausrichtung, die Menschen zurück zum ersten Gebot zu rufen. Jesus sagte, dass das erste und größte Gebot jenes ist, dass du „den Herrn, deinen Gott … mit deinem ganzen Herzen und mit deiner ganzen Seele und deinem ganzen Verstand“ liebst (Matth. 22,37).

Diese grundlegende Erfahrung ließ in mir ein Staunen zurück. Die Zeit verging schnell und ich dachte mir: „Hmm, was soll das?“ Ich muss gestehen, dass meine erste emotionale Reaktion eher die einer gewissen Unzufriedenheit war. Das Hohelied der Liebe handelte doch scheinbar von Rosen und Schönheit und Düften und Blumen. Ich dachte mir: *Das ist schrecklich!* Es war ein Liebeslied und ich war im Grunde ein Stück entmutigt, dazu berufen zu sein, diese Botschaft für den Rest meines Lebens zu verkündigen.

Ich bat den Herrn sogar: „Herr, ich bin der Sohn eines Boxers. Ich bin der Sohn eines rauen Burschen! Und jetzt werde ich dazu berufen, ein Braut-Christi-Bursche zu sein?“

Als ich während der folgenden Tage darüber nachdachte, wurde ich über das Ausmaß dieser Berufung zunehmend mehr beunruhigt.

Die Braut Christi bewegt sich über die Grenzen von Geschlechtern hinweg

Zu jener Zeit konnte ich die Bedeutung dieser Botschaft nicht nachvollziehen, die diese Dienstausrichtung beinhaltete. Ich bat den Herrn darum, mir eine andere Art von Dienstausrichtung zu geben. Ich wollte eine Botschaft, die mehr maskulin war. Ich schlug Gott das Buch der Römer als etwas Tiefgängiges und Mächtiges vor, oder auch die Offenbarung und das Leben Davids. Ich wollte, dass Gott mir etwas Männliches gab. Mir schien es sinnvoller zu sein, wenn Gott einen Dienst von Frauen mit dem Hohenlied der Liebe beauftragte.

Doch über die Zeit hinweg änderte Gott diesbezüglich meine Meinung. Ich erkannte, dass sich die Braut Christi über die Grenzen der Geschlechter hinweg bewegt. Genaugenommen können Männer ebenso die Braut Christi sein, wie auch Frauen Söhne Gottes sein können. Die Braut symbolisiert eine privilegierte Position der Nähe am Herzen Gottes. Es ist eine Einladung, tiefe Intimität mit Gott zu erleben. Viele Männer Gottes, die wir in der Bibel antreffen, bewegten sich in diesem hohen Privileg der Intimität mit Gott.

Die Offenbarung der Braut

König David ist das Beispiel eines Mannes, dessen Leben von der tiefen Intimität mit Gott geprägt war. Hier findet sich die Essenz der Offenbarung der Braut, die im Neuen Testament theologisch aufgerollt wird. Im Alten Testament war König David der ultimativ anbetende Krieger. Ich spreche gern vom König mit dem Herzen einer Braut. Anders ausgedrückt gab David das Bild des liebeskranken Anbeters im Alten Testament ab. Johannes der Täufer war andererseits der liebeskranke Anbeter im Neuen Testament, der den Bräutigam sogar selbst sehen durfte.

Es war jedoch der Apostel Johannes, der die größte Offenbarung vom Bräutigam und der Braut hatte. Zu einem bestimmten Zeitpunkt wollte dieser donnernde Mann auf gewisse Städte Feuer vom Himmel herabrufen, in denen die Menschen seine Veranstaltungen nicht besuchen wollten. Johannes scheint mir zu bestimmten Zeiten im Natürlichen etwas außer Kontrolle geraten zu sein. Betrachte doch einmal das Leben des Johannes. Er wies Menschen zurück, die Dämonen austrieben, weil sie nicht zu seiner eigenen Mannschaft gehörten. Er bat Jesus, für alle Ewigkeit zu seiner Rechten sitzen zu dürfen. Stell dir das einmal vor: er wollte für Ewigkeiten als zur Rechten Jesu Sitzender die Hauptperson sein, die über allen anderen erhoben ist. Zu gewissen Zeiten wies dieser Apostel Menschen zurecht, aber er war auch der Mann, der seinen Kopf an die Brust des Herrn legte.

Der Herr Jesus traute dem Apostel Johannes mit der Offenbarung der Braut sogar mehr an, als er es bei Johannes dem Täufer tat. Der Apostel Johannes, Johannes der Täufer und David waren allesamt große Männer Gottes, die sehr guten Zugang zu ihrer Männlichkeit hatten.

Viele Männer glauben, dass das Thema der Braut Christi ihre Männlichkeit untergräbt, doch genau das Gegenteil trifft zu. Im Grunde wird die Offenbarung von der Braut diese festigen. Ein Mann zu sein, der seinen Kopf an die Brust des Herrn legt, und von ihm umarmt wird – so etwas steckt dein Herz in Brand.

Ein Gott, der deine Gegenwart genießt

Die meisten von uns können sich vorstellen, dass Gott an uns Gefallen hat, wenn wir einmal im Himmel sein werden. Andere malen sich das Bild eines Gottes vor Augen, der Gefallen an ihnen hat, wenn sie eine bedeutende geistliche Transformation durchlaufen. Ich muss dir aber etwas Erstaunliches, etwas Radikales und Dringliches sagen: Gott hat gerade jetzt in deiner Schwäche an dir Gefallen. Ob du im Sieg erhaben oder in Niederlage versunken bist – er liebt dich, weil sich seine Freude über dich nicht auf deinen Errungenschaften gründet, sondern auf sein eigenes Herz und deine aufrichtige Reaktion ihm gegenüber. Ob du gerade mit Schwierigkeiten kämpfst oder hoch dahergetrabt kommst, du bist Gott dem Allmächtigen wirklich angenehm.

Wir dürfen mit Sicherheit wissen, dass wir größeres geistliches Wachstum und größere geistliche Reife erleben, wenn wir regelmäßig fühlen, dass Gott unsere Gegenwart genießt. Das ist nichts, was du erringen musst, sondern ein herrlicher Schlüssel, der eine erstaunliche Kraftquelle in deinem Leben sein kann.

Gott mag uns auch in unserer Schwachheit. Ich dachte immer, dass Gott nur Gefallen an mir haben kann, wenn ich ein bestimmtes Maß an geistlicher Disziplin aufweisen kann und als aufrichtiger Gläubiger heranreife. Ich weiß jetzt, dass das nicht so ist. Das Wissen, dass Gott in meiner Schwachheit an mir Gefallen hat, führt im Endeffekt zu meiner geistlichen Reife.

Vor einigen Jahren zeigte mir der Herr etwas äußerst Gehaltvolles, was mein Leben auf radikale Weise veränderte. Der Herr zeigte mir, dass Jesus wegen der Liebe in seinem eigenen Herzen und dem Werk am Kreuz in meiner Schwäche an mir Gefallen haben kann. Wenn wir dies wirklich verstehen, wird uns das zu größerer Reife führen – nicht umgekehrt.

Mein Verständnis davon wächst beständig, besonders seit der Zeit, als mich Gott zu der hell leuchtenden und kräftigenden Botschaft berief, die sich im Hohenlied findet. Ich glaube wirklich, dass Gott die Bedeutsamkeit dieses Buches in der gesamten Welt lebendig werden lässt. Wenn er dies tut, wird es unser Verständnis von Gott verändern. Ich kenne kein einziges Buch, das unser Verständnis von Gott Zeile für Zeile so verändert, wie es beim Hohenlied der Liebe der Fall ist.

Das Hohelied kann auf zwei grundlegende Arten betrachtet werden. Erstens ist es ein Lied, das die Schönheit der natürlichen, ehelichen Liebe in den Vordergrund stellt. Zweitens ist es ein geistliches Liebeslied über die herrliche Beziehung zwischen Christus und seiner Gemeinde. Gemäß dieser allegorischen Interpretation repräsentiert König Salomon Christus als König und die Sulamit die Braut Christi. Das Verständnis sowohl der natürlichen als auch allegorischen Interpretation ist für uns Christen in der heutigen Zeit von sehr großer Bedeutung.

Wir sollten uns diesem Buch nähern, um Anleitung für die natürliche Ehe hier auf Erden zu erhalten und Einsicht in unsere geistliche Ehe als Braut Christi zu gewinnen. Beides führt dazu, dass wir Gottes Herz besser verstehen lernen.

Gott ist kein strenger Trainer

Viele Gläubige haben ein ganz anderes Bild von Gott, als es in diesem Buch der Bibel beschrieben wird. Wenn du den durchschnittlichen Gläubigen einmal darauf ansprichst, wird er dir folgendes sagen: „Ich weiß, dass Gott die volle Autorität hat, und ich weiß, dass er es gut meint, aber ich weiß nicht genau, wie er eigentlich fühlt. Er scheint mir etwas distanziert zu sein, wenn es um seine Gefühle geht.“ Gott wird oft als strenger Trainer gesehen, der uns Disziplin beizubringen versucht, uns zu harten Dingen ruft und uns in schwierige Situationen hineinstellt. Wir erkennen an, dass es uns schließlich zu unserem Besten dient. Wenn wir Gott jedoch als Trainer sehen, besitzen wir keine präzise Erkenntnis von seiner Persönlichkeit.

Andere sehen ihn als fordernden Richter, der immer wieder versucht, uns bei unseren Sünden zu ertappen, und der niemals Emotionen zeigt, bis wir versagen – dann wird er ärgerlich.

Viele von uns sehen Gott als eine Art Armeeleutnant, der bereit ist, uns für bestimmte Zwecke aufzuopfern, sollte dies notwendig werden. Sie betrachten ihn als jemanden, der sagt: „Oh ja, es ist O. K., wenn ich ein paar von ihnen auf dem Weg verliere, solange es mit der Sache weiter vorangeht.“ Wir denken, dass er uns nur zur Jüngerschaft beruft, damit er seine Anliegen weiter bekannt machen kann, und verpassen dabei zu erkennen, dass sein Herz leidenschaftlich für uns brennt. Wir sind auch der Überzeugung, dass er ärgerlich wird, sobald wir etwas falsch machen. Geliebte, diese Verzerrung der Wahrheit unterscheidet sich sehr vom Gott der Bibel.

Das Buch der Psalmen ist mit dem Hohenlied sehr eng verbunden, weil es sehr genau das emotionale Wesen der Dreieinigkeit offenbart. Das Herz Gottes zu entdecken ist zugleich etwas Faszinierendes und emotional Erfrischendes!

Geistliches Vergnügen schenkt uns die Kraft, der Sünde zu widerstehen

Als ich meinem Auftrag nachkam, die Schönheit Gottes, wie sie im Hohenlied beschrieben wird, zu verkünden, begann ich meine ganz persönliche Reise in das Lied der Lieder. Was dann in mir und mit meinem Dienst passierte, geschah im Verlauf der folgenden Jahre. Am Anfang war ich jedoch vollkommen überrascht. Als ich meine Bibel am Morgen jenen Tages bei Hohelied 8,6-7 öffnete, ahnte ich nur sehr wenig, dass ich noch am selben Tag einen Telefonanruf erhalten sollte, der mein Leben auf dramatische Weise verändern würde.

In dieser Passage spricht Jesus. Er lädt die Braut dazu ein, ihn als Siegel an ihr Herz und als Siegel an ihren Arm zu legen. In dieser Schriftpassage steht folgendes:

> Leg mich wie ein Siegel an dein Herz, wie ein Siegel an deinen Arm! Denn stark wie der Tod ist die Liebe, hart wie der Scheol die Leidenschaft. Ihre Gluten sind Feuergluten, eine Flamme Jahs. Mächtige Wasser sind nicht in der Lage, die Liebe auszulöschen, und Ströme schwemmen sie nicht fort. Wenn einer den ganzen Besitz seines Hauses für die Liebe geben wollte, man würde ihn nur verachten.

Diese Passage offenbart uns, dass Gott seine persönliche Liebe und Eifersucht, die stark wie der Tod ist, in uns hineinlegen möchte. Nichts kann sich ihrem Griff entziehen, wenn wir unser Herz dafür zur Verfügung stellen. Im Grunde sagt hier der Herr, dass er eine Liebe für uns hat, die trotz unserer Sünde und Zerbrochenheit wie Feuer brennt. Wenn wir uns der Liebe Gottes hingeben, kann sich früher oder später keine Sünde oder Schwachheit ihrem Griff entziehen, wie sich im Natürlichen auch nichts dem Griff des Todes entziehen kann.

Es spielt keine Rolle, wie bitter oder ärgerlich unsere Herzen sind. Es spielt keine Rolle, zu welchem Grad wir gesündigt haben. Der Herr kann solche Dinge besiegen. Auf dieselbe Weise, wie der Tod alles im Natürlichen besiegt, besiegt auch die Liebe Gottes unser Herz und überwindet die Sünde, die dort lebt. Wenn wir uns seiner Liebe öffnen, kann er die Dinge in unserem Herzen besiegen, die dazu neigen, uns vom richtigen Weg abzubringen.

Gegen Ende des sechsten Verses beginnt der Herr, das Feuer der Liebe zu beschreiben.

Mit seinem Feuer der Liebe versiegelt der Herr unser Herz, weil wir zu ihm gehören. Diese Flammen sind wie die Flammen Gottes – die als feuriges Siegel dienen. Das Siegel, mit dem uns Gott für sich selbst versiegelt, ist kein Wachssiegel ähnlich dem Siegel, das König Salomon auf seinem Hof dazu verwendete, um königliche Dokumente zu schützen. Unser Herz ist ein königliches Dokument des Herrn, und er versiegelt es mit seiner brennenden Liebe.

Wir brauchen Gott, um ihn lieben zu können. Wir lieben ihn in der übernatürlichen Kraft seiner uns geschenkten Liebe. Gott möchte seine Liebe in uns offenbaren und an uns weitergeben – durch seine Liebe werden wir zu feurigen Liebhabern. Denn Gottes Leidenschaft brennt für das menschliche Herz – er ist der ultimative Liebhaber. Er ist nicht passiv. Er schenkt uns dieselbe brennende Leidenschaft und versiegelt unser Herz mit Feuer. Die eisigen Wasser der Sünde, Bindungen und Verfolgungen können dieses übernatürliche Feuer der Liebe Gottes nicht auslöschen, wenn wir uns seiner alles verzehrenden Kraft hingeben.

Die Kraft zu lieben ist schon Belohnung für sich

> Wenn einer den ganzen Besitz seines Hauses für die Liebe geben wollte, man würde ihn nur verachten. Hohelied 8,7

Stell dir einmal ein junges Ehepaar vor, das zehn Millionen D-Mark auf der Bank liegen hat und ein Haus besitzt, das zehn Millionen Mark wert ist. Eines Tages erfährt dieses Paar, dass ihre fünf Jahre alte Tochter eine tödliche Krankheit hat. Der Arzt klärt sie darüber auf, dass sie alles, was sie besitzen, hergeben müssen, um ihre Tochter erfolgreich behandeln zu lassen – ihr gesamtes Bankkonto, ihr Haus und ihren Besitz – alles. So verkaufen sie ihr Haus und ihre Güter und stellen ihre gesamten 20 Millionen D-Mark zur Verfügung. Ihre Tochter wird dadurch gerettet. Eines Tages treffen sie dann jemanden, der zu ihnen sagt: „Das war ja unglaublich, was ihr für eure Tochter getan habt."

Mit einem sanften, zurückweisenden Unterton antworten dann die Eltern: „Nein, was wir für unsere Tochter taten, war gar nichts, weil wir es aus Liebe heraus für sie taten." Dasselbe Prinzip gilt auch bei dieser Schriftstelle. Wenn ein Mensch alles hergibt, was er bislang ansammeln konnte, wird er die Bemerkung zurückweisen, dass er irgendeine edle Tat vollbracht hätte. Er handelte, weil er ganz und gar von der Liebe für eine andere Person eingenommen war. Gegenüber so einer Liebe besitzt Geld keinerlei Wert. Vielleicht antwortet er auf eine solche Frage folgendermaßen: „Alles, was ich aufgab, ist gegenüber der Liebe, die ich für meine Tochter habe, nichts wert.“ Der Apostel Paulus sagte, dass er seine Opfer für Christus als Dreck betrachte, vergleicht er sie mit der herrlichen Erfahrung der Schönheit Jesu (siehe Phil. 3,8). Die Menschen sagten zu ihm: „Paulus, du hattest doch so eine tolle Karriere.“ Paulus bedeutete sie nichts im Vergleich zu dem, was der Retter für ihn gab. Der ungeschaffene Gott wurde Mensch, weil seine Leidenschaft für uns brannte. Er krönt uns mit seiner ewigen Herrlichkeit. Was also bedeutet es, wenn Paulus eine Karriere aufgab, durch die er vielleicht bekannt geworden wäre? Wahre Liebe verachtet die Anerkennung von Opfern, die um der Liebe willen erbracht wurden.

Warum? Weil es ein Opfer der Liebe war. Die Belohnung eines wahrhaft Liebenden ist die Fähigkeit, lieben zu können. In diesem Stadium der Liebe geht es um keine eigene Anerkennung. Dies ist auch nicht erwünscht.

Im Grunde genommen sagten die Eltern unseres Beispiels: „Wir lieben unsere Tochter, und das ist alles, was zählt. Haus und Geld haben dagegen keine Bedeutung.“ Auf gleiche Weise ist die Kraft, Gott von ganzem Herzen in Liebe zu antworten, die einzige Belohnung, die sich Männer und Frauen wünschen, wenn sie sich eingehend mit der Liebe und Schönheit Jesu auseinandersetzen. Märtyrer werden ihr Leben mit Freuden opfern und ihre höchste Form der Hingabe als Gnadengeschenk Gottes an sie betrachten, das sie dazu befähigt, in bestimmten Drucksituationen aus übernatürlicher Liebe heraus zu handeln. Die Kraft zu lieben ist unsere große Belohnung.

Romantische Krieger sind geschützt und mit Kraft ausgestattet

Als mich Gott rief, damit anzufangen, mich selbst durch die Offenbarung der Braut Christi hindurch zu betrachten, protestierte ich. Wie sollte sich der Sohn eines rauen Boxers darauf ausrichten können, dem Leib Christi die Botschaft von der Braut zu verkündigen? Verwirrt sagte ich: „Herr, das ergibt keinen Sinn!“

Jetzt aber weiß ich, dass ich als Kämpfer gegen das Reich der Finsternis nie eine radikalere Haltung annehmen kann als ein Braut-Krieger oder ein romantisch motivierter Krieger. In dieser Haltung sind wir sicher und unser Herz ist beschützt. Wir werden die Kraft besitzen, die uns durch den Kampf hindurchträgt. Andere Krieger werden ermatten, sie werden verletzt werden und die Leidenschaft in ihrem Innern verlieren.

Es geschieht so leicht, dass dein Herz in der Hitze des Gefechts verwundet wird. Das Herz des romantischen Kriegers jedoch steht unter größerem Schutz und ist mit größerer Kraft ausgestattet, weil er seine vorrangige Belohnung (die Kraft des Liebesrausches und der Faszination an Schönheit) in seinem Herzen trägt. Selbst wenn er (oder sie) vielleicht einmal als Märtyrer stirbt, ist sein Herz mit der leidenschaftlichen Liebe Christi in Brand gesteckt. Ich glaube, dass die endzeitliche Gemeinde als Gesamtheit ein romantischer Krieger sein wird, ein Braut-Krieger. Die Braut Christi hat Armeestiefel an ihren Füßen und ihr Herz ist deswegen beschützt, weil sie die Liebe genießt. Die Johannes der Täufer, König Davide und Söhne des Donners unserer Zeit müssen sich der Offenbarung über die Braut öffnen.

Obwohl der Ruf zum Hohenlied bei mir anfänglich Bestürzung hervorrief, erkannte ich bald danach die Kraft dieser göttlichen Erfahrung. Es war genau dann, als ich zum Herrn sagte: „Jetzt kann es losgehen!“

Ich muss gestehen, dass ich etwas Zeit brauchte, um meine Fragen zu diesem Thema zu sortieren. Aber es dauerte nicht lange, bis ich mich entschloss, in dieser Angelegenheit lieber nicht mit Gott zu ringen, weil ich wusste, dass er sowieso gewinnen würde. Da ich bereits jeden Kampf mit Gott bislang verloren hatte, sagte ich nach ein paar Wochen einfach: „O. K.“

Also ging ich los und kaufte mir Bücher über das Hohelied. Ich begann darin zu lesen und ehrlich gesagt fand ich einige von ihnen nicht gerade sehr interessant und auch eher verwirrend. Ich benötigte einige Ausdauer und Glauben. Es gibt im Hohenlied eigentlich nur etwa fünfzehn verschiedene Symbole, die auch funktionieren, hat man sie erst einmal gelernt. Es ist im Grunde wirklich nicht so schwer, doch ohne die Kenntnis der Symbole erschien es mir anfangs nahezu unmöglich zu sein. Ich besitze jetzt etwa 150 Kommentare zum Hohenlied. Mein Ziel ist es, jeden englischsprachigen Kommentar zu bekommen, den ich in die Hände kriegen kann.

Ich begann zu beten und zu fasten und bat den Herrn immer wieder, mir dieses Buch der Bibel verständlich zu machen. Bald schon konnte ich mich beim Studium des Hohenlieds im Innern zunehmend mehr freuen. Und nun, zwölf Jahre später, spüre ich, dass ich im Grunde erst damit begonnen habe, dieses mächtige Buch zu ergründen. Manche widmeten dem Studium dieses biblischen Buches ganze fünfzig Jahre ihres Lebens. In unserer Vollzeit-Bibelschule in Kansas City lehre ich zudem Jahr für Jahr über das Hohelied. Heute ist das für mich eine wirklich unaussprechliche Freude. Meine Freude besteht nicht nur darin, es predigen zu dürfen, sondern zu erleben, wie sich mein Herz schrittweise öffnet, während ich diese Passagen der Bibel vorbereite, studiere und darüber meditiere. Ich glaube, dass das Hohelied für den Vorläuferdienst grundlegend wichtig ist, also für die romantischen Krieger, deren Herz dadurch geschützt wird, dass sie die Liebe und Schönheit Jesu real erleben.

Viele Dimensionen seiner Schönheit und unserer Schönheit sind mit der Offenbarung dieses Buches und dem Paradigma eines Gottes verknüpft, der ein Bräutigam voller Zuneigung und überwältigender Leidenschaft ist. Ich werde hier kurz drei Punkte des enormen Aussagegehaltes der Offenbarung behandeln, die sich auf den Seiten dieses kraftvollen biblischen Buches findet.

Jesus, der Bräutigam, sehnt sich nach uns

Wenn ich über den göttlichen Bräutigam nachdenke, mache ich mir zunächst Gedanken über seine Sehnsucht nach uns. Es ist wunderbar, von der Liebe Gottes in Hochstimmung versetzt zu werden! Es gibt nichts Erfrischenderes als die Offenbarung eines Gottes, der von tiefer Freude erfüllt ist, der gegenüber uns Menschen intensive Leidenschaft empfindet und uns mit geistlichen Freuden umwirbt. Dieses neue Paradigma des Sohnes Gottes als göttlichem Bräutigam in seiner Menschlichkeit besitzt große Tragweite.

Die Offenbarung des Bräutigams wurde vom Apostel Paulus verkündet. Er sagte:

> Denn ich eifere um euch mit Gottes Eifer; denn ich habe euch einem Mann verlobt, um (euch als) eine keusche Jungfrau vor den Christus hinzustellen. 2. Korinther 11,2

Paulus sah seinen Dienst im Verloben (durch Bekehrung) Ungläubiger mit einem göttlichen Bräutigam und in deren Präsentation als reine Braut. Mit dieser Identität eines Freundes des Bräutigams handeln wir in unserem Dienst ganz anders als diejenigen, die diese Offenbarung nicht besitzen. Die Freunde des Bräutigams sind furchtlos, da wir mit etwas viel Größerem in Kontakt stehen als nur mit uns selbst. Wir erhalten unsere Identität durch die kraftvolle Beziehung mit Gott selbst.

Der göttliche Bräutigam ist ein Gott, der für die Menschen unbeschreibbare Leidenschaft und tiefe Freude verspürt. Er ist ein Gott, der uns mag, der unsere Gegenwart genießt, der uns begehrt, sucht und tiefe Freude über uns empfindet. Irgendetwas in unserem Innern meldet sich zu Wort, wenn wir die brennende Leidenschaft des Herzens Gottes spüren.

Beide – der Vater und auch der Bräutigam – begehren uns. Der Heilige Geist hingegen vermittelt uns diese Offenbarung und gibt uns die Liebe ins Herz, damit wir mit unserer ganzen Persönlichkeit dem Vater als seine Kinder und dem Sohn Gottes als seine Braut gegenübertreten können.

Es spielt keine große Rolle, ob wir unser Herz auf Gott Vater oder den göttlichen Bräutigam ausrichten – in jedem Fall begegnet uns brennende Leidenschaft. Tief in unserem Innern passiert etwas, wenn wir uns in unserer Schwachheit und Zerbrochenheit als begehrt, willkommengeheißen und etwas Positives erkennen. Unsere Antwort ist die Auslieferung unseres Herzens an Gott. Wenn wir ihn als unseren Bräutigam sehen, wird unser Verlangen danach gesättigt, für Gott eine Person zu sein, die ihn erfreut. Unser Leben und unsere Persönlichkeit wird durch die Erkenntnis, dass Gott uns nicht erst im Himmel mag und nicht erst dort Gefallen an uns findet, vollständig verändert. Er hat hingegen schon hier auf Erden an uns Gefallen und verspürt gerade jetzt tiefe Freude über uns.

Lauf zu ihm hin

Es gibt keine größere Veranschaulichung beständiger Leidenschaft, Liebe und Sehnsucht, als durch den göttlichen Bräutigam, der die Gestalt eines Menschen annahm, um einen ewigen Ehepartner zu bekommen. Als er dies tat, ehrte er zugleich auch den Vater. Wenn ich daran denke, dass mein Gott ein Bräutigam ist, antwortet mein Herz darauf: „Unfassbare Leidenschaft!" Er ist ein Gott, der mich über alles begehrt, was ich mir vorstellen kann. In dem Moment, in dem ich das verstehe, möchte ich zu ihm hinrennen, statt von ihm weg.

Wenn du die Offenbarung vom göttlichen Bräutigam besitzt, ziehst du dich nicht von ihm zurück, wenn es um dein sündhaftes Fleisch geht. Stattdessen läufst du zu ihm hin. Du rennst zu ihm hin, weil du weißt, was für ein Gott er ist. Natürlich müssen wir dafür einen aufrichtigen und willigen Geist besitzen. Ich spreche hier von aufrichtigen Gläubigen, die noch mit ihrer Sünde kämpfen, deren Herz jedoch danach schreit, anders zu werden. Der Schrei ihres Herzens lautet: „Ich möchte dir gehören – doch ich stoße so oft auf meine Schwächen."

Der Bereich der Schönheit

Schönheit ist das zweite Wort, das mir einfällt, wenn ich vom Bräutigam spreche. Der Bereich der Schönheit Gottes wird uns durch den Geist Gottes geöffnet. Dies wird in der Generation, in der der Herr zurückkommt, auf bislang ungesehene Weise geschehen. Wir werden von der Ent-Deckung des wunderschönen Gottes übermannt und fasziniert werden.

Er verleiht uns dieselbe Schönheit, die auch er selbst besitzt. Er vermittelt sie uns durch die Erlösung. Ohne das Verständnis vom Paradigma des göttlichen Bräutigams können wir die Offenbarung seiner Schönheit nicht vollständig verstehen. Er hat die Absicht, uns diese Fülle in unserer heutigen Zeit zu zeigen. Die Offenbarung vom göttlichen Bräutigam ist notwendig, damit wir die Dinge vollbringen können, die Gott in dieser letzten Zeit tun möchte.

Der göttliche Bräutigam – so ein weitreichendes Thema! Mein Leben ist eine eifrige Schatzsuche nach dieser Dimension des Herzens Gottes. In den letzten zwölf Jahren suchte ich mit voller Energie nach dieser Offenbarung und bin ungeduldig, in den nächsten zwölf Jahren vom Herrn noch mehr über diesen Bereich der Schönheit zu erfahren. Je mehr ich davon erkenne, umso mehr Freude kann ich auch über meine eigene Heiligkeit empfinden. Es ist so faszinierend, seine Schönheit zu sehen!

Seine Pläne mit uns

Das dritte Konzept, das mir einfällt, wenn ich an den göttlichen Bräutigam denke, sind seine Pläne mit uns. Gott ruft dich und mich, damit wir am herrlichen Erbe, das er von seinem Vater erhält, Anteil haben können. Er ruft uns zu einem Ort der Intimität und Kraft, der genaugenommen weit über das hinausgeht, was die Engel erleben. Sein Plan mit den erlösten Menschen lautet, mit Gott zusammen in einen Bereich vorzustoßen, der weit über alle anderen Dinge der Schöpfung hinausgeht.

Ich liebe es, ein Mensch sein zu dürfen, und ich liebe es, lebendig zu sein! Ich kann es kaum erwarten, in den Himmel zu kommen. Es könnte keine größere Täuschung als jene Lüge geben, dass es sich nicht lohnt, dieses Leben hier zu leben. Das Leben ist absolut wunderbar. Denk nur einmal daran! Es gibt einen göttlichen Bräutigam, der beabsichtigt, uns an seiner Intimität und Kraft Anteil haben zu lassen. Er ist ein göttlicher Bräutigam, der von seiner frischen Braut – nämlich uns – wahrhaft hingerissen ist.

Der Vers in Offenbarung 3,21 liefert eine kraftvolle Aussage, die von Jesu eigenen Lippen herstammt und beschreibt, was wir erben werden. Hier drückt der Herr seinen Wunsch aus, dass wir zusammen mit ihm auf dem Thron sitzen.

> Wer überwindet, dem werde ich geben, mit mir auf meinem Thron zu sitzen, wie auch ich überwunden und mich mit meinem Vater auf seinen Thron gesetzt habe.

Geliebte, ihr habt in unaussprechlichen Reichtum und unbeschreibliche Kraft und in die Aristokratie der ewigen Stadt eingeheiratet.

Eines Tages, ganz bald, in einem Augenblick, wirst du dich in der vollen Macht all dessen wiederfinden.

Die einzige Absicht, die Gott mit uns hat, ist, dass wir ihm als Liebende freiwillig unser Herz schenken. Deswegen sollte dies auch die Summe all dessen sein, was wir sind und tun. Wenn wir am letzten Tag unsere Krone aufgesetzt bekommen, werden wir sagen: „Wir lieben dich, weil wir so viel Freude dabei empfinden, dich zu lieben. Wir wurden nicht gezwungen, dich zu lieben. Wir wollen so leben. Wir handelten nicht aus einer Art Befehlszwang zum Gehorsam heraus. Wir sind Menschen, die Gott freiwillig lieben. Wir wollen lieben, weil die Schönheit Gottes so großartig ist."

Der Fokus des Vorläuferdienstes – einer Berufung, die meinem Herzen sehr lieb geworden ist – liegt darauf, Menschen zu sein, die Gott von ganzem Herzen lieben (siehe Matth. 22,37). Vorläufer sind diejenigen Menschen, die mit einem himmlischen, göttlichen Bräutigam, der seine Leute zur Selbstvergessenheit und Romantik des Evangeliums ruft, in einer intimen Beziehung stehen.

Die Pflege unserer Beziehung mit dem göttlichen Bräutigam ist der beste Weg, um die Fülle seines Planes für uns persönlich kennen zu lernen. Wenn wir eine größere Vision von dem erhalten, was es bedeutet, Menschen zu sein, die den göttlichen Bräutigam freiwillig lieben, werden sich unsere Prioritäten und jeder Aspekt unseres Lebens radikal ändern. Unsere Bestimmung zur Braut ist uns auch jetzt in diesem Moment gegeben.

Und es wird geschehen an jenem Tag, spricht der Herr, da rufst du: Mein Mann! Und du rufst mich nicht mehr: Mein Baal!

Hosea 2,18

3. Die Wiederherstellung des ersten Gebotes

Als Teenager beobachtete ich liebend gerne meinen Bruder Pat. Er wuchs als erfolgreicher, exzellenter Athlet auf.

Doch inmitten eines intensiven Football-Spiels vor etwa 27 Jahren passierte das Undenkbare. Der Lautsprecher rief über die Verwirrung brüllender Fans und dem Gerangel der Trainer, Spieler und Freunde hinweg die Nummer meines Bruders aus. Pat war schlimm verletzt worden. Seit diesem schrecklichen Moment verbrachte er die nächsten 27 Jahre seines Lebens damit, auf dem Rücken zu liegen, da er durch die Verletzungen bei diesem Spiel vollkommen gelähmt war.

Weil mein Bruder total gelähmt ist, verbrachte ich einen großen Teil meiner Zeit in verschiedenen Krankenhäusern – besonders in den ersten Jahren. Immer wieder konnte ich beobachten, wie dort etwas sehr Interessantes vor sich ging. Ich entdeckte, wie sich eine Krankenschwester im selben Moment in eine Liebhaberin verwandelt, sobald sie sich in einen Patienten verliebt. Sie ist dann nicht mehr nur eine Arbeitskraft, da eine starke Verwandlung stattgefunden hat. Sie sieht nicht mehr länger auf die Uhr und auch ihr Einkommen ist ihr nun egal. Sie hakt nicht mehr die einzelnen Pflichten auf ihrer Checkliste ab, die es noch zu erfüllen gilt. Jetzt, da sie zu einer Liebenden geworden ist, ist ihr die Checkliste aufs Herz geschrieben. Es ist in der Tat faszinierend, zu sehen, was passiert, wenn die Krankenschwester zur Braut wird. Es ist tatsächlich so: Wenn der Arbeiter zum Liebhaber wird, ändert sich die gesamte Dynamik zwischen den zwei Individuen vollständig.

Liebhaber werden immer bereitwilliger und befreiter ihren Dienst ausüben, als es Arbeiter jemals tun. Wir treffen dieses Konzept in Hosea 2,18 an:

> Und es wird geschehen an jenem Tag, spricht der Herr, da rufst du: Mein Mann! Und du rufst mich nicht mehr: Mein Baal!

Dieser Vers spricht von einer Zeitperiode der Endzeit, in der der Geist der Erweckung das Volk Gottes bedecken und dieses dann über die Beziehung mit dem Herrn vollkommen anders sprechen wird. Das Volk Gottes wird ihn seinen Ehemann nennen und nicht mehr Meister. In Form dienender Nachfolger wird es ihm weiterhin gehorchen, doch die dienstbare Haltung eines Arbeiters wird durch die Freude und Energie eines Liebhabers ersetzt werden, dessen Leidenschaft und Freude es ist, dem Einen zu gefallen, der das Objekt der Liebe ist.

Diese Schriftstelle sagt „an jenem Tag" und bezieht sich auf das Ende der Zeit, wenn der Geist der Erweckung zugleich auf die Nation Israel und den weltweiten Leib Christi ausgegossen werden wird. Wir werden nicht von Pflichtgefühl getrieben sein. Wir werden mehr als nur eine Diener-Meister-Beziehung erleben. Wir werden mit größerem Eifer arbeiten und dienen. Wir werden Gott in der Tat auf intensivere Weise gehorsam sein. Wir werden ihn unseren Ehemann nennen, weil wir uns selbst als seine Braut sehen.

Arbeitende Liebhaber, nicht liebende Arbeiter

Gott möchte, dass du ein Liebhaber (bzw. eine Liebhaberin) bist. Und er möchte, dass du ein arbeitender Liebhaber bist. Deine Identität also ist die eines Liebhabers und deine Tätigkeit der Dienst. Du sollst nicht nur ein Arbeiter sein, der darum ringt, Gott zu lieben. Stattdessen bist du ein Liebhaber Gottes.

Unsere eigentliche Identität besteht darin, Liebhaber zu sein. Genaugenommen ist es auch wirklich das, was wir sind. Wir sind Liebende Gottes, die weiterhin auch noch arbeiten, doch nicht umgekehrt. Gott möchte, dass wir jemand sind, *bevor* wir etwas tun. In einer gefallenen Welt tun wir etwas, um jemand zu sein. Bei Gott trifft genau das Gegenteil zu. Gott möchte, dass wir Liebende sind und danach arbeiten.

Es ist äußerst wichtig, dass das, was wir tun, aus dem hervorgeht, wer wir sind. Es ist auch wichtig, nicht aus der selbstzentrierten Motivation heraus den Versuch zu starten, jemand zu sein und danach zu trachten, noch mehr zu erreichen. Aus einem nicht erneuerten Sinn heraus arbeiten wir, um uns wichtig zu fühlen und um in den Augen anderer bedeutsam zu erscheinen. Gott erwartet von uns genau das Gegenteil. Wir sind nicht in erster Linie Krieger. Wir sind in erster Linie seine Braut. Wir sind zuerst Liebende und erst danach führen wir die Kriegshandlungen aus.

Gott möchte, dass wir zuerst beziehungsorientiert sind und erst in zweiter Linie erfolgsorientiert. Ja, wir sollen dem Missionsbefehl nachkommen, doch wer wir in ihm sind, ist weit wichtiger als das, was wir für ihn tun. Auf diesem Wege wird das Reich Gottes gefestigt. Er möchte in der Tat, dass wir geistliche Samen aussäen und unseren geistlichen Garten pflegen. Unser Wissen, dass wir geliebt sind, und das Gefühl der Zuneigung Gottes ist für unser Wachstum viel wichtiger, um von ganzem Herzen Gott Liebende sein zu können. Hier liegt unsere Lebensquelle. Hier findet sich die Essenz des wahren Erfolgs. Sobald wir in diesem geistlichen Sinne erfolgreich sind, können wir ihm mit unserem Tun in Form von tieferem Gehorsam und größerer Ausdauer dienen. Produktivität ist ihm sehr wichtig, doch kümmert er sich darum erst in zweiter Linie. Zu viele von uns setzen sie an die erste Stelle. Er möchte, dass wir in erster Linie Geliebte und Liebende sind, dann erst möchte er, dass wir die Nationen zu Jüngern machen, beginnend bei unseren Familien und unseren Nachbarn.

Wenn wir zuerst beziehungsorientiert sind, arbeiten wir im Dienst nicht aus dem Bedürfnis heraus, uns erfolgreich fühlen zu wollen. Wir fühlen uns wegen unserer Beziehung zu Jesus bereits erfolgreich. Wir starten unsere Arbeit, die sich auf den Missionsbefehl gründet, bereits von einer Basis des Erfolges aus. Dieses Gefühl des Erfolges vermittelt uns die Fähigkeit, mit der Arbeit fortzufahren, selbst wenn wir Schwierigkeiten begegnen. Doch wenn wir dienen, weil wir versuchen, erfolgreich zu sein, werden wir durch weitere Versuchungen und Unmut bald innerlich ausbrennen.

Du sollst den Herrn lieben

> Er aber sprach zu ihm: „Du sollst den Herrn, deinen Gott, lieben mit deinem ganzen Herzen und mit deiner ganzen Seele und mit deinem ganzen Verstand.“ Dies ist das größte und erste Gebot. Das zweite aber ist ihm gleich: „Du sollst deinen Nächsten lieben wie dich selbst.“ An diesen zwei Geboten hängt das ganze Gesetz und die Propheten. Matthäus 22,37-40

Natürlich ist es absolut notwendig, das Mandat Christi ernst zu nehmen, zu den Menschen hinauszugehen und die Nationen zu erreichen. Doch dieses dienstbare Herz muss zweitrangig sein und darf nicht an erster Stelle stehen. Das Verwechseln dieser Prioritäten war das Problem der Marta. Betrachten wir es einmal etwas näher:

> Es geschah aber, als sie ihres Weges zogen, dass er in ein Dorf kam; und eine Frau mit Namen Marta nahm ihn auf. Und diese hatte eine Schwester, genannt Maria, die sich auch zu den Füßen Jesu niedersetzte und seinem Wort zuhörte. Marta aber war sehr beschäftigt mit vielem Dienen; sie trat aber hinzu und sprach: Herr, kümmert es dich nicht, dass meine Schwester mich allein gelassen hat zu dienen? Sage ihr doch, dass sie mir helfe! Jesus aber antwortete und sprach zu ihr: Marta, Marta! Du bist besorgt und beunruhigt um viele Dinge; eins aber ist nötig. Maria aber hat das gute Teil erwählt, das nicht von ihr genommen werden wird. Lukas 10,38-42

Als Maria und Marta sich in ihrem kleinen Konflikt befanden, hatte Marta nicht Unrecht, als sie eine Dienerin sein wollte. Ihre Prioritäten waren jedoch durch ihr natürliches Selbst auf den Kopf gestellt. Ihre natürlichen Fähigkeiten und Interessen veranlassten sie, zuerst eine Arbeiterin und erst dann eine Liebhaberin zu sein. Im Grunde lenkte sie ihre Arbeit davon ab, eine Liebende zu sein (V. 40).

Marta tat viel mehr richtig als falsch. Anders als Marta sind viele Menschen weder Liebende noch Diener Gottes. Viele Christen sind von ihrem Selbst so eingenommen, dass ihr Inneres auf keinen dieser beiden Befehle ausgerichtet ist.

Wenn ich jemanden antreffe, der bestrebt ist, zu anderen Menschen hinauszugehen, dann freue ich mich über die Gnade Gottes in diesem Individuum, weil wenigstens er oder sie aus seiner oder ihrer Selbsteingenommenheit herausgetreten ist und sich nun wenigstens darum kümmert, ein Arbeiter zu sein. Es ist gut, ein Arbeiter zu sein. Ich bin ein Arbeiter im Reich Gottes. Ich bin aber weder in erster Linie noch *nur* ein Arbeiter Gottes. Ich lobe Gott für hart arbeitende Brüder und Schwestern, da so viele Gläubige nur darauf ausgerichtet sind, persönlichen Segen zu empfangen. Viele Individuen suchen tatsächlich nur danach, ihre irdischen Umstände zu verbessern und persönliche Bequemlichkeit zu erfahren, statt sich ernsthaft damit auseinanderzusetzen, ein Arbeiter zu sein, geschweige denn ein Liebhaber. Wenn ich einen Arbeiter sehe, sage ich zu mir selbst: „Gut, er ist halb am Ziel." Doch ich weiß auch, dass so ein Individuum ein viel effektiverer Arbeiter sein könnte, wenn er oder sie zunächst einmal zum/zur Liebenden wird.

Bist du ein Student der Bibel? Es ist wichtig, dass wir uns daran erinnern, nicht in erster Linie dazu berufen zu sein, die Bibel zu studieren – obwohl es gut ist, das Wort Gottes zu studieren. Ich liebe es, die Schrift zu studieren, doch bin ich nicht in erster Linie dazu berufen, die Bibel zu studieren. Ich bin in erster Linie dazu berufen, ein Liebender zu sein. Es ist so etwas Herrliches, eine Person zu sein, die Gott liebt! Ich liebe es, ihn zu lieben! Deswegen studiere ich auf eine Weise, die Liebe in meinem Herzen hervorbringt und Liebe im Herzen derjenigen Menschen hervorruft, auf die ich Einfluss ausübe. Je nach innerer Haltung eines Individuums kann das Studium dieser Person entweder dabei helfen, diese erstrangige Priorität zu erfüllen, oder sie dabei behindern.

Auf dieselbe Weise sind wir in erster Linie auch nicht dazu berufen, Diskussionsführer oder Kämpfer für die Wahrheit zu sein. Manche Menschen denken, dass die Aufgabe ihres Lebens darin besteht, die Wahrheit zu beschützen. Sie erkennen nicht, dass wir zuerst dazu berufen sind, Liebende zu sein. Ja, Gott möchte, dass wir für die Wahrheit kämpfen, doch niemals bevor wir uns mit dem Gedanken auseinandersetzen, Liebhaber Gottes zu sein.

Wir sind auch nicht dazu berufen, religiös zu sein. Wir sind nicht in erster Linie dazu berufen, die Hürden unseres religiösen Systems oder unserer politischen Struktur zu parieren, oder etwa dem

Buchstaben i einen i-Punkt oder dem t einen Querstrich nach unserer besonderen Lehre oder Praktik zu verabreichen. Er ruft uns in erster Linie dazu, Liebende zu sein.

Der Missionsbefehl ging vom Herzen unseres Vaters an eine Braut aus, die dazu bestimmt ist, mit dem Sohn Gottes eine Ehe einzugehen. Es wurde der Gemeinde aufgetragen, ein Liebespartner zu sein, dessen Arbeit von der Energie der göttlichen Romantik angetrieben wird, die durch Herzen voller Liebe fließt. Der Missionsbefehl wird oft aus dem Blickwinkel eines Arbeiters gesehen. Er wird als Aufgabe betrachtet, die große Opfer einschließt. Doch am Ende der Zeit wird Evangelisation durch die bei Liebenden überfließende Energie motiviert sein, die durch die Partnerschaft mit dem göttlichen Bräutigam freigesetzt wird. Wir werden es nicht als Opfer betrachten, sondern als Privileg. Wir werden auf den Erntefeldern mit einem absolut liebeskranken Herzen arbeiten, das voller Leidenschaft für den Herrn der Ernte ist.

Gegenwärtig betrachten wir Evangelisation durch das Gitterfenster des missionarischen Opfers: Wir liefern unser Leben aus, was nun einmal der Preis für die Nachfolge ist. Dieses Verständnis ist sicherlich zulässig, doch es ist nicht das höchste Paradigma des Missionsbefehls. Jesus sprach davon, die Kosten zu überschlagen. Vergiss dabei aber nicht, dass Jesus nur neue Gläubige darum bat. Er lud diejenigen dazu ein, die in der Gnade Gottes noch Unwissende waren und deren Seele noch nicht erneuert worden war.

Der Gedanke an Aufopferung ist nicht die erste Überlegung derjenigen, die von der Romantik des Evangeliums berührt wurden, deren Herz von der Schönheit Gottes ergriffen wurde und die eine tiefe Realität ihrer Liebe für Gott empfinden. Solche Gläubige profitieren stattdessen vom Privileg der Selbstvergessenheit. Ihre vorrangige Belohnung ist die Kraft der Liebe. Ihre Belohnung ist es, Liebe zu fühlen und zu empfangen, um anschließend in der Kraft Gottes darauf zu reagieren. Sie tragen diese Belohnung in ihrem Herzen.

Deswegen verändert sich der Missionsbefehl von einem Paradigma aufopfernder Arbeit zu einem Liebesparadigma – zum hingegebenen Handeln einer liebeskranken Braut. In diesem neuen Paradigma tragen wir unsere Belohnung in unserem Herzen, weil das erste Gebot auch an erster Stelle steht.

Ein Liebhaber zu sein beginnt genau in diesem Moment

Wir können das Herz eines Liebhabers (auch im weiblichen Sinne!) besitzen, ohne auch nur einer einzigen Disziplin nachgekommen zu sein. Das Herz eines Liebhabers ist das Werk des Heiligen Geistes bei der Wiedergeburt. Es ist die Saat zum Liebhaben in uns, die schreit: „Abba, Vater." Es ist ein Geschenk Gottes, das uns am Tag unserer Neugeburt in Christus gegeben wurde. Bevor wir nur eine einzige Gewohnheit unseres Lebens verändern, befindet sich dort in unserem Innern der Schrei eines Liebhabers.

> Weil ihr aber Söhne seid, sandte Gott den Geist seines Sohnes in unsere Herzen, der da ruft: Abba, Vater! Galater 4,6

Es ist wichtig, dass wir erkennen, wie einfach wir davon abgelenkt werden können. Es ist wirklich so, dass dieser Schrei eines Liebenden sehr leicht unterdrückt werden kann, noch bevor wir an den Disziplinen eines Lebens als Christ zu arbeiten anfangen. Doch wenn wir einfach ruhig werden, können wir das Rumoren des Schreis eines Liebhabers tief in unserem Geist verspüren – „Abba, Vater. Abba, Vater."

Wie wir innerem Ausgebranntsein vorbeugen können

Viele Christen, die sich um andere kümmern, brennen schnell innerlich aus, weil sie in den Dienst hinausgehen, ohne zuvor in ihrem Innern die Grundlage dafür zu legen, Liebhaber Gottes zu sein. Entmutigung, Verzweiflung, Langeweile und Frustration werden unvermeidlich auftreten, wenn wir nicht erkennen, dass wir in erster Linie dazu berufen sind, Liebhaber zu sein. Ja, Gott ruft uns dazu, auch Arbeiter zu sein. Ja, wir sind dazu berufen, Diener zu sein. Ja, wir sind dazu berufen, die Unannehmlichkeiten zu ertragen, die einhergehen, wenn wir uns um andere Menschen kümmern. Doch wir dürfen nicht vergessen, dass solche Dienste ein Teil des zweiten Gebotes sind. Sie sind ein Überfluss des ersten Gebots.

Was passiert, wenn wir in erster Linie Arbeiter oder Kämpfer für die Wahrheiten eines bestimmten religiösen Systems sein wollen? Was passiert, wenn wir zuerst Studenten sein wollen, oder andere zu Jüngern machen wollen? Was passiert, wenn unsere erste Priorität lautet, den Missionsbefehl zu erfüllen und in alle Welt hinauszugehen und das Evangelium jeder Kreatur zu predigen (siehe Mk. 16,15)?

Schlimme Dinge können die Folge sein, wenn wir den Dienst an anderen und den Missionsauftrag in unserem Leben an die erste Stelle setzen.

Das Erste, was falsch laufen kann, ist das innere Ausgebrannt-sein (das sog. „Burnout"). Wenn wir jedoch in erster Linie Liebende sind, wenn das erste Gebot an erster Stelle steht, dann werden unsere Opfer und Anstrengungen belohnt. Die Belohnung ist eine zweifache:

* Der Heilige Geist teilt uns mit, dass Gott uns liebt.
* Wir werden zu einem Werkzeug, durch das die Liebe des Vaters für Jesus durch uns zurück zu ihm fließen kann.

Diese zweifache Belohnung erfrischt uns, und aufgrund dessen vermeiden wir einen Großteil des Burnouts, das in unserer heutigen Zeit so um sich greift.

Gott gestaltete uns so, dass wir Liebe empfangen und Werkzeuge sein können, durch die seine Zuneigung zurück zu ihm fließt. Deswegen verspüren wir Zufriedenheit, wenn wir in Momenten unserer Schwachheit und unseres Kummers seine Liebe erfahren. In solchen Zeiten können wir die Zuneigung für und die Freude an Jesus verspüren, wie sie durch unser Herz zurück zu Gott pulsiert.

Die Belohnung unserer Anstrengung ist der Genuss der vorrangigen Sorge unseres Lebens, ein Liebhaber zu sein. Es ist ein unvergleichbar befriedigendes Gefühl. Doch wir werden vieles erleiden müssen, wenn wir in erster Linie Arbeiter sind. Wenn Arbeiter schlecht behandelt werden, wenn die Salbung Gottes auf sich warten lässt, wenn wir sie gerade haben wollen, oder wenn uns Umstände enttäuschen, bleibt uns nichts anderes übrig, worin wir uns fallen lassen könnten – außer das Warten auf den Himmel. Das Resultat einer solchen Drucksituation ist gewöhnlich das innere Burnout.

Die Auswirkungen bei einem Liebhaber sind jedoch ganz andere. Wenn ich als vorrangiger Liebhaber Angriffen durch andere Menschen begegne, wenn ich hintergangen werde, wenn Dinge einfach nicht klappen, wenn sich Enttäuschung einschleicht, während ich für das Evangelium arbeite, kann ich immer zurück zu einem Ort der Ruhe gehen. Ich habe dann immer noch einen gewissen Ort der Erfrischung, an dem ich in das Wissen eintauchen kann, dass Gott mich liebt. Dort gibt mir Gott ein wenig von der Vaterliebe für seinen Sohn ab. Das ist wahres geistliches Vergnügen!

Die Freuden Gottes wirken dem inneren Ausgebranntsein entgegen

Gott hält viele Freuden für uns Gläubige bereit. Es gibt sowohl körperliche, emotionale als auch intellektuelle Freuden, die alle von Gott vorbereitet sind. Doch keine Freude geht tiefer als diejenige, wenn sich Gott selbst dem menschlichen Geist mitteilt. In den kurzen Momenten, in denen mir Gott seine Leidenschaft mir gegenüber mitteilt, erlebe ich, worum es im Leben eigentlich geht. Das ist Leben in seinen besten Momenten.

Diese zärtlichen Momente mit Gott lassen Leben und geistliche Vitalität tief im Innern aufkommen. Natürlich erleben wir in diesem Leben noch kein ununterbrochenes Gefühl der Liebe Gottes. Solche dramatischen Berührungen der Gegenwart Gottes verschwinden gewöhnlich wieder. Erst im Himmel werden wir uns an der dauerhaften Ekstase seiner Gegenwart erfreuen können. Doch während meiner zärtlichen Momente mit Gott in diesem Leben sage ich zu mir selbst und zu Gott: „Ja, ich mag das Leben. Das Leben ist gut!“

Wenn Gott seine Liebe in mich ausgießt, fließt diese Liebe durch mich zurück zu ihm. Wenn ich ihn zurückliebe, empfange ich größere Offenbarungen seiner Zuneigung und Schönheit, und der Kreislauf erweitert sich bei jedem Mal mehr und mehr. Wie jeder andere, bin auch ich eine gewöhnliche Person, die durch Gnade gerettet und getragen wird. Ich erlebe Zeiten geistlicher Freuden, dann gehe ich wieder durch Zeiten der Trockenheit und Schwerfälligkeit, in denen ich mal ärgerlich, mal freudig, mal traurig bin und alle anderen menschlichen Gefühle erlebe.

Inneres Ausgebranntsein tritt jedoch auf, wenn wir nicht die Freude des christlichen Lebens erleben, die sich auf eine Liebesbeziehung mit Gott gründet. Ich versuche, vorsichtig zu sein, um nicht die Intensität solcher Begegnungen mit dem Heiligen Geist zu übertreiben. Ich möchte dich nicht dazu ermutigen, nach einer besonderen Erfahrung Ausschau zu halten, anstatt nach Gott selbst zu suchen. Er soll sich dir als Individuum offenbaren. Dies ist wichtig, weil die Betonung unrealistischer geistlicher Erwartungen im Grunde dazu führen kann, dass du dich verdammt und entmutigt fühlst und mit Fragen auf der Strecke liegen bleibst, ob dich Gott liebt oder nicht.

Sich geliebt fühlen – ein wenig – und Liebe für Gott zu empfinden – ein wenig – hat im menschlichen Geist eine mächtige dynamische Auswirkung. Ich schreie diese Botschaft nicht hinaus, weil ich ein edler Soldat Gottes sein möchte. Ich bin damit beauftragt, diese Botschaft weiterzugeben und die Notwendigkeit hinauszurufen, dass das erste Gebot an die erste Stelle gestellt werden soll, weil ich eine Realität erlebte, die in Reichweite des Leibes Christi liegt. Wir müssen die Ausrichtung unserer Seele ändern. Wir müssen vorrangige Dinge an die erste Stelle setzen, um die wundervollen geistlichen Freuden erleben zu können, die es in der Liebesbeziehung mit Christus gibt.

Durch Liebe am Leben bleiben

Seine Umarmungen schenken uns aufrechterhaltende Kraft für unser Leben. Selbst das Erinnern an seine Umarmungen der Vergangenheit helfen mir, vorwärts zu gehen, wenn ich wochen- oder monatelang am Stück ohne eine neue Begegnung mit seiner Liebe auskommen muss. In trockenen Zeiten, in denen der Himmel verschlossen erscheint, erinnere ich mich an die Zeiten, in denen ich seine Umarmung spürte. Das Gedächtnis an die Schönheit und Freude der zurückliegenden Intimität mit Jesus hilft mir weiterzugehen. Zugegeben – ich mag die trockenen Zeiten nicht gerade und ich stelle mich ihnen entgegen. Doch nach einer gewissen Zeit erkenne ich, dass mir die Trockenheit beim Wachstum behilflich sein kann. Ich erkenne, dass Gott die Trockenheit dazu gebraucht, um mich für die Zukunft zu stärken. In seiner Liebe und zärtlichen Gnade zeigte mir Gott, dass ich neben seiner Umarmung auch die Zeiten der Trockenheit benötige. Ich benötige beides, um angemessen reifen zu können.

Es gibt etwas, was dein christliches Leben revolutionieren wird: das Leben aus Liebe und das Entdecken der Stärke durch die Umarmung Gottes. Menschen, die verliebt sind, geben viel weniger nach als Menschen, die es nicht sind. Wenn ein Mensch verliebt ist, gibt er einfach nicht so schnell auf. Verliebt zu sein stützt uns und stärkt uns, wenn wir versucht sind nachzugeben.

Liebhaber zu sein vermindert die Versuchung

Wenn wir Liebhaber Gottes sind, wirkt das nicht nur dem inneren Ausgebranntsein entgegen, sondern auch der Versuchung. Aus diesem Grund sündigen gesättigte Menschen auch weniger. Viele der Sünden im Leib Christi sind falsche Antworten auf Schmerzen, Angst und das Bedürfnis nach Tröstung. Sünde ist ein falscher Tröster, den Menschen als Stütze dafür gebrauchen, um durch Zeiten des Schmerzes hindurchzukommen. Viele Menschen begehen Sünden, weil sie sich von Gott und den Menschen erschlagen und verlassen fühlen. Obwohl sie in Wahrheit nicht verlassen sind, fühlen sie sich dennoch so. Aus diesem Grund verlangen sie nach sofortiger Tröstung in Form von Ansehen, finanziellem Gewinn oder falschen Ausdrucksweisen der Sexualität. Obwohl geistlich gesättigte Menschen nicht ohne Sünde sind, sündigen sie doch weniger.

Liebhaber streiten weniger

Glückliche Menschen kämpfen auch weniger. Wie jeder anderer auch, bin ich von Ablehnung und Kritik betroffen. Ich werde selbst von Gläubigen kritisiert, die falsche und böse Dinge über mich sagen. Diese Angriffe kommen von Menschen, die mir nahe stehen, aber auch von Menschen, denen ich noch nie begegnet bin.

Nicht immer reagiere ich positiv auf solche Angriffe, selbst wenn ich mich in einer Zeit befinde, in der ich die Gemeinschaft des Heiligen Geistes verspüre. Doch wenn ich dieses kleine Stückchen Glücklichsein besitze, das von der Umarmung Gottes kommt, kämpfe ich ein ganzes Stück weniger gegen diese Menschen.

Das erinnert mich an das Gefühl, das ich hatte, als ich meine Frau zum ersten Mal traf. Ich war vor Leidenschaft so liebeskrank, dass ich zu demjenigen, der gerade mein Auto stehlen wollte, gesagt hätte: „Du kannst mein Auto haben. Und hier – möchtest du auch noch meinen Geldbeutel dazu?“ Zufriedene Menschen kämpfen einfach weniger.

Der Leib Christi wird nicht sauber funktionieren können, bis das erste Gebot wieder dort steht, wo es hingehört: an der ersten Stelle. Für die Gesundheit des Leibes Christi ist das absolute Voraussetzung. Ich habe Respekt vor den Menschen, deren vorrangiges Anliegen der Missionsbefehl und ihre Beziehungen sind. Doch weiß ich auch, dass sie innerlich ausbrennen, versucht und in Streitereien verwickelt werden, wenn ihre erste Priorität nicht darin besteht, Liebhaber Gottes zu sein.

Getrieben von Liebe

Der Apostel Paulus sagte: „Denn die Liebe Christi drängt uns, da wir zu diesem Urteil gekommen sind, dass einer für alle gestorben ist (und) somit alle gestorben sind“ (2. Kor. 5,14). Das Wort *drängen* bedeutet so viel wie „eng festhalten“. Paulus war von der Liebe Christi motiviert, die in ihm und durch ihn wirkte. Die Liebe Gottes wurde zu einer treibenden Kraft in allem, was er tat. Sie ist der eigentliche Antrieb für ein Leben in Frömmigkeit. Ich ermutige Menschen, sich darauf zu konzentrieren, Gott mehr zu genießen, statt zu versuchen, härter gegen Sünde anzukämpfen.

Viele Menschen werden von Furcht getrieben und nicht von der Zuneigung gegenüber Gott. In Wahrheit erkenne ich oft Furcht im Leben vieler meiner Freunde. Manchmal nehme ich sie sogar in meinem eigenen Herzen wahr. Wenn Furcht auftritt, müssen wir darauf reagieren, indem wir uns auf das erste Gebot werfen. Wenn das erste Gebot den ersten Platz in meinem Leben einnimmt, werde ich im Hinblick auf das zweite Gebot und den Missionsbefehl gleich viel stabiler. Das Wunder, die Freiheit, die Kraft und das Vergnügen, das damit eng verbunden ist, liegt in der Reichweite eines jeden Christen, da es das Werk des Heiligen Geistes im menschlichen Geist ist.

Der Heilige Geist gießt die tatsächliche Zuneigung Gottes in das menschliche Herz aus, und zwar unabhängig von unserem Persönlichkeitstyp, der Geschichte unserer Bindungen, unabhängig davon, wo wir verletzt wurden oder wie gebrochen wir sind. Es ist eine übernatürliche Aktivität, die sich über menschliche Voraussetzungen hinwegsetzt.

> Die Hoffnung aber lässt nicht zuschanden werden, denn die Liebe Gottes ist ausgegossen in unsere Herzen durch den Heiligen Geist, der uns gegeben worden ist. Römer 5,5

Wenn wir unsere Seele daran ausrichten, dass das erste Gebot an erster Stelle steht, werden wir zuerst Liebhaber und dann Arbeiter sein. Durch die liebevolle Umarmung Christi zeigt er uns, dass wir erst einmal eine Braut sein müssen, bevor wir eine Armee sein können.

Der liebevoll fürsorgliche Dienst Jesu

Das erste Gebot wird nicht nur von Satan stark angegriffen, sondern auch vom Leib Christi stark vernachlässigt. Die Angriffe Satans kommen auf strategischem Wege. Paulus spricht direkt nach der Schriftpassage, in der er davon redet, die Gemeinde Christus als eine keusche Jungfrau zu präsentieren, von seiner Sorge, dass die fleischliche Gemeinde in Korinth von Satan betrogen werden könnte.

> Ich fürchte aber, dass, wie die Schlange Eva durch ihre List verführte, (so) vielleicht euer Sinn von der Einfalt und Lauterkeit Christus gegenüber ab(gewandt und) verdorben wird.
> 2. Korinther 11,3

Als Paulus sagte, dass er sie als reine, keusche Jungfrau mit einem Ehemann verlobt hat, sprach er zu den Korinthern. Dies hatte nichts mit ihrer Fähigkeit oder ihrem Tun zu tun. Es basierte komplett auf der Tatsache, dass sie wiedergeboren waren. Durch die Tugend der neuen Geburt waren sie dem Herrn Jesus als Braut vorgestellt worden, als reine Jungfrau vor ihrem Ehemann. Die Worte des Paulus waren an die Korinther gerichtet, an die fleischlichste Gemeinde in den gesamten Schriften des Neuen Testaments. Was für eine Diskrepanz! Satan möchte nicht, dass du Jesus als seine Braut vorgestellt wirst. Er würde gerne diesen Prozess unterlaufen. Seine Strategie ist es, dich auf Seitenwege zu bringen und dich von der Einfachheit der ungestörten Liebe und Hingabe abzubringen.

Satan greift uns an, indem er unsere Offenbarung von Gott unterläuft. Wenn wir die Offenbarung vom Herrn als unserem Bräutigam verlieren, vergessen wir seine Zärtlichkeit, seine Umarmung und seine Freundlichkeit uns gegenüber. Wenn wir uns in unserer Schwachheit nicht von ihm geliebt fühlen, fangen wir an, von der reinen Hingabe abgelenkt zu werden.

In Epheser 5,27 heißt es: „Damit er die Gemeinde sich selbst verherrlicht darstellte, die nicht Flecken oder Runzel oder etwas dergleichen habe, sondern dass sie heilig und tadellos sei." Jesus präsentiert sich in eigener Person eine Gemeinde, die voller Herrlichkeit ist. Eines Tages wird die Gemeinde dem Herrn Jesus infolge seines eigenen Werks präsentiert werden. Im Grunde präsentiert er sich selbst die Gemeinde.

In anderen Worten ausgedrückt tut er dies durch das Werk seines eigenen Todes am Kreuz. Du fragst dich vielleicht, wie das passiert. Wir können in Epheser 5,29 sehen, wie dies geschieht: „Denn niemand hat jemals sein eigenes Fleisch gehasst, sondern er nährt und pflegt es, wie auch der Christus die Gemeinde." Jesus „nährt und pflegt" die Gemeinde auf dieselbe Weise, wie es ein Mann bei seiner Frau tut.

Die Kraft, die daher kommt, ein genährtes Herz und die Selbstvergessenheit eines geliebten Herzens zu besitzen, ist die eigentliche Quelle des Lebens!

Ich glaube, dass eine Zeit kommen wird, in der die Gemeinde voller Herrlichkeit sein wird, und in der sich eine explosionsartige Freisetzung des liebevollen Dienstes Jesu Christi über das Volk Gottes legen wird. Jesus offenbarte sich dem Apostel Paulus als Ehemann, der für eine schwache, gebrochene Gemeinde liebevoll sorgen wird. Genaugenommen sagte Paulus, dass Christus für die Gemeinde sorgt, wie ein Mann, der, unterstützt vom Geist Gottes, für seine Frau sorgt. Ein Mann, der im Fleisch lebt, liebt seine Frau nicht auf genannte Weise, doch ein geistlicher Mann wird für seine Frau liebevoll sorgen, wie Jesus für die Gemeinde sorgt. Jesus lehrt die Gemeinde nicht nur. Er tröstet die Gemeinde nicht nur. Er leitet die Gemeinde nicht nur an. Er umarmt sie buchstäblich und sorgt für sie, wie ein liebender Ehemann für seine Frau sorgt.

Ich glaube, dass das Hohelied eine grundlegende Strategie Gottes ist, um den liebevoll sorgenden Dienst Jesu zu offenbaren. Dieser Dienst ist das Ausgießen der Liebe eines Ehemannes auf die Gemeinde. Wenn diese mächtige Offenbarung von den Gläubigen überall im Leib Christi erlebt wird, wird eine göttliche Leidenschaft von der Braut zum Herrn zurückfließen. Diese mächtige Ausgießung wird ihren Höhepunkt in der Generation erreichen, in der die herrliche Gemeinde präsentiert wird. Ich glaube, dass dieser zusammen mit der Offenbarung des Bräutigams kommt.

Jesus ist nicht nur Herr der Ernte, sondern auch Herr des Sabbats. Anders ausgedrückt ist er auch Herr darüber, ihm zu Füssen zu sitzen, wie Maria es tat. Er ist auch Herr der intimen Momente mit Gott.

Die wahre geistliche Sabbatruhe ist eine Zeit, die wir dafür hernehmen, um unser Herz Gott hinzugeben. Maria von Betanien tat dies, als sie Jesus zu Füßen saß. Dem Herrn unser Herz zu geben ist die Erfüllung des Sabbats. Sabbat bedeutet nicht, mit der Arbeit aufzuhören, um zu ruhen. Stattdessen bedeutet die Sabbatruhe, unser gesamtes Herz in Gott einzutauchen. Obwohl sie auch der weiteren Absicht dient, uns körperliche Ruhe zu schenken, ist doch die höchs-te Absicht hinter dem Sabbat, unser Herz auf ungestörte Weise auszuliefern.

Die Wiederherstellung des ersten Gebots an erster Stelle

Die Leidenschaft des Bräutigams, sein brennendes Verlangen nach uns Menschen, seine Schönheit, die wir kaum verstehen können – ein weiter Ozean der Wahrheit und Offenbarung des göttlichen Menschen Jesus Christus –, sind Dinge, die der Geist Gottes am Ende der Zeit offenbaren wird. Dies wird zugleich die Herrlichkeit und Stärke der Endzeitgemeinde sein. Ich glaube, dass die Strategie des Heiligen Geistes in diesen Stunden lautet, Männer und Frauen hervorkommen zu lassen, denen er die Vorläuferberufung übertragen kann. Der Vorläuferdienst ist für das Ende der Zeit etwas sehr Wichtiges. Ich werde diesen Dienst in den kommenden Kapiteln etwas näher erläutern.

Der Heilige Geist wird das erste Gebot wieder an die erste Stelle zurückstellen, weil das erste Gebot das überragende Gebot ist. Meine momentane Einschätzung ist, dass sich das erste Gebot in der Gemeinde von heute nur irgendwo unter den Top Ten aufhält. Wir Christen denken darüber immer wieder einmal nach, manchmal nehmen wir darauf Bezug, gelegentlich beten wir vielleicht einmal darüber, hier und dort richten wir uns vielleicht daran aus, doch das erste Gebot ist keineswegs nahe daran, die erste Priorität im Leib Christi als Ganzem zu sein. Das bereitet mir jedoch keine Sorgen. Es wird an erster Stelle stehen, bevor Jesus wieder zurückkehrt.

Es gibt verschiedene Ebenen, auf denen Belohnung stattfindet. Eigentlich sind die zweitrangigen Belohnungen hier auf Erden etwas sehr Wichtiges. Sie schließen einen gesalbten Dienst ein, Durchbruch in den Finanzen, ein paar gute Freunde, Gesundheit und Stärke. Alle diese sind ganz wichtige Belohnungen, sie sind aber zweitrangig. Ich liebe die zweitrangigen Belohnungen. Wir benötigen sie, und sie sind Gottes Wille.

Wenn das erste Gebot als eine anstrengende Aufgabe, also als Opfer gesehen wird, werden aus den zweitrangigen Belohnungen oft vorrangige. Anders ausgedrückt besteht unsere Hauptsorge dann darin, wie viel Salbung auf unserem Dienst liegt, wie viel Geld wir besitzen, in unserem Gesundheitszustand, in der Zahl der tiefen und treuen Freundschaften, die wir haben. Diese zweitrangigen Belohnungen werden also zu unserem primäreren Fokus, wenn wir uns als

Menschen betrachten, die Gott Opfer darbringen. Diese Belohnungen werden jedoch zweitrangig sein, wenn Jesus unsere herrliche Leidenschaft ist, weil unsere Seele dann höchste Zufriedenheit erlebt.

Wir finden in der Gnade Gottes Kraft und Furchtlosigkeit, wenn die vorrangige Bestimmung der Liebe, zu deren Zweck wir geschaffen wurden, wahrgenommen wird. Dies ist die Salbung des ersten Gebots. Wir tragen dann unsere Liebe als Belohnung in uns, wohin auch immer wir gehen, selbst in trockenen Zeiten.

Als Liebhaber identifiziert

Wir sind von ihm Geliebte und deswegen sind wir auch selbst Liebhaber. Dies ist unsere erste Identität. Aus dieser Perspektive sieht das Leben vollkommen anders aus, da unser Herz von einem bestimmten Lied erfüllt wird. Egal, was passiert, unser Geist wird in Hochstimmung versetzt, und unser innerer Mensch wird gegenüber Gott ganz sensibel.

Ich folgte riskanten Dienstanstrengungen, zu denen mich der Herr berufen hatte, und stieß unerwartet auf viel Widerstand. Ich erlebte, dass meine Worte beim Predigen auf den Boden fielen, als der Himmel verschlossen schien. Ich weiß, was es bedeutet, recht froh zu einem Gebetstreffen zu gehen und dieses dann niedergeschlagen zu verlassen. Ich erlebte Dienstanstrengungen, in denen ich mich fühlte, als hätte ich an Boden verloren, obwohl ich mir sicher war, dass ich mich im Willen Gottes befand.

Während solcher Zeiten machte mir der Herr klar, dass er nicht möchte, dass der Dienst oder finanzieller Erfolg unsere vorrangige Belohnung ist. Er möchte, dass sein Sohn unsere herrliche Leidenschaft ist, nicht die Tatsache, dass wir in einem Stadion zu 100 000 Menschen sprechen und 10 000 zum Herrn führen. Sicherlich ist es gut, zu Tausenden zu predigen und Menschen für Gott zu gewinnen, doch selbst dies darf nur unsere zweitrangige Belohnung sein.

Die großartige Neuigkeit lautet, dass du dich im Gefängnis befinden, zugleich aber auch erfolgreich sein kannst, wenn du deine vorrangige Belohnung richtig platziert hast. Du kannst die Enttäuschungen einer gesamten Lebensspanne in deinem Dienst erleben und Menschen in deiner Lokalgemeinde haben, die dich missverstehen und abschreiben, doch du bist dann immer noch erfolgreich in deinem Herzen, wenn deine Liebe für ihn und seine Liebe für dich deine vorrangige Belohnung ist.

Jesus betet dafür, dass das erste Gebot an erster Stelle steht

Jesus betet in Johannes 17 das Hohepriesterliche Gebet, das seinen Dienst abschließt. Danach geht er in den Garten Gethsemane und schließlich ans Kreuz. Dieses priesterliche Gebet ist das größte Fürbittgebet im Wort Gottes. Es ist eines der längsten Fürbittgebete, die wir in der Bibel aufgezeichnet finden. Jeder einzelne Satz ist mit Bänden von Bedeutung angefüllt. Hier betet der Sohn Gottes zum letzten Mal im Fleisch nach dem Willen Gottes, während er sich unter der Kraft des Heiligen Geistes befindet.

Dieses Gebet lebt ständig fort und ist ein anhaltender Ruf der Fürbitte für die Gemeinde.

Alles, was Jesus im Hinblick auf unsere Zukunft betete, ist eine Verheißung, die nicht ins Leere schießen wird. Er betete nichts Falsches. Alles, worum der Herr den Vater in diesem Gebet bat, wird so geschehen. Ich bin der Meinung, dass es das Gebet der Gebete sein sollte, eine Art Modellgebet während unserem Bestreben, in der Fürbitte zu wachsen. Bitte den Geist Gottes, dir Johannes 17 zu offenbaren.

Die Art, auf die Jesus das Gebet beendet, ist erstaunlich tiefsinnig. In Johannes 17,26 sagt er:

> Und ich habe ihnen deinen Namen kundgetan und werde ihn kundtun, damit die Liebe, womit du mich geliebt hast, in ihnen sei und ich in ihnen.

In dieser Passage lässt der Herr Jesus als irdischer Hohepriester einen letzten Ausruf verlauten. Im Kern sagt Jesus zum Vater: „Du sagtest mir, dass dort Menschen sein werden, die mich lieben, so, wie du mich liebst, Vater.“ Im Grunde genommen bittet Jesus den Vater darum, die Vaterliebe für den Sohn auf übernatürliche Weise in uns zu übertragen, damit freiwillig Liebende hervorgehen, die von Liebe so gepackt sind, dass es nur mit der Liebe verglichen werden kann, mit der der Vater Christus liebt.

Bevor die Welt zu existieren aufhört, wird das erste Gebot im Leben der Leute Gottes überall auf der Erde dominieren und fest verankert sein. Der heilige Eifer des Vaters für seinen Sohn wird das Herz der Leute Gottes erfüllen.

Dieses Fürbittgebet war das Geschenk Jesu an die Gemeinde. Versuch dir nur einmal die Auswirkung der zuneigungsvollen Faszination über Jesus vorzustellen, die der Überfluss der Liebe ist, die der Vater für seinen Sohn hat. Das ist es, worum Jesus betete und was wir empfangen werden.

Der Geist und die Braut

> Und der Geist und die Braut sagen: Komm! Und wer es hört, spreche: Komm! Und wen dürstet, der komme! Wer da will, nehme das Wasser des Lebens umsonst. Offenbarung 22,17

In dieser Schriftpassage sehen die Leute Gottes den Sohn Gottes, den Menschensohn – vollkommen Gott und vollkommen Mensch. Sie sehen ihn auf eine Weise, auf die sie ihn niemals zuvor erkannten. Sie sehen ihn als himmlischen Bräutigam. Im Überfluss dieser Offenbarung sehen sie sich selbst in einem vollkommen neuen Licht als geliebte und liebeskranke Braut. Diese neue geistliche Identität verändert unsere emotionale Chemie. Sie verändert alles an uns. Wenn sich der Heilige Geist und die Gemeinde in einer Einheit mit der Identität einer Braut befinden, rufen wir zusammen: „Komm!"

Der Heilige Geist ist heute am Wirken und offenbart uns den göttlichen Bräutigam. Wenn der Heilige Geist den Leuten Gottes die Attribute und den Charakter des Bräutigams offenbart, werden Liebende hervorkommen, die von Herzen hingegeben sind. Die Offenbarung des göttlichen Bräutigams wird die Braut während der schwierigen Zeiten, die vor uns liegen, mit Kraft ausstatten, wird uns tragen, bewahren und beschützen.

Denn der Herr, dein Gott, ist ein verzehrendes Feuer, ein eifersüchtiger Gott! 5. Mose 4,24

4. Das Feuer Gottes in heiliger Romantik

Es gibt nichts Bezwingenderes oder Attraktiveres als Leidenschaft, die fähig ist, einen hinwegzutragen. Hollywood hat mit dem Verlangen des menschlichen Herzens nach dem Erlebnis einer tiefen, unvergänglichen Liebe bereits Milliarden eingefahren. Die Liebesgeschichten, die über die Jahre präsentiert wurden, ähneln sich sehr. Sie sind die Erzählungen von einem Mann, der alles verkauft, um die Liebe seiner Lady zu gewinnen. Menschen kommen in Scharen ins Theater, um immer wieder denselben roten Faden in der Erzählung anzutreffen. Warum? Weil etwas in unserem Inneren nach einer Liebe verlangt, die keine Grenzen kennt, Liebe, die keine Opfer kennt, wenn es darum geht, der Person nachzujagen, die man liebt. Shakespeares zeitloser Klassiker *Romeo und Julia* berührt eine tiefe Saite in unserem Inneren. Er ruft hinaus, dass das Leben an sich nur lebenswert ist, wenn Herzen vor Liebe brennen. Es gibt kein zu großes Opfer, wenn ein Herz entflammt wurde.

Wenn du die Offenbarung vom Feuer Gottes verstehst, wird das Erleben der brennenden Leidenschaft Gottes für seinen Sohn und für andere Menschen dein Leben radikal verändern. Ich liebe es, wie die Braut im Hohenlied 7,11 sagt: „Nach mir ist sein Verlangen.“ Was für eine Aussage! Die Braut verkündet aus einem von feuriger Liebe verzehrten Herzen heraus: „Nach mir ist sein Verlangen.“

Wenn Gott die Schatzkiste öffnet, die in dieser Schriftstelle enthalten ist, werden wir sehen, wie uns die Kraft dieser Offenbarung hier auf Erden und nicht erst im Himmel zuteil wird. Wir können in dem Bekenntnis zur Ruhe kommen, dass seine Leidenschaft für uns brennt. Der transzendente, ungeschaffene Gott, der sich außerhalb jeden Zeitrahmens befindet, ist mit Verlangen entbrannt und plant für dich und mich herrliche Dinge.

Die Bibel sagt:

> Sondern wie geschrieben steht: „Was kein Auge gesehen und kein Ohr gehört hat und in keines Menschen Herz gekommen ist, was Gott denen bereitet hat, die ihn lieben."
>
> 1. Korinther 2,9

Feuriges, eifersüchtiges Verlangen

Viele Menschen denken, dass ein feuriger Gott ein Gott ist, der mit Zorn und Ärger angefüllt ist und alles zerstört, was sich ihm in den Weg stellt. Stattdessen brennt in Gottes strahlendem Herz intensives Verlangen. Ja, dieser Gott intensiven Verlangens zerstört alles, was Liebe behindert, doch sein Feuer hat in erster Linie etwas mit seiner Freude über seine Menschen und seiner heiligen Romantik mit ihnen zu tun.

In 5. Mose 4,24 wird offensichtlich, dass Mose den brennenden Gott versteht: „Denn der Herr, dein Gott, ist ein verzehrendes Feuer, ein eifersüchtiger Gott!" Gottes Feuer des Gerichts ist eine Nebenwirkung, eine Unterkategorie seines leidenschaftlichen Feuers gegenüber seinen Menschen. Es ist eine Manifestation der Leidenschaft, die alles aus dem Weg räumt, was Liebe behindert. Behindert Sünde die Liebe? Gott wird sie in feuriger Leidenschaft richten, damit seine Braut befreit wird. Greifen Feinde die Leute Gottes an? Gericht wird über den Teufel und seine Mächte kommen, weil Gott von der feurigen Leidenschaft ergriffen ist, seine Geliebten zu beschützen. Gott wird seine Feinde aufgrund seiner feurigen Liebe richten. Sein Herz wird in zunehmendem Maße mit feuriger Eifersucht ergriffen sein. Er wird seine Feinde schlagen, um seine Braut zu beschützen und zu rächen.

Vielleicht ist das zur gegenwärtigen Zeit etwas schwierig zu verstehen, doch eines Tages werden einige von uns als Trompeter oder Verkünder der Evangeliumsromantik auf eine Weise in Erscheinung treten, die wir jetzt nicht erwarten würden. Über die Zeit wird der Same des Verlangens heranwachsen, der tief in unseren geistlichen Menschen hineingelegt wurde. Er ist ganz sicher seit der Zeit, als mich Gott zum Hohenlied berief, auch in mir herangewachsen.

Die feurigen Gefühle Gottes

Das Verständnis vom göttlichen Verlangen nach uns Menschen ist gerade jetzt etwas sehr Wichtiges, weil seine Gerichte bald über dem Globus entfesselt werden. Die Leidenschaft der Liebe Gottes und das Feuer seiner Rache sind ein und dasselbe Gefühl. Dieses verzehrende Feuer – seine Genugtuung, sein Verlangen, seine brennende Liebe – wird alles verbrennen, was Liebe behindert. Seine feurige Heiligkeit ist ein Ausdruck seiner brennenden Liebe. In 2. Mose 20,5 fügt Gott eine weitere Dimension hinzu und sagt:

> Denn ich, der Herr, dein Gott, bin ein eifersüchtiger Gott.

Der Fokus seines Verlangens liegt auf uns Menschen, und mit heißen, feurigen Emotionen ist seine Leidenschaft gegenüber uns entbrannt. Die Gefühle Gottes verbreiten Angst und Schrecken. In dieser Passage entsetzen wir uns nicht nur über die Gewalt des Gerichts, sondern auch über die Größe der heiligen Romantik, die uns mit Ehrfurcht erfüllt. Es ist etwas Angsterregendes, Gott in dieser Weise zu begegnen. Es ergibt keinen Sinn und erscheint auf äußerst heilige Weise geradezu als unverschämt – das herrliche Erlebnis, umarmt zu werden, verehrt und gekrönt zu werden, obwohl wir doch zuvor Rebellen waren. Dies aber ist die Logik des Evangeliums. Es ist der Überfluss des brennenden Herzens des unerschaffenen Gottes.

Etwa fünfhundert Jahre nach der Zeit des Mose trat David in Erscheinung und erblickte diesen brennenden Gott, diesen Gott der Freude. David entwickelte eine Theologie der heiligen Freude, und deswegen setzt er sich mit der Schönheit Gottes auseinander und wie diese Schönheit den Erlösten übermittelt wird.

Psalm 36,8 ist einer meiner Lieblingsverse. Hier spricht David über das Trinken vom Fluss der Freude Gottes – und berührt zugleich das Innerste Gottes. David verstand, dass Gott eine Quelle leidenschaftlichen geistlichen Verlangens ist, und begab sich dort hinein.

> Wie köstlich ist deine Gnade, Gott! Und Menschenkinder bergen sich in deiner Flügel Schatten; sie laben sich am Fett deines Hauses, und mit dem Strom deiner Wonnen tränkst du sie. Ps. 36,8-9

Er schneidet auch das Thema des heiligen Liebeskummers an. David besitzt jenes unauslöschliche Verlangen, und nichts kann ihn zufrieden stellen. Kein militärischer Sieg und keine irdische Erfahrung im menschlichen Bereich kann die Tiefen seines Verlangens nach Gott befriedigen. David tritt als einer der ersten Theologen auf, die sich mit der heiligen Romantik auseinander setzten.

In Psalm 16 fasst David seine Theologie der Freude Gottes an seinem Volk, die im Herzen Gottes brennt, in Worte, sowie auch die der Freude, die er seinen Leuten durch seine Umarmung übermittelt.

> Du wirst mir kundtun den Weg des Lebens; Fülle von Freuden ist vor deinem Angesicht, Lieblichkeiten in deiner Rechten immerdar. Ps. 16,11

Die müde Gemeinde von heute braucht eine Vision über die Lust, seine Schönheit zu sehen. Wir brauchen eine Vision von der himmlischen Romantik, die uns mit der Kraft ausstattet, den endzeitlichen Herausforderungen sowohl des Gerichts als auch der Ernte begegnen zu können.

Die Schriftstellen beschreiben den göttlichen Fluss feuriger Leidenschaft. Der Prophet Daniel, der etwa fünfhundert Jahre nach David in Erscheinung trat, spricht vom selben Fluss, von dem auch schon David redete, doch gebraucht er dafür eine andere Ausdrucksweise. In Daniel 7,10 nennt er ihn einen Fluss brennenden Feuers, der vom Thron Gottes ausgeht.

> Ein Feuerstrom floss und ging von ihm aus. Tausend mal Tausende dienten ihm, und zehntausend mal Zehntausende standen vor ihm. Das Gericht setzte sich, und Bücher wurden geöffnet.

Daniel sah einen Fluss des Feuers vom Thron Gottes hervorkommen. Dieser war Gott selbst in brennender Leidenschaft und mit Liebeskummer. Gott wird alles zerstören, was die Liebe behindert. Sein Sohn wünschte sich einen Partner, und so verlangte der Vater danach, ihm eine Begleiterin zu geben. Dieser unerschaffene Fluss aus Feuer fließt vom Thron aus weg, und Gott selbst ist seine einzige Quelle. Als Daniel den Fluss sah, sah er, so denke ich, den Heiligen Geist.

Ein Fluss aus Feuer

Weitere fünfhundert Jahre nachdem Daniel diese unglaubliche Vision vom Fluss Gottes sah, trat der Apostel Johannes auf. In Apostelgeschichte 2,3 brach im Sichtbaren Feuer über dem Kopf einer jeden Person in Form von Flammen aus, während einhundertzwanzig Fürbitter im Obergemach beteten.

> Und als der Tag des Pfingstfestes erfüllt war, waren sie alle an einem Ort beisammen. Und plötzlich geschah aus dem Himmel ein Brausen, als führe ein gewaltiger Wind daher, und erfüllte das ganze Haus, wo sie saßen. Und es erschienen ihnen zerteilte Zungen wie von Feuer, und sie setzten sich auf jeden einzelnen von ihnen. Und sie wurden alle mit Heiligem Geist erfüllt und fingen an, in anderen Sprachen zu reden, wie der Geist ihnen gab auszusprechen. Apostelgeschichte 2,1-4

Jeder sah an diesem Tag das Feuer, und es blieb auf einem jeden von ihnen. Obwohl sie von diesem Feuer kaum berührt wurden, erfüllte es sie mit Energie und machte aus ihnen Menschen von einer anderen Welt. Dieser Fluss des Feuers verzehrt, was schlecht ist, und macht aus sündigen Menschen solche, an denen Gott Wohlgefallen hat. Als der Fluss diese Fürbitter im Obergemach berührte, machte er aus Männern und Frauen, die schwach und ungelehrt waren, Menschen einer anderen Dimension.

Männer und Frauen wie diese bewegen sich in der Realität des kommenden Zeitalters. Fleischliche Begierden nach Geld und anderen irdischen Wünschen werden von ihnen aus einer vollkommen anderen Perspektive heraus gesehen. Nachdem sie der Feuerfluss berührt hat, definieren diese Menschen Belohnung, Erfolg und Freude ganz neu. Sie denken über alles auf eine andere Weise nach. Sie sind nach wie vor Menschen, und deswegen werden sie weiterhin von Zeit zu Zeit mit Sünde und Schwachheiten kämpfen. Doch obwohl sie noch mit diesen menschlichen Kämpfen zu tun haben, die erst bei der endgültigen Auferstehung aufhören werden, fand ein dramatischer Wandel statt. Diese Individuen sind nie wieder dieselben.

Johannes war einer von denjenigen, die am Pfingsttag im Obergemach vom Heiligen Geist erfüllt wurden. Er wurde vom Feuer berührt, über das Daniel gesprochen hatte. Er erlebte den Fluss der inneren Sättigung, von dem David zuvor gesprochen hatte, der von ihm trinken und in ihm schwimmen wollte. In Offenbarung 15 geht Johannes über die Beschreibungen von Daniel und David hinaus, als er uns vom Feuersee berichtet. In dieser Passage fließt der Fluss Gottes in den See von Feuer über!

Alle Heiligen am Ende der Zeit, also die Braut am letzten Tag, werden sich vor dem Thron an diesem weiten See versammeln, der mit brennendem Feuer vermischt ist.

> Und ich sah (etwas) wie ein gläsernes Meer, mit Feuer gemischt, und (sah) die Überwinder über das Tier und über sein Bild und über die Zahl seines Namens an dem gläsernen Meer stehen, und sie hatten Harfen Gottes. Offenbarung 15,2

Das Streben nach Spaß ist eine gängige Motivation der Menschen von heute. Doch woher kommt tiefes, anhaltendes und überlegenes Vergnügen, und wie kann es gefunden werden? Die Antwort ist im Grunde ganz einfach. Es kommt vom Thron Gottes, von Gott selbst und findet sich im Fluss seines Feuers. Es findet sich in der brennenden Leidenschaft Gottes und in seinem Verlangen. Wenn du die Antwort selbst erfährst, wenn du das tiefe, anhaltende und überlegene Vergnügen in diesem Fluss entdeckst, wird dich sein köstliches Wasser durch absolut alles hindurchtragen. Wenn die Welt mit allen Gerichten Gottes, mit der großen Ernte und der siegreichen Gemeinde konfrontiert wird, wird dein Herz auf übernatürliche Weise mit Kraft über Wasser gehalten werden. Wenn du jedoch vernachlässigst, in den Fluss des Feuers eingetaucht zu werden, wird Gott seine gesamte Gemeinde dennoch in die stabilmachende Erfahrung seiner inneren Freuden führen, doch du wirst für den wilden Ritt der letzten

Generation unvorbereitet sein. Dieser wilde Ritt der Herrlichkeit und des Schmerzes zugleich wird in der menschlichen Geschichte ohne jeglichen Vergleich sein.

Die Generation des Bräutigams

Dort am Horizont des Planeten Erde wird etwas erkennbar, worauf die Gemeinde vollkommen unvorbereitet ist. Eine unvorbereitete Gemeinde kann unmöglich eine unvorbereitete Welt vorbereiten.

Evolutionstheoretiker verwerfen die Tatsache, dass Gott die Erde erschuf, und sie glauben, dass Intelligenz, Training und Ausbildung der menschlichen Rasse Bedingungen liefern, die sie besser und besser werden lassen. Sie sind sich dessen vollkommen unbewusst, dass ein Jemand den Planeten Erde konfrontieren wird. Deswegen ist es weise, klug und auch notwendig, sich Gott gerade jetzt vollkommen hinzugeben.

Dieser Jemand ist kein Komet. Wer da kommt, misst das Universum mit seiner Handbreite. Geliebte, er kommt in Wildheit, um die Nationen zu ängstigen (siehe Offb. 19). Keine Evolutionsphilosophie, keine menschliche Technologie, kein Training und keine Ausbildung wird seine Gerichte bremsen. Mein Freund, die Welt ist vollkommen unvorbereitet für das, was kommen wird. Der Tag des Herrn ist ein Tag des Feuers (siehe 2. Petr. 3,7). Und ein Bräutigam, der ein verzehrendes Feuer ist, wird leidenschaftlich brennen, sowohl in Liebe als auch in Gericht.

Die Gnade, die Gott der Erde schenkt, ist eine vorbereitete Gemeinde, eine vorbereitete Braut. Sie wird vorbereitet sein, weil sie durch die heilige Romantik mit ihrem göttlichen Bräutigam gestärkt sein wird. Durch ihre Wahrnehmung der geistlichen Romantik wird sie alles mit anderen Augen sehen. Sie wird mit dem großartigsten Vergnügen vertraut sein, das erlebbar wird, wenn sich Gott dem menschlichen Geist offenbart. Weil diese Braut im geistlichen Vergnügen und der Ekstase des Liebeskummers verloren ist, wird sie die Geschehnisse der letzten Tage durch eine Linse der Liebe hindurch wahrnehmen. Wenn zeitliche Gerichte Gottes die menschliche Rasse stören, wird die endzeitliche Braut die gnädige Hand Gottes darin erkennen. Diejenigen Menschen, die gemeinsam die Braut Christi bilden, werden ihr größtes Vergnügen in Gott finden. Sie werden ihre Herrlichkeit in der Wiederauferstehung finden, nicht in großen Gebäuden. Sie werden als Menschen einer anderen Dimension leben, als Volk, das in der Leidenschaft heiliger Romantik verloren ist.

Gegenwärtig ist die westliche Gemeinde auf die Dinge dieser Welt ausgerichtet und nicht auf den Bräutigam Jesus Christus. Weil die Christen von heute immer noch tief in dieser Welt verankert und verwurzelt sind, sind wir für unseren Dienst jämmerlich unvorbereitet, Agenten der Gnade zu sein, die aber die menschliche Rasse benötigt, um für das, was kommt, vorbereitet zu werden. Gott gibt der menschlichen Rasse ein Zeichen. Jetzt ist die Zeit für die Leute Gottes, ihm nachzujagen und in die göttliche Romantik einzutreten. Ohne dies werden wir vollständig unvorbereitet sein.

Die Theologie der heiligen Romantik muss den Gläubigen klar aufgezeigt werden. Viele Menschen haben ein *Ja* in ihrem Geist, doch zu viele überlassen die Umsetzung dieser Theologie jemandem anderen. Diese Theologie muss jedoch von den Gläubigen der heutigen Zeit durchgearbeitet werden, von dir und mir, und nicht von jemandem anderen.

Das Thema, geistliche Genugtuung zu suchen und zu erfahren, ist ein weites und beinhaltet viele Spannungen und Widersprüche. Wenn wir uns in die Tiefen des Geistes hinabbegeben, wird das ein Individuum dazu führen, viele weltliche Vergnügen aufzugeben, um dafür geistliche zu erleben. Jesus riet nur den neuen Anfängern, die Kosten zu überschlagen. Doch das Kostenüberschlagen geschieht nur ganz am Anfang. Am Ende hin sagt Paulus, dass er nichts als Dreck aufgab, als er seine Opfer für Gott rückblickend bedachte. Vielleicht gab er eine hervorragende Karriere und Geld auf, doch er hielt solche Dinge für Dreck.

> Ja wirklich, ich halte auch alles für Verlust um der unübertrefflichen Größe der Erkenntnis Christi Jesu, meines Herrn, willen, um dessentwillen ich alles eingebüßt habe und es für Dreck halte, damit ich Christus gewinne. Philipper 3,8

Nach seiner eigenen Beschreibung war das Leben des Paulus als Nachfolger Christi mit Schwierigkeiten angefüllt:

> Sie sind Diener Christi? – Ich rede unsinnig – ich über die Maßen. In Mühen um so mehr, in Gefängnissen um so mehr, in Schlägen übermäßig, in Todesgefahren oft. Von den Juden habe ich fünfmal vierzig (Schläge) weniger einen bekommen. Dreimal bin ich mit Ruten geschlagen, einmal gesteinigt worden; dreimal habe ich Schiffbruch erlitten; einen Tag und eine Nacht habe ich in Seenot zugebracht; oft auf Reisen, in Gefahren von Flüssen, in Gefahren von Räubern, in Gefahren von (meinem) Volk, in Gefahren von den Nationen, in Gefahren in der Stadt, in Gefahren in der Wüste, in Gefahren auf dem Meer, in Gefahren unter falschen Brüdern; in Mühe und Beschwerde, in Wachen oft, in Hunger und Durst, in Fasten oft, in Kälte und Blöße; außer dem übrigen (noch) das, was täglich auf mich eindringt: die Sorge um alle Gemeinden.
>
> 2. Korinther 11,23-28

Erstaunlich, dass Paulus solche Schwierigkeiten lediglich als „das schnell vorübergehende Leichte unserer Bedrängnis" betrachtete, um Christus zu gewinnen (siehe 2. Kor. 4,17).

Wenn die Geburtswehen der Endzeitgeschehnisse die Temperatur der Bedrängnisse im Leben sowohl der Gläubigen als auch Ungläubigen anheben, werden die göttlichen Liebesfreuden und eine übernatürliche Sicherheit das Joch solcher Schwierigkeiten viel leichter ertragen lassen. Die Gläubigen werden dem Apostel zustimmen, dass solche Schwierigkeiten nur leichte zeitliche Bedrängnisse sind, unwürdig, um mit der Herrlichkeit verglichen zu werden, die einst kommen wird.

Nichtsdestotrotz wird Bitterkeit und Furcht diejenigen versuchen, die nicht in das überragende Vergnügen – in die heilige Romantik des Evangeliums – eintreten werden. Diese Menschen werden sehr verwirrt sein, denn viele der Dinge, die passieren, werden nur im Kontext der Erfahrung heiliger Romantik Sinn ergeben.

Göttliche und weltliche Vergnügen

Sobald wir den Charakter der außerordentlichen Vergnügen erfahren und entdecken, werden wir Belohnung, Erfolg und Vergnügen neu definieren. Wir leben dann wie Menschen von einer anderen Welt, weil es auch genau das ist, was wir sind. Die Welt liefert die falsche Antwort dafür, wie man Vergnügen erlebt. Ihre Antwort ist etwas Untergeordnetes. Weltliche Vergnügungen können uns nicht wirklich befriedigen. Die Vergnügen der Welt lassen uns schmerzlich nach mehr verlangen. Die Geschichte und Religion lehrten die Gemeinde, dass es falsch sei, irgendeine Art von Vergnügen zu erleben. Sie sagen zur Gemeinde, dass sie ihre Zähne zusammenbeißen muss, sich mehr anstrengen soll und ausharrend sein muss. Doch wenn die Gemeinde darin einwilligt, wird sie lediglich Teil einer religiösen Selbstbestimmung werden.

Das wahre Evangelium führt die Menschen zur göttlichen *Romantik*. Dies ist ein Ausdruck, den ich persönlich benutze, und ich glaube, dass es in Ordnung ist, ihn zu verwenden, obwohl er kein biblischer Ausdruck ist. Das Wort *Dreieinigkeit* ist ebenso kein biblischer Ausdruck, doch sicherlich ein biblisches Konzept.

Ich bezeichne diese Generation als „Generation des Bräutigams", weil ich glaube, dass die Realitäten des Bräutigams in einmaliger Weise in der allerletzten Generation zutage treten werden. Die gemeindliche Offenbarung vom Bräutigam wird das Maß an Offenbarung weit übersteigen, das sie während ihrer Geschichte empfing. Diese Offenbarung wird die Schönheit des Herrn mit einschließen, die in großem Maße wahrgenommen werden wird, ebenso wie die Identität der Braut und die Kraft, sich im ersten Gebot zu bewegen und somit auch im zweiten Gebot.

Es ist an der Zeit, dass die Gemeinde ihre Vision über die heilige Romantik empfängt. Warum solltest du nicht die nächsten fünf bis zehn Jahre deines eigenen Lebens damit verbringen, dies mit voller Hingabe zu tun? Wirf dich mit deinem Sein in die Suche nach der heiligen Romantik des Bräutigams. Mach dir die Vision der heiligen Romantik zur ersten Priorität! Festige deine persönliche Vision für das erste Gebot, damit du dein Leben daran ausrichten kannst, und du wirst sehen, dass die Kraft vollständig von Gott zur Verfügung gestellt werden wird, um dies zu erreichen. Die Generation, in der der Herr wiederkommt, nenne ich persönlich die Bräutigams-Generation. Diese Generation der Nachfolger Gottes – die Bräutigams-Generation – wird bislang ungesehene Offenbarung und Kraft empfangen.

Wir müssen diese Botschaft der geistlichen Romantik mit Kühnheit verkündigen. Wir müssen die Massen zur Romantik mit dem Bräutigam rufen. Denn wenn sie sich dafür öffnen, werden sie in der Lage sein, den Sinn hinter dem König und seiner Ernte und dem Richter zu erkennen, der ganze Nationen in Angst versetzt. Die Ernte und die Gerichte werden ohne die Offenbarung der Liebe und Schönheit des Bräutigams einfach keinen Sinn ergeben. Wir müssen Menschen dazu ermutigen, danach zu suchen und zu glauben, dass sie tatsächlich die Tiefen der Gegenwart Gottes erleben können. Wir müssen unsere eigene Verzweiflung und Schwachheit wahrnehmen und sie im Licht des Wortes Gottes von uns werfen. Wir müssen es wagen, Gott in dieser aufregenden Generation mutigen Glauben entgegenzubringen.

Die störende Wirkung liebeskranker Menschen

Von Liebeskummer eingenommene Menschen verhalten sich einfach anders. Heiliger Liebeskummer ist etwas Ernstzunehmendes, und seine Auswirkungen werden massive Störungen hervorrufen, wo auch immer die liebeskranke Braut hingeht.

Dein Liebeskummer um den Bräutigam und deine Identität als Braut werden dich zu Aktivitäten treiben, die andere wütend machen. Du wirst den Status Quo stören. Du wirst für die Religion eine Bedrohung darstellen. Warum? Weil liebeskranke Menschen nicht bestochen oder gekauft werden können. Sie sind nicht von einem politischen Geist getrieben, und deswegen haben sie auch keine Angst davor, alles zu verlieren.

Liebeskranke Menschen tragen keine Preisschilder an sich. Du kannst keine Menschen kontrollieren, die keine Furcht besitzen. Du könntest ihnen in der Tat sogar die freie Wahl unter allen politischen

Positionen lassen, die die Gesellschaft und Gemeindewelt zu bieten hat, doch würden sie nicht mit der Wimper zucken.

Ein Teil der Weltbevölkerung wird ihnen folgen, weil es nichts Attraktiveres gibt als ein Herz, das für den Sohn Gottes in Brand gesetzt ist. Unerrettete Menschenmassen werden in der Ernte eingeholt werden, wenn sie den Liebeskummer entdecken, der dort lichterloh in menschlichen Individuen brennt. Die Menschen, die geerntet werden sollen, werden zunächst auf die Gemeinde blicken und dann sagen: „Wir wollen etwas, wofür wir sterben können!" Wenn die Liebeskrankheit weltweit um sich greift, werden diejenigen die Ernte einbringen, die für den Sohn Gottes brennend sind, und die explosive Kraft dieser Gruppe von Seelen wird die Gemeinde aufrütteln. Das Feuer, das sie in uns sehen, wird einen Teil der Weltbevölkerung anziehen, und er wird es lieben. Er wird ihm folgen und sich ihm selbst ausliefern. Er wird selbst liebeskrank werden.

Ein weiterer Teil der Weltbevölkerung wird verwirrt sein, und diese Individuen werden Streit entfachen. Viele werden den Namen Jesus nennen. Sie werden alles tun, was ihnen möglich ist, um die heilige Leidenschaft, die in der Gemeinde und der Welt um sich greift, zu unterminieren. Sie werden mit jeder möglichen Theologie, die sie finden können, auftreten, um sie niederzudrücken und zum Schweigen zu bringen.

Andere werden so wütend werden, dass sie Gläubige sogar töten werden. Das Märtyrertum wird zu einem gebräuchlicheren Thema werden, wenn wir uns näher zum Ende hin bewegen. Die Nationen werden über diese feurige Liebe für den Bräutigam wütend sein. Dies wird zu Schwierigkeiten führen. Beides wird kommen: Sowohl Herrlichkeit als auch Schwierigkeiten.

Heftige Liebe

Die Liebe wird dich in geistlicher Heftigkeit für das Reich Gottes einsetzen lassen – heftig genug, um Verfolgung und selbst Märtyrertum zu ertragen. Die Bibel spricht davon, dass Gewalttuende das Reich Gottes mit Gewalt einnehmen werden.

> Aber von den Tagen Johannes des Täufers an bis jetzt wird dem Reich der Himmel Gewalt angetan, und Gewalttuende reißen es an sich. Matthäus 11,12

Eine heilige, gewaltige Liebe wird dafür sorgen, dass wir schließlich ganz anders vor Gott leben. Diese leidenschaftliche Liebe, die so stark ist, dass sie sogar gewalttätig ist, wird dich davon abhalten, jemals auszusteigen oder aufzugeben. Lass es zu, dass dein Herz in das Herz einer liebeskranken Braut umgeformt wird, und werde ein Mensch wie Johannes, der seinen Kopf auf das Herz Gottes legte.

Werde wie Maria von Betanien. Werde ein Mann oder eine Frau mit einem Herzen voller Anbetung, Liebe und Lobpreis, wie es Maria besaß.

Die Salbung mit dem Alabasterfläschchen

> Als aber Jesus in Betanien war, im Hause Simons, des Aussätzigen, kam eine Frau zu ihm, die ein Alabasterfläschchen mit sehr kostbarem Salböl hatte, und goss es aus auf (sein) Haupt, als er zu Tisch lag. Als aber die Jünger es sahen, wurden sie unwillig und sprachen: Wozu diese Verschwendung? Denn dies hätte teuer verkauft und (der Erlös) den Armen gegeben werden können. Als aber Jesus es erkannte, sprach er zu ihnen: Was macht ihr der Frau Mühe? Sie hat doch ein gutes Werk an mir getan; denn die Armen habt ihr allezeit bei euch, mich aber habt ihr nicht allezeit. Denn als sie dieses Salböl über meinen Leib goss, tat sie es zu meinem Begräbnis. Wahrlich, ich sage euch: Wo dieses Evangelium gepredigt werden wird in der ganzen Welt, wird auch von dem geredet werden, was sie getan hat, zu ihrem Gedächtnis. Matthäus 26,6-13

Ich bin vom Herzen der Maria von Betanien wirklich angetan. Sie war kein Apostel. Sie war niemals berühmt, schrieb nie ein Buch, veranstaltete nie eine Konferenz und redete nicht viel. Ihre leidenschaftliche Liebe war eine stille – sie liebte den Herrn ziemlich gewaltig und doch im Stillen. Sie nahm alles, was sie besaß, ihren irdischen Schatz – ein Alabasterfläschchen angefüllt mit sehr kostbarem Salböl, das etwa 60 000 D-Mark wert war –, und goss das Öl großzügig und Aufsehen erregend über dem Einen aus, den sie liebte.

Alle Apostel waren darüber empört, nicht nur Judas. Im Grunde genommen ärgerte sich jeder darüber. Doch Jesus ignorierte ihre Reaktionen. Er brachte ihre Anklagen zum Schweigen, indem er diese hingebungsvolle Anbeterin ehrte. Jesus wusste, dass sie niemals ein Buch schreiben oder auf einer Konferenz sprechen oder irgendetwas von weltlicher Bedeutung tun würde, doch trotz ihrer Unbedeutsamkeit sollte niemand jemals wieder vergessen, wie sie das Herz Christi mit ihrer Liebe berührte.

Es passiert etwas Wunderbares, wenn Menschen das greifbare Gold dieser tiefen romantischen Freude entdecken und es den Sägespänen dieser Welt vorziehen. Es passiert etwas Erstaunliches, wenn wir Gott ansehen und seine unglaubliche Kostbarkeit wahrnehmen. Es passiert etwas Überragendes, wenn wir uns in ihn verlieben und unser eigenes Gold im Staub zurücklassen.

> Wenn du umkehrst zum Allmächtigen, wirst du wieder aufgebaut, hältst du Unrecht fern von deinem Zelt. Wirf in den Staub das Golderz und in den Kies der Bäche (dein Gold aus) Ofir, so wird der Allmächtige dir dein Golderz und erlesenes Silber sein. Denn dann wirst du am Allmächtigen deine Lust haben und zu Gott dein Gesicht erheben. Hiob 22,23-26

Gott wird in seiner Gnade diejenigen ewiglich belohnen, die ihn als Gold betrachten und vom unschätzbaren Wert des kostbaren Retters überwältigt sind. Gott sucht schlicht und ergreifend nach Wegen, wie er uns segnen kann. Er ehrt uns so viel mehr, als es unsere einfachen Reaktionen ihm gegenüber verdienen. Er ehrt uns disproportional und über die Maßen hinaus, nur weil wir ihn der Sünde vorziehen, die sowieso in unserem Gericht enden würde. Es ist unglaublich, dass er auf diese Weise antwortet, nur weil wir wahrnehmen, wer er ist.

Ich persönlich werde mich an dieser heiligen Einladung festklammern. Es scheint nicht fair zu sein, dass Christus mich über die Maßen belohnt, nur weil ich die Sägespäne ablehnte und mir ein klein wenig Offenbarung von dem zuteil wurde, wer er ist. Doch er mag es, wenn wir uns für ihn entscheiden – er mag es wirklich.

Unsere Entscheidung, seinen Wert zu erkennen, erfreut schlicht und ergreifend sein Herz.

Jesus ruft zu uns hinaus:

> Leg mich wie ein Siegel an dein Herz, wie ein Siegel an deinen Arm! Denn stark wie der Tod ist die Liebe, hart wie der Scheol die Leidenschaft. Ihre Gluten sind Feuergluten, eine Flamme Jahs. Mächtige Wasser sind nicht in der Lage, die Liebe auszulöschen, und Ströme schwemmen sie nicht fort. Wenn einer den ganzen Besitz seines Hauses für die Liebe geben wollte, man würde ihn nur verachten. Hohelied 8,6-7

Ich bete dafür, dass sich das Siegel von Hohelied 8,6-7 auf dich legt. Ich bete, dass das Siegel seiner Liebe, das so stark wie der Tod ist, auf dein Herz gelegt wird! Die mächtigen Flammen der Liebe Gottes sind unauslöschlich und können nicht ertränkt werden. Mit diesem göttlichen Siegel, das auf uns liegt, wird uns alles andere nur als Dreck erscheinen. Wir werden dann noch mehr von Christus erleben können.

Der Herr wird ein Siegel des Feuers über das Herz seiner Nachfolger legen. Er wird dies überall auf der Erde tun.

Oh Herr, lass uns vom brennenden Herzen des ungeschaffenen Gottes berührt werden! Lass uns darin schwimmen. Lass uns darin uns selbst vergessen. Mach, dass wir dadurch zu Menschen einer anderen Dimension werden – lass uns wie die helle Gerechtigkeit brennen, damit Ungläubige in Massen in dein Reich kommen. Schenke uns Leidenschaft, Herr. Gib uns Mut, für die heilige Romantik, für die Schönheit und die Freuden der Braut und des Bräutigams einzustehen. Gib uns die Kraft, uns danach auszustrecken. Wir brauchen Gott, damit wir Gott lieben können. Brennender und eifersüchtiger Gott, komm, und brenne in uns!

Das ist mein Geliebter und das mein Freund, ihr Töchter Jerusalems!
Hohelied 5,16

5. Die Beschreibung Jesu durch die Braut

Mit einem Herzen, das vor übernatürlicher Zärtlichkeit überfließt, betrachtet die Braut Christi eingängig die heilige Majestät ihres himmlischen Bräutigams. Aus der Intimität der geheimen Kammern ihres Herzens, aus den Tiefen der Liebe und der prachtvollen Hingabe geht ein erhabenes, himmlisches Lied hervor. Das Hohelied ist eine Beschreibung des Bräutigams durch die Augen einer liebeskranken Braut.

Die Worte, die auf übernatürliche Weise von ihren Lippen fließen, sind so mächtig, dass die Offenbarung der Gleichnisse, die sie aufführt, dein Herz mit Kraft stärken wird, so dass du selbst den heftigsten Sturm ertragen kannst. Wenn wir das Herz der liebeskranken Braut verstehen wollen, wie es in diesen Schriftstellen beschrieben wird, dann bedeutet dies, Gott in einer Tiefe erkennen zu wollen, für die nur wenige von uns das Privileg haben, in sie vorzudringen. Während wir unseren Bräutigam gemeinsam durch die Augen der Sulamit wahrnehmen, bete ich dafür, dass dir Gott die Augen des Verstehens öffnet und dein Herz für eines der größten Geheimnisse unseres wunderbaren Glaubens erleuchtet.

Ausdauernde Liebe

Das Geheimnis der ausdauernden Liebe, die die Braut inmitten von Versuchungen für Jesus empfindet, wird in Hohelied 5,10-16 in poetischer Sprache beschrieben:

> Mein Geliebter ist weiß und rot, hervorragend unter Zehntausenden. Sein Haupt ist feines, gediegenes Gold, seine Locken sind Dattelrispen, schwarz wie der Rabe; seine Augen wie Tauben an Wasserbächen, in Milch gebadet (seine Zähne), festsitzend in der Fassung; seine Wangen wie ein Balsambeet, das Würzkräuter sprossen lässt; seine Lippen Lilien, triefend von flüssiger Myrrhe. Seine Arme sind goldene Rollen, mit Türkis besetzt; sein Leib ein Kunstwerk aus Elfenbein, bedeckt mit Saphiren. Seine Schenkel sind Säulen aus Alabaster, gegründet auf Sockel von gediegenem Gold. Seine Gestalt ist wie der Libanon, auserlesen wie Zedern. Sein Gaumen ist Süßigkeit, und alles an ihm ist begehrenswert. Das ist mein Geliebter und das mein Freund, ihr Töchter Jerusalems!

Hier liefert die Braut, als sie versucht wird, eine der mächtigsten Beschreibungen von Jesus. Diese Passage ist eine der herausragendsten Ausdrucksweisen der Anbetung im Wort Gottes. Es ist das eine Mal im Hohenlied, wo sie sich in Anbetung vor dem König selbst ausgießt. Zugegeben, du wirst die Kraft dieser Passage nicht sofort verspüren. Es ist eine prachtvolle, poetische Enthüllung der Großartigkeit Jesu Christi und ein herausragender Ausdruck ihrer Liebe.

Diese Passage ist in einer poetischen Sprache abgefasst, die uns gestattet, neue Tiefen unseres Verständnisses zu ergründen, und dient dazu, unsere Seele so zuzurüsten, dass wir Gott in unserer eigenen Zeit der Versuchung auf effektive Weise anbeten können. Diese Passage ist ein Muss, das es zu meistern gilt, wenn unsere reife Zuneigung als Braut für Jesus heranwächst. Dies ist keine Schriftstelle, die wir einfach so lesen und ohne tiefe Meditation verstehen können. Lies diese Verse immer wieder und suche nach der Tiefe darin.

Der Heilige Geist spricht in poetischen Gleichnissen, um der hungrigen Seele gleich mehrere reichhaltige Verständnisebenen bereitzustellen. Gott spricht von den tiefen Dingen oft in verschlossener Sprache, damit die geistlich Hungrigen eine tiefere Bedeutung herausfinden können. Christus lehrte aus zwei Gründen in Gleichnissen: um die Wahrheit sowohl einfach als auch schwer begreifbar zu machen, damit nur das hungrige Herz voller Liebe sie empfangen kann.

Das Hohelied ist ein Liebeslied. Deswegen schreibt Salomon hier in der poetischen Sprache der Liebe und präsentiert unendliche Tiefen, die genossen werden können.

Zehn Eigenschaften Gottes

Wer von uns sehnt sich nicht danach, Gott sehen zu dürfen? Wir können es – gerade jetzt in diesem Moment –, wenn wir nämlich durch die Augen der Sulamit hindurch sehen. Als sie ihren Geliebten erblickte, beschrieb sie ihn in wunderbarer und mächtiger Manier, damit wir ihn ebenfalls wahrnehmen können. In dieser Passage gebraucht der Heilige Geist Metaphern des menschlichen Körpers, um zehn Attribute zu verdeutlichen, die Gott zugeschrieben werden können. Wir können die Schrift dazu gebrauchen, um sich als Führer durch diese gleichnishafte Sprache selbst zu interpretieren. Die Sulamit liefert eine sehr poetische und dynamische Aussage über die Herrlichkeit Jesu, während sie zwölf Aussagen über Jesus macht, die ihn jeweils beschreiben. Die erste ist eine grundsätzliche Aussage. Danach werden zehn unterschiedliche Eigenschaften Gottes aufgeführt, wobei die letzte Aussage eine Zusammenfassung davon ist.

Die Braut beschreibt Jesus unter Gebrauch der Bildersymbolik des Tempels und kombiniert sie mit der Symbolik des menschlichen Körpers. Der Heilige Geist beschreibt die Majestät Jesu Christi in der Sprache des Tempels mitsamt dem Gold, wertvollen Steinen, Elfenbein und den Zedern des Libanon. Warum? Dies waren die Symbole, mit denen die Menschen zu ihrer Zeit vertraut waren.

Der Heilige Geist gebraucht diese Metaphern in anderen Teilen der Schrift, damit wir sie gemäß seiner Absicht auslegen können. Denke bitte daran, dass der Heilige Geist hier die Schönheit der Persönlichkeit Christi und nicht seine körperlichen Merkmale beschreibt. Die gesamte Passage wurde geschrieben, um die Exzellenz Jesu und das, was er allen anderen Geliebten voraus hat, herauszustellen (siehe Hohelied 5,9). Die Braut beschreibt zehn Eigenschaften Jesu anhand jeweils zwei Beschreibungen. Es ist nicht möglich, jedes dieser zehn Attribute umfassend zu beschreiben. Sie beinhalten eine sehr große Bedeutungstiefe. Meine einzige Absicht ist es, hier reine

Verständnissamen anzubieten, die du über die Jahre durch lange und liebevolle Meditation über diese Passage bewässern kannst.

Du kannst in deiner Erkenntnis dieser zehn Attribute heranwachsen und effektiv über die Schönheit Gottes nachsinnen, indem du diese Wahrheiten Gott in Anbetung und im Gebet zurücksprichst. Ich ermutige dich dazu, dies auszuprobieren. Diese wunderbaren Worte besitzen die Kraft, unser Herz in den herrlichen Bereich der Intimität hineinzutragen, nach dem sich unser Herz ganz tief im Innern sehnt.

In diesem besonderen Abschnitt des Hohenlieds wurde die Braut schwer getestet. Ich bezeichne diesen als den ultimativen zweifachen Test. Solche Zeiten des Testens sind etwas Gewöhnliches im Leben derer, die tief nach dem Herrn suchen.

Hier wird der Braut von einem unreiferen Teil des Leibes Chris-ti eine tiefgängige Frage gestellt, weil dieser hinter das Geheimnis ihrer ausdauernden Liebe inmitten schwerer Versuchungen kommen will.

Die Sulamit antwortet: „Mein Geliebter ist weiß und rot“ (Hohelied 5,10).

Ich liebe den Ausdruck *mein Geliebter*, denn er zeigt, dass sie ihre Zuneigung gegenüber Jesus in ihrer gegenwärtig erfahrenen Zeit des Testens aufrechterhält. Sie erlaubt ihrem Herzen nicht, Ärger gegenüber Jesus aufkommen zu lassen. Sie fühlt sich nicht durch ihr Getestetwerden angegriffen und kommt auch nicht ins Stolpern. Er ist immer noch ihr Geliebter. Es gibt Zeiten, die harten Lebensabschnitten folgen und unser brennendes Verlangen etwas mildern, in denen wir Jesus nicht mehr als *mein Geliebter* bezeichnen. Stattdessen sagen wir: „Mein Herz ist verletzt. Ich vertraue dir nicht. Mein Geist ist verwundet. Ich habe dir mein Herz verschlossen, weil du mich ständig falsch behandelst, weil du diese Versuchungen zulässt, die in mein Leben kommen.“

Während dieser Testzeiten kann Negativität aus unserem Geist herausfließen. Es sollte jedoch unser Ziel sein, unseren Geist während der Versuchungen in Zuneigung zu öffnen und seiner Führung zu vertrauen und nicht, damit anzufangen, unser Herz in Furcht vor mehr Verletzung zu schützen. Wenn dies passiert, hat unsere Verwundung Auswirkung auf unsere Beziehung zu Gott, und unsere Intimität mit Jesus kann behindert werden. Wenn wir in unserem Herzen Kränkung gegenüber Gott zulassen, verletzen wir unsere Liebe ihm gegenüber, und der Teufel weiß das sehr genau.

Er ist strahlend

Sie ruft ihre grundlegende Beschreibung hinaus: „Mein Geliebter ist weiß“ (Hohelied 5,10). Die New International Version schreibt: „Er ist strahlend.“ Die New American Standard verkündet: „Er ist blendend.“

Das hebräische Wort, das mit „weiß“ übersetzt wird, bedeutet sowohl „strahlend“, „blendend“, „hervorragend“ als auch „strahlend weiß“. Der Gedanke dahinter ist, dass Jesus die Braut fassungslos macht und blendend ist. Er ist strahlend in seiner Liebenswürdigkeit und strahlend in seiner Pracht, reich an unnahbarem Licht, das seinen Thron umgibt (siehe 1. Tim. 6,16). Sie verkündet die beeindruckende Pracht der göttlichen Person. Die blendende Helligkeit, die die Person des auferstandenen Christus umgibt, setzt sich aus allen hellen Farben, strahlenden Lichtern, exotischen Gerüchen, mächtiger Kraft, himmlischen Klängen und schöner Musik zusammen. Der wiederauferstandene Christus besitzt unbeschreibbare Schönheit und Pracht.

Das Haus eines Innenarchitekten weist gewöhnlich eine bestimmte Exzellenz und Symmetrie auf. Jede Farbe kontrastiert all die anderen Farben genau im richtigen Verhältnis. Gott ist der ultimative Innenarchitekt, und sein Thron ist der ultimative Ort der Exzellenz. Die Atmosphäre um den Thron Gottes herum ist etwas Unglaubliches. Seine Stadt ist so blendend wie ein perfekter himmlischer Diamant, der im Glanz erstrahlt.

In Offenbarung 4,3 wird der Thron des Vaters beschrieben, der wie ein Sarder und ein Jaspisstein aussieht.

> Und der da saß, (war) von Ansehen gleich einem Jaspisstein und einem Sarder, und ein Regenbogen (war) rings um den Thron, von Ansehen gleich einem Smaragd.

Der altertümliche Jaspisstein ähnelt einem durchsichtigen Diamanten, sieht also wie ein Juwel aus, und ein Sarder ist ein tiefroter Juwel.

Der Thron wird zudem von einem smaragdähnlichen Regenbogen umgeben. Die strahlend fantastischen Farben, die mit der Person Gottes einhergehen, und die Düfte, die Jesus begleiten, sind real und nicht nur Metaphern (siehe 2. Kor. 2,15).

Der Thron Gottes ist von den lieblichen Wohlgerüchen Jesu durchtränkt, und diese herrlichen Düfte erfüllen die gesamte ewige Stadt.

Die Kraft der göttlichen Energie setzt ein unsichtbares und doch wahrnehmbares Gefühl seiner manifesten Gegenwart frei. Diese wahrnehmbare Kraft fließt von seinem Thron.

Auch die Klänge um den Thron Gottes herum sind majestätisch und wunderbar. Sie schließen den Klang musikalischer Instrumente und Stimmen ein, sowie auch Donner, den Klang vieler Wasser, von stadtweitem Applaus und prophetischen Äußerungen, von Chorussen und mächtiger Winde.

> Und aus dem Thron gehen hervor Blitze und Stimmen und Donner. Offenbarung 4,5

Aus dem Thron Gottes gehen Donner, Blitze, Stimmen und Klänge hervor. Sie sind wahrscheinlich ebenso angsteinflößend wie auch süß und wunderschön. Solche Beschreibungen begleiten die Wahrheit, dass Jesus blendend und prachtvoll ist. Wir können die Gegenwart Gottes durch mächtige, geistliche Sinne wahrnehmen. Denk doch einmal an die Art Energie, die wir verspüren, wenn wir uns wahrhaftig im königlichen Hof Gottes befinden!

Er ist rot

Die Braut fügt hinzu, dass Jesus rot ist. Rot legt nahe, dass er einen rötlichen Teint besaß. Selbst von König David wird gesagt, dass seine Erscheinung rötlich war: rötliche Haare und ein rötlicher Teint. Sein Rötlichsein sorgte dafür, dass er unter allen anderen jüdischen Jungen Israels in dieser Zeit herausragte, die gewöhnlich dunkleres Haar und dunklere Hautfarben hatten. Die Symbolik von rot bezieht sich darauf, dass Jesus eine gute und frische Erscheinung besaß, denn wenn der Teint einer Person rötlich ist, wird sie gewöhnlich als gesund angesehen.

Rötlichkeit spricht von allen Anzeichen der Gesundheit, Jugend, Kraft, Reife und Schönheit. Alle Attribute ergeben zusammen etwas Liebliches. Mit schwärmenden Augen übernatürlicher Liebe erblickt die Braut seine Perfektion und ruft aus: „Er ist alles in allem lieblich. Ihm ist die Perfektion zu eigen. Nichts in ihm ist verdorben. Er hat keinen Makel. Dies ist mein Geliebter – er ist äußerste Perfektion."

Sie weist auch darauf hin, dass er ein gesundes und perfektes Gleichgewicht zwischen allen seinen Attributen besitzt. Anders ausgedrückt sind ihm ausschließlich gesunde Eigenschaften eigen. Sie sind vollkommen ausgeglichen. Diese Aussage enthält mehr als lediglich die Wahrnehmung, dass Jesus ein perfektes Gleichgewicht zwischen allen seinen ansehnlichen Eigenschaften, wie beispielsweise perfekte Gnade und perfektes Gericht, besitzt. Er ist nicht rot aufgrund der perfekten Einheit all seiner Charakteristiken, sondern ausgeglichen, weil ihm nichts fehlt. Er hat hundert Prozent von jedem Attribut: er ist hundert Prozent ewig und unendlich gerecht, aber auch hundert Prozent ewig und unendlich gnädig. Es ist nicht seine Einheit der einzelnen Dinge, sondern sein bloßes Fehlen einzelner Glieder.

Eine weitere Perspektive der Symbole *weiß* und *rot* weist auf dies hin: *Weiß* spricht von der göttlichen Natur des Christus – er ist vollkommen Gott. *Rot* spricht von seiner menschlichen Natur und bezieht sich aufs Blut. Als menschlicher Hoherpriester bot er sein eigenes Blut an. So ist er vollständiger Gott und vollständiger Mensch. Seine Herrlichkeit ist so einmalig, weil beide Merkmale miteinander vereint sind. Er ist der Einzige im Himmel und auf Erden, der zugleich vollständiges Menschsein und die Fülle der Gottheit aufweist. Gott Vater und die Engel unterscheiden sich darin. Christus ist in seiner eigenen Kategorie vollkommen einmalig.

Seine einmalige Schönheit entspringt dem Gleichgewicht zweier entgegengesetzter Elemente. Er ist zugleich sowohl Löwe als auch Lamm und offenbart beide Elemente seiner Persönlichkeit ohne Widersprüchlichkeiten und auf perfekte Weise. Der Löwe brüllt mit Kühnheit, und das Lamm untergibt sich in Sanftheit. Er ist beides und wendet sein Herz seiner Braut zu. Er ist also an den Dingen interessiert, die sich in deinem Herzen befinden!

Führer unter Zehntausend

Er ist Führer unter Zehntausend. Das Wort zehntausend bezieht sich auf eine unvergleichlich große Zahl. Die Zahl darf nicht wörtlich genommen werden, sondern deutet nur auf eine extrem große Zahl hin. Gott hat Christus eine überragende Bedeutung über jeden Menschen und über alles gegeben. Das Wort *Führer* bedeutet wörtlich, dass „er als ein Banner unter einer großen Zahl erhoben ist", oder dass „er als Banner unter einer großen Anzahl von Menschen unterschieden werden kann". Er ist der *Führer*, was im Hebräischen so viel bedeutet wie: „das Banner, das ihn in der Menschenmasse unterscheidet". Auf einer großen Parade, auf der jedes Banner gleich aussieht, würde beispielsweise ein auffälliges Banner die Aufmerksamkeit der ganzen Masse auf sich ziehen. Er ist würdig, weil er einmalig ist und durch seine Schönheit auffällt.

In der restlichen Beschreibung gebraucht die Braut die Bildsymbolik des Tempels. Natürlich ist Salomon, der dieses Liebeslied schrieb, zugleich auch derjenige, der den großen jüdischen Tempel baute, der zu jener historischen Zeit eines der größten Gebäude auf Erden darstellte.

Nachdem wir jetzt unseren Überblick über die grundlegende Beschreibung der Schönheit Gottes durch die Braut abgeschlossen haben, können wir einen Blick auf die zehn spezifischen Eigenschaften des Bräutigams werfen.

Wie feinstes Gold

Die erste Eigenschaft findet sich in Hohelied 5,11. *Sein Haupt ist feines, gediegenes Gold*. Ich glaube nicht, dass die Braut hier versucht, ihn im Bereich des Natürlichen zu beschreiben. Stattdessen gebraucht sie dafür eine geistliche Sprache, oder auch die Sprache des Tempels. Unter Gebrauch dieser Symbolik beschreibt der Heilige Geist die Majestät und die göttliche Exzellenz Jesu Christi. Der

Kopf, also der auffälligste Teil des Körpers, gibt die Richtung für die weiteren Glieder des Leibes vor. Der Kopf weist zum Teil auf die Leiterposition Jesu über die Gemeinde hin.

Eine weitere Schriftpassage, 1. Korinther 11,3, spricht davon, dass der Kopf Christi Gott ist, so könnte der Kopf auch auf die Dreieinigkeit hindeuten – den Vater, den Sohn und den Heiligen Geist – also den dreieinigen Gott, der in perfekter Zuneigung untereinander und in Einheit existiert. Der Kopf kann auch auf die Leitungsfunktion des Vaters hindeuten, der über alle erhaben ist.

Der Kopf Christi spricht auch von der Souveränität Jesu, der ein Bild von der Souveränität seines Vaters abgibt. In anderen Worten symbolisiert der Kopf Jesu die Souveränität Christi und charakterisiert auch seine Beziehung in der Dreieinigkeit.

Der Kopf unseres himmlischen Bräutigams oder auch die Leiterposition ist *wie feinstes Gold*. Gold ist strahlend, solide und das wertvollste aller Baumaterialien. Es legt den höchsten Grad an Qualität und Exzellenz nahe, den man sich mit menschlichem Verstand vorstellen kann. Feinstes Gold besitzt keine Unreinheiten – und Christus in seiner Souveränität besitzt ebenfalls überhaupt keine Unreinheiten.

Gold deutet gewöhnlich auf Göttlichkeit hin, doch wenn die Braut extravagant über die Leiterposition Christi spricht, sagt sie, dass er das feinste des Feingolds ist. Er ist denkbar rein und wertvoll.

Ich bin mir sicher, dass du schon einmal den Satz gehört hast, dass totale Macht vollkommen korrumpiert. Diese Aussage trifft im menschlichen Bereich vielleicht zu, doch Jesus Christus wird durch totale Autorität nicht korrumpiert. Sein Kopf ist feinstes Gold, das nicht verfeinert werden kann. Es gibt nichts, was der Leiterschaft Jesu Christi über seine Gemeinde hinzugefügt werden könnte.

Interessanterweise vernachlässigt Jesus in seiner Leiterschaft eine Eigenschaft, um eine andere auszuüben. Wenn er freundlich ist, verletzt er dabei niemals seine Heiligkeit. Wenn er heilig ist, unterläuft er niemals seine Freundlichkeit. Sein Kopf, also seine Leiterposition, ist feinstes Gold und kann niemals weiterverbessert werden. Diese Wahrheit tröstet uns in Testphasen und hilft uns, zu ihm zu sehen, anstatt den Lügen des Feindes zu glauben, die darauf abzielen, uns zu verwirren und uns denken zu lassen, dass Gott wie der Teufel ist und der Teufel wie Gott.

Wenn dir das Leben schwer fällt, dann komm zu ihm und sage ihm: „Dein Kopf ist feinstes Gold." Wenn du diesen einen Satz sagst, ist das für deinen Geist wie etwas ganz Süßes, weil der Geist des Herrn dein Herz berührt.

Sein Haar

Weiterhin sagt die Schriftstelle auch, dass *seine Locken Dattelrispen sind, schwarz wie der Rabe*. Seine Locken sind sein Haar, was auf seine Verpflichtung und seine Hingabe an Gott und die Menschen hindeutet. Samson und der Prophet Samuel legten beide Gelübde ab, ihr Haar nicht abzuschneiden. Im Buch der Richter, an der Stelle, wo Samson dieses Gelübde brach und sein Haar abschnitt, bedeutete dies, dass er die Verpflichtung, die er Gott gegenüber getroffen hatte, verletzt hatte. So deutet man das lange Haar beim Nazarenergelübde gewöhnlich als Hingabe.

Das Erwähnen des Haares kann aber auch noch andere Bedeutungen in sich tragen. Christus ist Gott vollkommen hingegeben. Doch seine Hingabe wendet sich nicht nur an Gott. Er verpflichtet sich auch uns gegenüber.

Die New International Version beschreibt sein Haar als *wellig*. Doch die King James Version nennt es *buschig*. Das Haar Jesu ist dicht und wellig. Es ist das Haar eines jungen Mannes, der sich in der Blüte seines Lebens befindet und im Kontrast zu einem alten Mann steht, dessen Haar an Fülle und Vitalität verloren hat. Glatzköpfigkeit ist das Gegenteil von wellendem Haar. Dies legt nahe, dass die Hingabe Christi an uns voller Kraft ist. Jesus hat nicht etwa an Kraft eingebüßt und verliert auch nicht die Stärke, uns zu lieben.

Das Haar Jesu wird als *schwarz wie der Rabe* beschrieben. Sein Haar ist nicht nur wellig, sondern schwarz wie der Rabe. Der Rabe bedeutet reines Schwarz, und sein Haar spricht von seinem jugendhaften, energieerfüllten Eifer. Es beweist, dass Jesus sich nicht am Ende seiner Liebesfähigkeit befindet. Seine Zuneigung zeichnet sich vielmehr durch vollkommene Stärke und Kraft aus.

Die Botschaft hier lautet, dass die Hingabe Christi an Gott und seine Nachfolger für alle Ewigkeit kraftvoll ist. Manche Menschen sagen, dass sie Gott so lange dienten, dass sie nun erschöpft sind. Sie sagen im Grunde, dass ihre Hingabe wie Haar geworden ist, das grau und licht ist. Die Hingabe Jesu hingegen wird niemals alt, müde oder abgeschafft sein. Seine Braut kann sich vollkommen sicher sein, weil sie nicht zu befürchten hat, dass seine Hingabe an sie alt und schwach werden oder sterben könnte. Er befindet sich immer in seiner Blüte und auf dem Höhepunkt seiner Liebe, Leidenschaft und Hingabe.

Gott erlebt keine Stimmungsschwankungen. Sein Haar ist immer wellig und schwarz. Deswegen müssen wir niemals besorgt sein, ob es gerade ein guter Moment ist, sich ihm zu nähern.

Seine Augen

Die dritte Eigenschaft des Bräutigams: *Seine Augen sind wie Tauben.* Sie fügt hinzu, dass sie wie *Tauben an Wasserbächen sind, in Milch gebadet, festsitzend in der Fassung.* Christus sieht alle Dinge, so legen seine Augen seine Allwissenheit nahe, was hier bedeutet: „alles Wissen“. Seine Augen beziehen sich auch auf seine Fähigkeit zu sehen bzw. auf seine Unterscheidungsfähigkeit.

> Und kein Geschöpf ist vor ihm unsichtbar, sondern alles bloß und aufgedeckt vor den Augen dessen, mit dem wir es zu tun haben. Hebräer 4,13

Selbst die Dinge, die im Dunklen liegen, sind vor dem Herrn vollkommen klar, weil er sowohl das Gute als auch das Böse sieht. Die meisten Menschen denken von Gott, dass er nur das Negative sieht. Sie sagen, dass Gott ihre schlechten Dinge kennt, was stimmt, doch hier wirkt seine Gnade hinein. Wenn du verstehst, dass er deine schlechten Dinge durchwegs kennt, dann ist dir das Blut Jesu wertvoller als je zuvor. Es sorgt dafür, dass du dich nicht von Gott zurückziehst, sondern ihn preist.

Er sieht auch die guten Qualitäten deines Lebens und die Willigkeit in deinem Geist – sogar mehr, als du sie selbst wahrnehmen kannst. Wir versuchen, Gott gehorsam zu sein, doch stolpern wir nach außen hin. Tun wir dies, spiegeln wir das wider, was Samuel tat, als er David salbte: wir sehen auf die äußere Erscheinung. Wenn wir stolpern, fühlen wir uns, als wären wir durch und durch Heuchler, und in diesem Moment möchten wir gerne aussteigen. Gott sieht, wie wir fallen, doch er sieht auch den Schrei in unserem Herzen, dass wir ihm gehorchen und vorwärtskommen wollen. Viele Male machte mir diese Wahrheit Mut zum Weitergehen.

Weil Gott dein persönliches Verlangen nach Gerechtigkeit sieht, nimmt er auch die Finanzen wahr, die du still in sein Reich hinein säst. Er sieht das Gebet und die Zeiten, in denen du das Richtige tatst, dafür aber verleumdet wurdest. Gott sieht selbst Dinge, die dem menschlichen Auge verborgen sind, und er belohnt dich dafür.

> So verurteilt nichts vor der Zeit, bis der Herr kommt, der auch das Verborgene der Finsternis ans Licht bringen und die Absichten der Herzen offenbaren wird! Und dann wird jedem sein Lob werden von Gott. 1. Korinther 4,5

Versuch nicht einmal, jetzt dein eigenes Herz umfassend zu richten, weil du dich nicht einmal selbst vollkommen wahrnehmen kannst. Am letzten Tag wird dich Gott für die Dinge loben, die er bei dir sieht und die du nicht einmal erkennen kannst, die aber bei dir zutreffen. Er ist der Einzige, der vollkommene Erkenntnis besitzt.

Niemand versteht, wie Gott versteht. Die Menschen sagen, dass sie erst noch jemanden treffen müssen, der sie versteht und erkennt, durch welche Dinge sie hindurchgegangen sind. Doch die Augen Jesu sehen, durch was du hindurchgegangen bist, womit du gerade zu tun hast und was dir zukünftig begegnen wird. Er weiß, wie sehr du unter unfassbaren Belastungen des Lebens standst.

> Denn Gott ist nicht ungerecht, euer Werk zu vergessen und die Liebe, die ihr zu seinem Namen bewiesen habt, indem ihr den Heiligen gedient habt und dient. Hebräer 6,10

Gott wird dich für die guten Taten, die du getan hast, belohnen, denn seine Augen nahmen jede davon wahr. Wenn wir diese Offenbarung über seine Augen empfangen, fühlen wir uns nicht länger gezwungen, unsere ehrenvollen Geschichten so oft zu wiederholen. Wir müssen die Dinge, die bereits unter seinen Augen anerkannt wurden, nicht noch einmal beweisen. König David ist ein hervorragendes Beispiel für eine Person, die diese einmalige Fähigkeit oder Gnade Gottes besaß, zu verstehen, wie Gott ihn sah.

Seine Augen sind wie Tauben. Diese Eigenschaft deutet auf die Zielstrebigkeit der Reinheit und Vision hin. Eine Taube kann nicht zwei Orte gleichzeitig wahrnehmen. Sie besitzt keine periphere Wahrnehmung. Sie kann nur geradeaus sehen. Zusätzlich deuten Tauben auf Reinheit und den Heiligen Geist hin.

Weiterhin sind seine Augen wie die Tauben *an Wasserbächen.* Wasserbäche sind Orte, an denen sich die Tauben baden und wo sie sauber werden. So können die Augen Jesu nicht nur alles sehen, sondern sind auch noch dazu rein. Er deutet Wissen aus reinem Herzen heraus.

Ein Beispiel: Du stehst vor einem Richter mit einer wahren Berichterstattung, doch wenn der Richter ein unsauberes Herz besitzt, wird er dein Herz falsch interpretieren. Seine Fähigkeit, dein Herz zu erkennen, wird durch seine eigene abgestumpfte Perspektive wegen der Sünde, die in seinem Herz wohnt, begrenzt sein. Die Augen Jesu sind jedoch rein, wie die einer Taube, die sich an Wasserbächen in Milch gebadet hat. Die Unterscheidungsfähigkeit und Deutung im Bezug auf das, was er sieht, ist nicht die eines gefallenen, verwundeten, beeinträchtigten und sündigen Richters, der durch die Sündhaftigkeit seiner eigenen Seele beschränkt ist. Die Augen Christi besitzen Reinheit und Unschuld wie die von Tauben, die sich gebadet und gereinigt haben. Bei ihm gibt es bei der Interpretation der Wahrheit, die er wahrnimmt, keine Verzerrung.

Gewaschen in Milch

Seine Augen sind an Wasserbächen *in Milch gebadet.* Offensichtlich gibt es so etwas nicht: Flüsse, die Milch in sich führen – und deswegen handelt es sich hier um eine geistliche Schlussfolgerung. Die Augen Christi sind rein, weiß und sauber, und sie weisen auf die Reinheit seiner Urteilsfähigkeit hin. Milch ist die Einfachheit und Unschuld seiner Kindlichkeit. Jesus ist nicht kindisch, doch ist er sowohl unendlich komplex als auch zur selben Zeit einfältig. Er ist ein göttliches Paradox, der Löwe und das Lamm, kindlich und komplex. Dass so extreme Unterschiede in der Persönlichkeit eines göttlichen Wesens existieren, geht über unsere Fähigkeit des Verstehens hinaus.

Seine Augen sind auch *„festsitzend in der Fassung"*. Dieser Vergleich ist wie der mit einem Juwel, das bei der Anfertigung eines sehr teuren Schmuckstücks von einem äußerst begabten Künstler genauestens in die Fassung eingepasst wird. Der Künstler nimmt einen Diamanten und passt ihn fingerfertig in einen Armreif oder eine Halskette ein.

Dass seine Augen „festsitzend in der Fassung" sind, bedeutet, dass bei ihnen keine Verschiebung vorliegt. Anders ausgedrückt sitzen seine Augen nicht zu tief bzw. treten auch nicht auf unliebsame Weise hervor. Seine Unterscheidungsfähigkeit ist perfekt, denn er sieht und richtet jede Situation ohne Übertreibung oder Entstellung. Seine Sicht und seine Erkenntnis sind perfekt und weder weit- noch kurzsichtig. Er kennt alle Strategien des Feindes, doch er versteht auch die Dinge, die in deinem Leben wichtig und wertvoll sind.

Psalm 139,1-18 besagt, dass Gott alles kennt, was dir in deinem Herzen wichtig ist. Der Herr kennt die Dinge, die dir in deinem Herzen wichtig sind, und er wird sie dir später geben, wenn es den Absichten Gottes dient, die er mit deinem Leben hat. Du wirst einige von den Dingen empfangen, die dir im kommenden Zeitalter wichtig sind, nicht in diesem.

Seine Wangen

Dieser Schriftabschnitt spricht weiter davon, *dass seine Wangen wie ein Balsambeet sind.* Die Wangen sind für den Gesichtsausdruck einer Person verantwortlich, weil die Wangen das Fenster der Emotionen sind, das anderen Menschen zeigt, ob eine Person freudig, traurig, oder ärgerlich ist. Dic Wangen einer Person können dir Aufschluss darüber geben, in welcher Stimmung sich er oder sie befindet. Die Wangen offenbaren den inneren emotionalen Zustand und offenbaren auch die innere Schönheit der Erscheinung.

Die Wangen Christi sind wie ein *Balsambeet*, das auf die Vielfalt seiner Leidenschaft, Vergnügen und Freuden verweist. Sie sind wie ein Garten mit wunderschönen, duftenden Kräutern. Sie drücken seine Emotionen aus, die vielfältig sind, wunderschön, und der Lust und Freude viel Raum geben.

Das Lied sagt, dass die Wangen Jesu auch *Würzkräuter sprossen lassen*. Dies verweist auch auf seinen extravaganten Duft und die Vielfalt seiner zuneigunsvollen Gefühle. Angenehm riechende Blumen in voller Blüte legen einen äußerst erfreulichen Garten nahe. Dies ist die emotionale Statur Jesu Christi – seine Leidenschaft für dich, sein Verlangen nach dir und seine Freude an dir. Es ist auch die Freude des Vaters über seinen Sohn, die Freude des Sohnes über seinen Vater und die Leidenschaft für und das Vergnügen des Vaters an seiner Schöpfung. Jesus erfreut sich auch am Wachstum seines Reiches und seiner Heiligkeit.

Seine Lippen

Vers 13 liefert eine weitere Beschreibung und spricht davon, dass *seine Lippen von flüssiger Myrrhe triefende Lilien* sind. Die Lippen deuten auf sein Wort und sein Mund auf seine Kommunikation und seine Intimität hin. Dieses Bild bezieht sich auf die Kraft seines Wortes.

Seine Worte sind wie zwei Dinge: Sie sind wie *Lilien*, und *sie triefen vor flüssiger Myrrhe*. Lilien sind süß und befriedigend. Psalm 19,11 spricht davon, dass die Worte Gottes „süßer als Honig und Honigseim“ sind. Wenn es unser Herzensanliegen ist, ihnen zu folgen, dann ist sein Wort süß und befriedigend. Die Bibel wird lebendig, wenn es unsere innere Herzensabsicht ist, ihm hundertprozentig zu gehorchen. In einem solchen Moment wird das Wort zu etwas Süßem. Absichtlicher Widerstand gegen das Wort Gottes lässt es gegenüber deinem Herzen dumpf und tot erscheinen. Es verliert seinen süßen Charakter und befriedigt nicht länger wie Lilien, die duftend, unschuldig und zärtlich sind.

Die Worte Jesu werden auch damit verglichen, wie *triefende, flüssige Myrrhe* zu sein. Er schenkt uns nicht nur die süße, erfrischende Bestätigung und den Duft von Lilien, sondern auch die Myrrhe, die Leiden beinhaltet. Myrrhe und Weihrauch wurden als Beerdigungskräuter gebraucht. Dieser Geruch kommt, wenn wir den

Tod des Fleisches umarmen, damit wir in der Gnade Gottes Auferstehung finden. Seine Worte haben den Geruch von Lilien, doch sie triefen auch von flüssiger Myrrhe. Jesus weiß, wie man feste Liebe und Korrektur vermittelt. Er sagt dir nicht nur, dass alles in Ordnung ist, sondern zeigt dir als liebender Vater auch, wann du anhalten musst und wie du Dinge ändern sollst.

In Hebräer 12,5-6 heißt es:

> Mein Sohn, schätze nicht gering des Herrn Züchtigung, und ermatte nicht, wenn du von ihm gestraft wirst! Denn wen der Herr liebt, den züchtigt er; er schlägt aber jeden Sohn, den er aufnimmt.

Die Worte der Korrektur, die uns Gott zuteil werden lässt, bringen Leben hervor. Sein Wort fordert uns heraus, uns in größerem Maße selbst zu sterben, damit wir zu einem reiferen Teil der Braut Christi werden können.

In Maleachi 2,17 sprach der Herr zum Volk Israel, dass ihn ihre Worte ermüden, weil sie sagten, dass Menschen, die Böses tun, gut seien. Diese Menschen nannten böse Dinge gut und gute Dinge böse. Die Worte des Volkes Gottes sind manchmal zu bestätigend. Zu oft weigern wir uns, etwas als unsauber zu klassifizieren, wenn dies aber genau zutrifft. Einige von uns besitzen einfach nicht die Fähigkeit, Worte auszusprechen, die Myrrhe in sich tragen. Wir können nur Worte aussprechen, die Lilien beinhalten. Wir müssen zwischen gut und böse unterscheiden, wie Gott es in seinem Wort tut.

Seine Hände

Im nächsten Vers heißt es, dass *seine Arme goldene Rollen sind, die mit Türkis besetzt* sind. Seine Hände oder Arme beziehen sich auf die Art und Weise, wie er seine Arbeit verrichtet. Sie deuten auf seine perfekte Kraft, Allmacht und geradlinige Aktivität hin. Sie beziehen sich auch auf seine Fähigkeit, all das zu vollbringen, was ihm gefällt, sowohl in der natürlichen Schöpfung als auch im geistlichen Bereich. Er kümmerte sich um deine Erlösung und regiert für alle Ewigkeit über all seine Werke. Seine Hände agieren fingerfertig und können alles zustande bringen, was gut ist. Sie sind wie Gold. Alles, was er tut, hat göttliche Reinheit zur Grundlage, denn alles, was er tut, ist mit Weisheit, Liebe und göttlicher Kraft erfüllt.

Sein Leib

Sein Leib ist ein Kunstwerk aus Elfenbein. In der King James Version wird der Leib Christi als sein Bauch bezeichnet. Im Hebräischen hat dies die Bedeutung von zärtlichem Mitgefühl. Hier würde man sagen, dass aus seinem Bauch zärtliches Mitgefühl fließt. Dies deutet auf die zärtliche Gnade hin, die Gott schwachen und sündigen Menschen entgegenbringt. Nichts offenbart seine Schönheit so sehr wie seine Zärtlichkeit gegenüber gefallenen Menschen. Sie ist wie ein Kunstwerk aus Elfenbein (die King James Version spricht von hellem Elfenbein). Poliertes Elfenbein war selten und teuer. Sein Mitgefühl und seine Geduld gegenüber Schwachheit werden als etwas sehr Seltenes und Ungewöhnliches beschrieben, was in der Tat auch zutrifft.

In Jesaja 55,9 heißt es: „Denn (so viel) der Himmel höher ist als die Erde, so sind meine Wege höher als eure Wege und meine Gedanken als eure Gedanken.“ Gewöhnlich zitieren wir diese Schriftpassage im Bezug auf die Weisheit Gottes, doch dieser Vers spricht nicht von Weisheit, wenn er sagt, dass die Wege Gottes, verglichen mit den menschlichen Wegen, so viel höher sind, wie der Himmel auch höher als die Erde ist. Stattdessen bezieht er sich auf seine Fähigkeit, schwachen Menschen zu vergeben. Es gibt niemanden auf der Erde, der schwachen Menschen so vergibt, wie Gott es tut. Seine Wege sind so hoch wie der Himmel über der Erde. Die Gnade Gottes sagt nicht etwa: „Nun, Jungs sind halt einfach Jungs. Geht, und genießt etwas mehr euren Spielraum.“ Sie ist fingerfertige Gnade, die uns zur Buße, Reinheit und Weisheit führt. Sie ist keine Gnade, die kein Ziel in sich trägt, sondern ist strategisch und etwas so Bedeutsames wie das Einsetzen eines Saphirs. Die Kreativität, mit der er seine Gnade offenbart, vermittelt uns Gerechtigkeit und übt uns in der Weisheit.

Seine Beine

Außerdem sind seine *Schenkel Säulen aus Alabaster*. Diese Eigenschaft bezieht sich auf die Handhabung seines Willens und Reiches. Sie sind die Stärke, die seine Gemeinde aufrechterhält. Säulen sind in unseren Gemeinden die Individuen, die durch ihre Ausdauer, Weisheit, Gaben und Reife Stärke liefern.

Seine Gestalt

Seine *Gestalt ist wie der Libanon, auserlesen wie Zedern*. Die Gestalt spricht von dem, was Gott seinen Nachfolgern weitergeben möchte.

> Erhebe, Herr, über uns das Licht deines Angesichts! Psalm 4,7

Wenn Gott sein Angesicht auf dein Herz strahlen lässt, gibt er sich selbst an dich weiter. Ich stelle mir vor, wie das Licht Gottes herunterscheint und dein Herz berührt. Als das Licht Gottes auf Maria schien, wurde sie vom Heiligen Geist ummantelt, worauf eine sehr bedeutsame Übermittlung stattfand.

Der Vater möchte seine Zuneigung gegenüber Jesus weitergeben. Er möchte, dass wir Jesus lieben, wie er es selbst tut. Er ist fähig, schwaches Fleisch zu nehmen und es mit dem göttlichen Charakterzug der Gottesfurcht auszustatten.

Du kannst vielleicht deine Hand auf jemanden legen und den ganzen Tag lang beten, doch wenn der Heilige Geist nicht tätig wird, kannst du auch nichts weitergeben. Gott besitzt jedoch unendliche Kraft, um seine eigenen Charakterzüge der Weisheit, Reinheit und Leidenschaft in dich einzupflanzen. Es ist eine einmalige Fähigkeit, die nur Gott besitzt und die es ihm erlaubt, etwas ins Zentrum eines Menschen hineinzulegen.

Sein Mund

Die nächste Beschreibung Christi: *Sein Gaumen ist Süßigkeit*. Dies deutet auf die Kommunikation seiner Intimität hin. Jesus möchte geistliche Intimität übermitteln. Geistlich gesehen möchte der Herr die Küsse seines Wortes freisetzen, die in Hohelied 1,2 von der Braut begehrt wurden. Dies deutet auf Jesus hin, der die Gnade der Intimität freisetzt, indem er unsere Kapazität vergrößert, mehr von Gott zu empfangen.

> Glücklich, den du erwählst und nahen lässt, dass er wohne in deinen Vorhöfen! Wir werden gesättigt werden mit dem Gut deines Hauses, dem Heiligen deines Tempels. Psalm 65,5

Wie gesegnet ist derjenige, der von Gott erwählt wird, ihm nahe zu kommen. Es gibt Zeiten des Gebets, in denen uns Jesus zärtlich zu sich zieht, doch es gibt auch andere Zeiten, zu denen wir nicht wahrnehmen, dass er uns näher zu sich zieht.

In gewisser Hinsicht ist er uns immer nah, und wir haben immer Zugang zum Thron der Gnade. Von meiner Erfahrung her weiß ich, was es bedeutet, Gebetszeiten zu erleben, in denen sich die Nähe Gottes auf mich legt. Ich weiß auch, was es bedeutet, die Nähe Gottes nicht zu erleben.

Die mächtigste Erfahrung, die ein Mensch erleben kann, ist, wenn Gott dem menschlichen Geist gestattet, selbst nur einen kurzen Blick auf den himmlischen Bräutigam zu werfen. Wenn der Geist Gottes im menschlichen Geist seine Offenbarung schenkt, gibt es nichts Erfüllenderes und mächtiger Durchdringendes. Es ist mächtiger als körperliche, gedankliche oder emotionale Vergnügen. Wenn der Geist Gottes unser erwartungsvolles Herz küsst, rufen wir wie David in Psalm 19,11 aus: „Sie, die köstlicher sind als Gold, ja viel gediegenes Gold, und süßer als Honig und Honigseim."

Gott möchte uns seine Süße kommunizieren, doch er wird es nur bei denjenigen tun, die sich nach ihm ausstrecken.

Er sucht uns auch, wenn wir unbekehrt sind, damit er uns retten kann. Er jagt uns, lauert uns im Hinterhalt auf, stellt uns Fallen, bis wir schließlich ja zu ihm sagen. Sobald wir gerettet sind, fährt der Herr immer noch fort, uns zu ihm zu ziehen, weil er möchte, dass wir ihn suchen. Diejenigen, die den Herrn zu ihrer prachtvollen Leidenschaft machen, werden mit Schätzen und süßen Dingen gesegnet.

Sprüche 2,4-5 fordert den Leib Christi heraus, den Herrn wie Silber zu suchen. Wir müssen Erkenntnis von ihm gewinnen, denn es gibt versteckte Dinge, die Gott nur den Hungrigen offenbart.

Sein Mund ist vollkommen süß. Zeit und Anstrengung sind es gut wert, wenn wir uns vom hektischen Alltag etwas zurückziehen und unseren Zeitplan etwas verändern, um ihm nachzulaufen, denn von der Gegenwart Gottes geküsst zu werden, ist etwas Angenehmeres als alles andere, was sich der menschlichen Erfahrung anbietet.

Was für ein wunderbarer Bräutigam! Durch das Blut, das er für uns vergossen hat, werden wir ihn für alle Ewigkeit stets besser kennen lernen können, mehr über ihn und die wundervolle reichliche Fülle dessen erfahren, dass wir seine Braut sind. Diese Liebe für ihn wird die eigentliche Natur dessen verschlingen, wer wir sind. Er ruft uns heute zu einer Liebe für ihn, die so verzehrend ist, dass wir andere dadurch automatisch auf den richtigen Weg führen. Diese Flamme der geistlichen Leidenschaft macht entweder wütend oder entzündet eine größere Liebe in den Menschen, die schon von seiner Liebe berührt wurden.

Zieh mich dir nach, lass uns eilen! Hohelied 1,4

6. Das vielfache Verlangen der Braut

Vor diesem gewissen Morgen in meinem Büro, an dem mich der Herr berief, das Hohelied und die Botschaft von der Braut Christi zu verkündigen, hatte ich immer ein tiefes Verlangen in mir verspürt, von mehr Leidenschaft für Gott verzehrt zu werden. Ich betete häufig, studierte die Schrift und umgab mich mit großartigen Lehrern und Predigern, während ich viele Bücher las. Doch an dem Tag, als ich in meinem Büro zum Beten niederkniete, erwartete ich nur wenig, eine neue Ausrichtung zu empfangen, was darin enden sollte, eine vollkommen neue Dimension geistlichen Verlangens zu erleben.

Ich begann zu beten, weil ein ungewöhnliches, stilles Verlangen mein Herz erfüllte. Es wuchs, wenn mein Herz berührt wurde, und es entwickelte sich zu einem intensiven Verlangen hin, einem Durst, der sich so anfühlte, als könnte er niemals gelöscht werden. „Herr, versiegle mich. Leg feurige Liebe in mich hinein. Versiegle mich, Jesus. Leg die Liebe in mich hinein.“ Als von meinen Lippen Worte des Verlangens zu fließen begannen, wuchs das Verlangen nach Gott zunehmend an, und es tat fast weh. Ich begann zu weinen, nicht vor Schmerzen, sondern vor Sehnsucht. Doch das Verlangen nach Christus wurde nur umso stärker.

Es war, als ob es sich bei dem, was ich erlebte, um ein göttliches Vakuum handelte, das mich im Grunde direkt zu Gott hinzog. Dieses Ziehen manifestierte seine Gegenwart und sein wahres Herz in zunehmendem Maße. Als ich die Nähe Gottes berührte, wuchs mein Verlangen nur umso mehr. Kurz darauf war der Raum von seiner wunderbaren, göttlichen Gegenwart erfüllt, und mein Herz floss über. Ich konnte im Grunde nur mit Weinen fortfahren, zunächst aus leidenschaftlichem Verlangen heraus und später vor Freude und Dankbarkeit über seine Nähe und doch so viel mehr. Ich war zutiefst dankbar für das, wer er ist, über seine Liebe, seine Gnade, seine Wahrheit und Perfektion. Ich empfand aber noch größere Dankbarkeit darüber, mit stärkerer Gewissheit wissen zu dürfen, dass er mich so sehr liebt, wie ich es mir nie hätte vorstellen können.

Das Verlangen nach Christus, dem Bräutigam, ist ein verzehrendes, leidenschaftliches Feuer.

Verlangen ist eine mächtige Kraft, die im geistlichen Bereich etwas entgegennimmt und es dann in den natürlichen Bereich hineinträgt. Jeder Gläubige kann bereits das mächtige Verlangen erleben, das durch die kreative Handschrift Gottes im Hinblick auf eine wunderbare geistliche Absicht in uns gelegt wurde.

Im letzten Kapitel erforschten wir die Eigenschaften und Charakteristiken des göttlichen Bräutigams, wie sie aus dem Blickwinkel einer reifen Braut wahrgenommen werden, die während einer Zeit des Prüfens durch ihre Liebe hindurchgetragen wird. Wenn wir als reife Braut Christi unserem Bräutigam antworten, wird das dem siebenfachen Verlangen Befriedigung bringen, das sich in unserem Herzen befindet. In seiner Souveränität legte Gott dieses siebenfache Verlangen in uns, und es ist sein Wille, dass dieses Verlangen auch von ihm gestillt wird.

Ich bezeichne dieses siebenfache Verlangen auch als die Grundlagen des Paradigmas der Braut im Reich Gottes. Diese einzelnen Verlangen sind zugleich auch sieben Privilegien, die wir als die Braut Christi haben dürfen. Diese sieben Herzenswünsche spiegeln sieben verschiedene Emotionen in der Persönlichkeit Gottes wider. Sie sind Aspekte unseres eigenen kreativen Designs, das diese Emotionen auch bei uns vorliegen lässt. Sie lassen deutlich werden, was ich mit den überragenden Freuden des Evangeliums bezeichne und was es bedeutet, vom Heiligen Geist in Romantik hineingeleitet zu werden. Schlussendlich offenbaren diese sieben Verlangen unseren primären Lebenserfolg, denn wir werden unabhängig von unseren Umständen erfolgreich sein, wenn diese Verlangen in uns hervorgerufen und vom Heiligen Geist gesättigt werden.

Die sieben Verlangen des Paradigmas der Braut sind etwas Einmaliges, was nur wir als Menschen besitzen dürfen. Die Engel besitzen sie nicht. Nirgends in der Bibel wird uns nahegelegt, dass die Engel eine Veranlagung zur Zuneigung besitzen. Sie erleben Freude und andere Emotionen, doch entsprechen diese nicht geistlicher Zuneigung. Nur Menschen besitzen die Voraussetzung für das brennende geistliche Verlangen zuneigungsvoller Liebe. Die Fähigkeit Gottes zu brennender Zuneigung ist einer der einmaligsten Aspekte seines Charakters. Diese geistlichen Zuneigungen führen dazu, dass unser Leben in die Lage kommt, große geistliche Höhen zu erklimmen.

Die Fähigkeit zu Gefühlen der Zuneigung hebt uns in die Herrlichkeit Christi hinein, wenn sie in Christus gesättigt werden, doch dieselbe Fähigkeit kann zugleich auch Ruin für uns bedeuten. Tiefe Zuneigung und Leidenschaft kann gefährlich werden, wenn wir ihr nicht auf dem richtigen Weg begegnen. In anderen Worten kann sie sehr gefährlich werden, wenn wir dem Verlangen des Heiligen Geistes widerstehen, unserer Zuneigung zu begegnen und sie uns schließlich zu den Tiefen der Perversion führt. Die Fähigkeit eines Individuums zum brennenden Verlangen entfesselt eine beängstigende Fähigkeit zur Zerstörung, wenn sie unterdrückt wird.

Das Wissen, dass Gott Freude über uns empfindet

Das erste Verlangen des menschlichen Herzens besteht darin, Sicherheit zu besitzen, dass Gott unsere Gegenwart genießt, selbst wenn wir noch geistlich unreif sind. Dass wir Gott angenehm sind, ist zwingende Voraussetzung dafür, richtig leben zu können. Gott hat an uns Gefallen, selbst wenn wir uns inmitten eigener Unreife und Schwachheit befinden. Du kannst für dieses Verlangen des menschlichen Geistes keine Buße tun oder davon frei werden, weil es Gott selbst in dich hineingelegt hat.

Den Gedanken zu akzeptieren, dass Gott unsere Gegenwart genießt, fällt einigen schwer. Manche sagen: „Vielleicht hat Gott im

Himmel einmal an mir Gefallen, aber niemals, solange ich noch hier auf der Erde bin.“ Andere denken wiederum, dass Gott Freude über sie empfindet, während sie hier auf der Erde sind, doch nur, wenn sie geistlich so reif sind wie der Apostel Paulus.

Wahrheit jedoch ist, das Gott an uns Gefallen hat, während wir noch unreif sind. Die Erkenntnis davon ist ein wichtiger Schlüssel dafür, aufrichtiges Verlangen in geistliche Reife umzuwandeln.

Wir dürfen die Freude Gottes über uns während unseres Heranreifens nicht damit verwechseln, dass er jedes Verlangen in unserem Leben billigt. Jesus empfindet Freude über mich, während er zugleich aber auch Missfallen an einem bestimmtem Lebensbereich haben kann, in dem ich am Kämpfen bin. Es ist keine Alles-oder-nichts-Beziehung. Manche Menschen denken, dass Gott entweder alles, was wir tun, angenehm ist, oder genau das Gegenteil davon. Das ist so einfach nicht richtig.

Gott liebt mich und hat Gefallen an mir, während er mich in verschiedenen Bereichen meines Lebens korrigiert. Wir dürfen sein Zurechtrücken nicht mit Ablehnung gleichsetzen. Wenn er mich korrigiert, dann deswegen, weil er mich liebt. Ich fühle die Freude Gottes über mich, während ich geistlich wachse, und weiß trotzdem, dass er mich auf verschiedenen Gebieten meines Lebens züchtigen wird. Er tut dies aus einem Überfluss seiner Leidenschaft für mich heraus.

Wir müssen Buße tun, wenn wir danach trachten, dieses Verlangen auf unsaubere Weise zu erfüllen, doch wir können niemals dafür Buße tun, dass wir dieses Gefühl empfinden. Dieses Verlangen wird uns niemals loslassen, doch es wird durch die Offenbarung der extravaganten göttlichen Leidenschaft uns gegenüber und durch die Offenbarung des Vaters und Bräutigams gesättigt.

Dieses Verlangen, von Gott gemocht zu werden, liefert auch den Nährboden für alle falschen weltlichen Religionen, denn der Teufel nutzt dieses menschliche Verlangen aus, um viele böse und falsche Religionen entstehen zu lassen.

Unsere geistliche Gesundheit und Reife hängt von unserem Wissen ab, dass Gott Gefallen an uns hat, denn es konfrontiert in unserem Herzen die Furcht vor Ablehnung. Die Furcht vor Ablehnung und das Trauma der Schande sind die mächtigsten Gefühle im menschlichen Geist.

In unserem Herzen wird etwas Mächtiges geweckt, wenn wir wirklich wissen, dass Gott Freude über uns empfindet und wir mit vollständig verpflichtender Hingabe Gott gegenüber antworten. Allein schon eine kleine Erkenntnis davon, wie sehr Gott an uns Gefallen hat, hat große Folgen. Wenn wir spüren, dass dem Vater unsere Anwesenheit angenehm ist und der Bräutigam Jesus uns liebt, kommt in unserem Herzen etwas zum Erwachen.

Ohne diese Erkenntnis werden wir gegenüber Satan verletzlich, wenn er uns in Fallen auflauert und damit lockt, diesem Verlangen auf falschen Wegen zu begegnen. Im Paradigma der Braut vom Reich Gottes steht dieses Verlangen an erster Stelle. Die Liebe der Braut gründet sich auf die Versicherung, dass sie sich angenehm und gemocht fühlen darf und dass Gott nach ihr verlangt und sich nach ihr sehnt. Wir definieren uns am stärksten über die Person, die uns mag.

Der Grund, warum wir erfolgreich sind, liegt darin, weil uns der Gott der gesamten Erde heiraten möchte. Er möchte, dass wir sein ewiger Partner sind. Vielleicht werde ich nie einen großen Dienst besitzen. Vielleicht habe ich niemals viel Geld und vielleicht auch niemals viele Freunde, doch die Tatsache, dass Jesus nach mir verlangt und mich sucht, ist Antwort auf das größte Bedürfnis in meinem Herzen, erfolgreich zu sein. Du bist bereits im vorrangigsten Sinne erfolgreich, selbst wenn sonst nichts Gutes in deinem Leben weiter passiert. Er verlangt nach dir. Derjenige, vor dem sich die Seraphim verbeugen, verlangt nach dir. Geliebte, ihr seid in der Tat erfolgreich.

Aus ganzem Herzen leidenschaftlich leben

Das zweite Verlangen, das ich mit dem Paradigma der Braut verbinde, besteht darin, hingegeben und leidenschaftlich zu sein. Unser Herz wurde als die Beheimatung großen Verlangens und großer Leidenschaft geschaffen. Deswegen ist die Erfahrung dieses Verlangens für die geistliche Gesundheit ebenso von äußerster Wichtigkeit. Es genügt nicht, nur zu wissen, dass Gott nach uns verlangt. Wir müssen auch wissen, dass wir uns ihm selbst von ganzem Herzen hingeben. Unser Gott, der uns liebt und uns bereitwillig gibt, schuf uns mit dem Bedürfnis, in Hingabe zu leben. Wenn wir nichts besitzen, wofür wir sterben würden, besitzen wir auch nichts, wofür wir leben können. Wir lieben es, ihn zu lieben. Wir haben Freude daran, Jesus von ganzem Herzen zu lieben. Ein hoffnungsloser Heuchler zu sein, der Gott nicht aufrichtig liebt, ist etwas vollkommen anderes, als die Person zu sein, die wir sein sollen. Wenn wir uns in einem Zustand geistlicher Passivität und Langeweile befinden, machen wir uns gegenüber den Angriffen Satans verletzlich. Eines der größten Probleme in der Gemeinde ist das Nichtvorhandensein vollständiger Hingabe.

Seelsorgedienste versuchen, Menschen zur emotionalen Ganzheit zu führen, doch wenn die Gläubigen nicht zu vollständiger Hingabe gerufen werden, werden sie niemals emotionale Gesundheit genießen. Liebe und der Dienst aus ganzem Herzen sind Dinge, die dem Herrn gefallen, doch es gibt noch mehr als das. Viele Gläubige versuchen, in der Gnade zu leben, ohne Gott ganz hingegeben zu sein. Sie halten nach einem Weg Ausschau, auf dem sie Gnade so verstehen können, dass sie ihren fleischlichen Lebensstil verstärkt. Wir müssen Gnade so erfahren, dass sie uns zur Freude eines hingegebenen Lebens und Liebens führt. Ein hingegebener Gott erschuf mich so, dass ich ein Verlangen danach habe und es nötig habe, vollkommen hingegeben zu leben.

Fasziniert und von Bewunderung erfüllt

Das dritte Verlangen der Braut ist das Verlangen danach, in Faszination versetzt zu werden, mit Bewunderung erfüllt und von Ehrfurcht ergriffen zu sein und staunen zu können. Die säkulare Unterhaltungsindustrie sorgt für die Ausbeutung dieses Verlangens im menschlichen Geist und lockt uns, diesem Verlangen auf alle nur denkbar falschen Weisen zu antworten. Ich wende mich nicht gegen jede säkulare Unterhaltung. Darum geht es mir hier nicht. Doch die meiste säkulare Unterhaltung liefert eine falsche Vorgehensweise, zu einem legitimen Verlangen. Unser faszinierender Gott schuf uns mit einem Bedürfnis danach, fasziniert zu werden. Wenn wir nicht von ihm fasziniert sind, erleben wir Langeweile, werden geistlich träge und passiv. Unsittlichkeit, Geldliebe und Bitterkeit gegenüber anderen

Menschen, die uns davon abhalten, dass unsere Wünsche erfüllt werden, können dann in unser Herz kommen und es sogar noch weiter verderben.

In Jesaja 4,2 lesen wir:

> An jenem Tag wird der Spross des Herrn zur Zierde und zur Herrlichkeit sein.

Dieser Vers bezieht sich auf die Gemeinde der Endzeit. Das Wort verheißt, dass der Spross des Herrn – ein Ausdruck für den Messias in seiner Menschlichkeit – überall auf der Erde in seiner Schönheit zu sehen sein wird. Die Schönheit Jesu nimmt in der Endzeitstrategie Gottes einen mächtigen Platz ein. Der Vater wird die Schönheit Jesu am Ende der Zeit dazu gebrauchen, die Endzeitgemeinde von Jesus fasziniert sein zu lassen. Sie wird keine gelangweilte Gemeinde sein, die die Welt in Kraft verlässt. Der Herr wird die göttliche Schatztruhe öffnen, und der Heilige Geist wird die Dinge herausnehmen, die sich im Besitz Jesu Christi befinden, und sie der Gemeinde geben. Wir werden reichhaltigste göttliche Unterhaltung erleben, bei der der menschliche Geist von der Schönheit Gottes ehrfürchtig ergriffen sein wird.

Im Leben König Davids war dies das Thema Nr. 1. In Psalm 27,4 steht, dass er alle Tage seines Lebens nach einer bestimmten Sache verlangte – die Schönheit Gottes zu sehen.

> Eins habe ich vom Herrn erbeten, danach trachte ich: zu wohnen im Haus des Herrn alle Tage meines Lebens, um anzuschauen die Freundlichkeit des Herrn und nachzudenken in seinem Tempel.

Über mehrere Jahre hinweg habe ich immer wieder über diesen Vers nachgedacht und kann sehen, dass die Schönheit des Herrn ein Berg ist, der viel höher ist, als wir es uns nur irgendwie vorstellen können.

> Uns aber hat Gott es geoffenbart durch den Geist, denn der Geist erforscht alles, auch die Tiefen Gottes. 1. Korinther 2,10

Der Heilige Geist erforscht die Tiefen der Schönheit Gottes, und der Vater erlaubt ihm, dir und mir Aspekte dieser Offenbarung zu vermitteln. In einer Milliarde Jahren werden wir im Himmel immer noch neue Dimensionen vom weiten Ozean der Schönheit Gottes entdecken.

Nichtsdestoweniger erfordert das Besteigen dieses Berges, der mit Entdeckungen gespickt ist, Zeit, die wir mit dem Wort Gottes verbringen, doch nicht nur durch Studium. Wir müssen uns dieser Offenbarung auch mit einem hingebungsvollen Herzen nähern.

Manchmal müssen wir uns auf akademische Weise der Schrift nähern, damit wir ihren Kontext besser verstehen und auch genauer erfassen können, was der Schreiber im Detail meint. Ich befürworte eine akademische Annäherung ans Wort. Ich leite eine vollzeitliche Bibelschule unserer Gemeinde, doch sage ich meinen Studenten auch, dass das Studium allein nicht genügt. Unser Wissen über die Bibel muss in Hingabe an den Herrn umgesetzt werden. Bei unseren Studien sollte unser Herz nach neuen Entdeckungen der Schönheit und der Erkenntnis Gottes Ausschau halten. Wenn wir in unserem Leben vor Gott auch nur ein kleines Maß an Ehrfurcht zeigen, verändert das vollkommen die Art und Weise, wie wir über Sünde denken.

Die Schönheit Gottes erreicht ihren Höhepunkt in der Offenbarung unseres königlichen Bräutigams, unserem Messias. Der königliche Bräutigam ist so schön, dass der Heilige Geist das Herz der Endzeitgemeinde mit dieser göttlichen Geheimwaffe in Entzückung versetzen wird.

Ich weiß in meinem Herzen, dass der Heilige Geist Tausende von Menschen hervorkommen lassen wird, die sich darauf konzentrieren, über die Schönheit Gottes zu predigen. Wenn sie dies tun, wird er die Langeweile seines Volkes heilen. Ruft dich der Herr, einer dieser Prediger zu sein?

Das Verlangen danach, schön zu sein

Das vierte Verlangen, das meiner Meinung nach das Paradigma der Braut veranschaulicht, ist der Wunsch danach, selbst schön zu sein. Wir, als ein Teil der Braut Christi, verlangen danach, die Schönheit des Bräutigams in unserem eigenen Leben zu erfahren. Die Schönheit, die Gott hat, wird seinen Leuten durch die Erlösung vermittelt. Wir werden mit göttlicher Schönheit geschmückt, weil er die Erlösten schön macht. Er gibt uns Schönheit statt Asche. Wenn wir uns in Anbetracht der Herrlichkeit seiner Gegenwart schön fühlen, und eben nicht abstoßend, von Sünde zerfressen oder heuchlerisch, wird tief im Innern unseres Herzens etwas Mächtiges freigesetzt. Unsere Schönheit durch die Erlösung erreicht ihren Offenbarungshöhepunkt im Entschleiern der Braut Christi.

Es gibt mehrere unterschiedliche Dimensionen der Schönheit, die Gott der Gemeinde vermittelt. Es gibt die körperliche Schönheit und die geistliche Schönheit (zusammen betrachtet die zeitliche Schönheit dieses Zeitalters), und auch die ewige Schönheit im kommenden Zeitalter. Wusstest du schon, dass du für ewige Zeit körperliche Schönheit besitzen wirst, die schöner ist als die eines jeden Engels? Als Jesus Mensch wurde und ihn Gott von den Toten auferweckte, schuf der Vater einen Körper für ihn. Die Fähigkeiten des auferstandenen Leibes Jesu besitzen unvorstellbare Schönheit, die weit über die der Engel hinaus reicht. Ein Wohlgeruch breitet sich von seinem himmlischen Körper aus, und wenn er vorwärts schreitet, erfüllt dieser Duft die Stadt Gottes.

Weißt du, dass Jesus im Himmel ein Mensch sein wird? Er ist vollkommen Gott, doch auch vollkommen Mensch! Es geht mir nur schwer in den Kopf, dass er im Himmel einen menschlichen Verstand besitzen wird. Das Geheimnis der zwei Naturen Christi vermittelt ihm die Fähigkeit zum Wissen und zur menschlichen Zuneigung.

Der wiederauferstandene Leib Christi ist der schönste Leib, den man sich vorstellen kann! In Philipper 3,21 steht, dass derselbe wiederauferstandene Leib auch den Heiligen gegeben werden wird.

> Der unseren Leib der Niedrigkeit umgestalten wird zur Gleichgestalt mir seinem Leib der Herrlichkeit, nach der wirksamen Kraft, mit der er vermag, auch alle Dinge sich zu unterwerfen.

Wir werden eine Schönheit besitzen, die nicht nur geistlicher Natur ist. Wir werden Gott nicht nur lieben und uns in verwunderlicher Offenbarung bewegen, sondern auch anderen als schön erscheinen. Die Lichter, Farben, Wohlgerüche, übernatürlichen Fähigkeiten und Geschmacksrichtungen werden etwas Erstaunliches sein. Neben dieser Schönheit, die wir besitzen dürfen, werden wir auch dazu imstande sein, Klänge zu hören, wahrscheinlich sogar über längere Entfernungen hinweg.

Diese Schönheit wirkt sich bei uns zu einem gewissen Grad in unserer körperlichen Erscheinung aus, wenn unser Herz erneuert wird. Ein glückliches Herz und ein heller Gesichtsausdruck verwandeln uns physisch, und diese Art physischer Schönheit wird im Himmel noch verfeinert werden. Unsere körperliche Schönheit wird im kommenden Zeitalter vollkommen offenbart werden, doch unsere geistliche Schönheit kann schon in diesem Zeitalter hier stark zunehmen. Die Fähigkeit zu lieben, zu denken und zu fühlen, wie Gott es tut, fängt schon hier an. Der Herr möchte seine Gemeinde in den kommenden Zeiten mit seiner eigenen Schönheit schmücken.

Viele Schriftpassagen beschreiben uns die Schönheit des Herrn. So heißt es beispielsweise in Offenbarung 21,2:

> Und ich sah die heilige Stadt, das neue Jerusalem, aus dem Himmel von Gott herabkommen, bereitet wie eine für ihren Mann geschmückte Braut.

Der Vater bereitet seinem Sohn eine schöne Braut. Die Stadt Gottes wird aufgrund ihrer Bewohner, die sie verwalten, Braut genannt. Wenn wir am letzten Tag vor Jesus stehen, werden wir uns körperlich und geistlich als schön empfinden und es auch sein, weil das von Gott so vorgesehen wurde.

Es ist ein angeborenes Bedürfnis eines jeden Menschen, die Schönheit Gottes auszudrücken, die jedoch Satan durch natürliche Versuche eitler Schönheit zu fälschen versucht. Ich bin nicht gegen den Versuch, natürlicher Schönheit in der Sporthalle, durch das Tragen von Make-up oder ähnlichen Dingen etwas nachzuhelfen, doch möchte ich diese eine Warnung weitergeben: Diese Bestrebungen werden den Herzensschrei nach Schönheit nicht vollständig befriedigen. Es ist in Ordnung, wenn wir unserer körperlichen Schönheit etwas aufhelfen. Aber natürlich gibt es da Grenzen. Wenn Menschen versuchen, ihrem tiefsten Verlangen, schön zu sein, allein durch leere, fleischliche Methoden zu begegnen, können sich viele destruktive Abhängigkeiten in ihrem Herzen festsetzen. Essstörungen, sexuelle Abhängigkeiten und viele andere destruktive Verhaltensweisen sind die Folge eines pervertierten Versuchs, dieses drängende und tief im Innern des Menschen verborgene Verlangen zu befriedigen, sich schön zu fühlen und auch schön zu sein.

Doch wenn unser Verlangen, schön zu sein, in Gott erfüllt wird, weil wir in Gott auch wahrhaftig schön sind, gewinnt unser Herz mehr an Kraft. Obwohl nur ein gewisses Maß geistlicher Schönheit in diesem Zeitalter freigelegt wird, hat doch das Wenige schon große Auswirkungen. Es ist etwas Mächtiges, sich vor Gott geistlich schön zu fühlen – wenigstens ein bisschen. Ich bin mir meiner Sünden, meiner Kämpfe und Schwachheiten sehr wohl bewusst, doch weiß ich auch, wer ich als Braut bin. Also komme ich vor den Herrn und weiß, dass er Lust an mir hat und mich mit seiner Schönheit fasziniert. Ich fühle mich aufrichtig schön vor ihm. Diese Romantik des Evangeliums befreit uns von der Sklaverei zweitrangiger Vergnügen, und die Vorherrschaft sündigen Vergnügens beginnt gebrochen zu werden.

Das Verlangen nach Erfolg

Das fünfte Verlangen der Braut ist das Verlangen danach, großartig, ehrbar und erfolgreich zu sein. Diesem tiefen menschlichen Verlangen begegnet Gott, indem er uns für Ewigkeiten als seine partnerschaftliche Braut auf den Thron setzt. Als Braut Christi haben wir auf Ewigkeit die höchste Ehren- und Autoritätsposition inne, eine Position, die weit über die der Engel erhaben ist. Jesus behandelt uns wie eine Braut, die die Würde eines göttlichen Partners besitzt. Jeden Scheck, den Gott unterzeichnet, sollen auch wir mit unterschreiben. Römer 8,17 zeigt, dass wir seine Miterben göttlicher Autorität sind.

> Wenn aber Kinder, so auch Erben, Erben Gottes und Miterben Christi, wenn wir wirklich mitleiden, damit wir auch mitverherrlicht werden.

Jesus sehnt sich danach, bestimmte Aspekte seiner Regentschaft mit seiner Braut zu teilen. Hast du auch nur etwas Ahnung davon, wer du bist? Das letzte Verheißungswort, das Jesus den sieben Gemeinden in Asien gab, handelt von der Braut-Partnerschaft, bei der wir mit ihm zusammen in Kraft, Privilegien und Position als seine ewigen Miterben regieren werden.

In Offenbarung 3,20-21 heißt es:

> Siehe, ich stehe an der Tür und klopfe an; wenn jemand meine Stimme hört und die Tür öffnet, zu dem werde ich hineingehen und mit ihm essen, und er mit mir. Wer überwindet, dem werde ich geben, mit mir auf meinem Thron zu sitzen, wie auch ich überwunden und mich mit meinem Vater auf seinen Thron gesetzt habe.

Als Jesus dem Johannes auf der Insel Patmos begegnete, kehrte er in seinen wiederauferstandenen Leib zurück, um Johannes die große Ehren- und Kraftversprechung zu offenbaren, die sein ultimativer Wunsch für die Gemeinde ist. Als Menschen sind wir der geheime Schatz im Herzen Gottes. In seiner Schöpfungsordnung sind wir eine Gattung, die durch Ewigkeiten hindurch in der Gegenwart Gottes sitzen wird.

Die höchste Ehrenposition in der gesamten Schöpfung Gottes ist für die Braut reserviert, die nach Offenbarung 3,20 am Hochzeitstisch teilnehmen wird. Die Braut, die am Tisch sitzt und mit Jesus feiert, ist auch die, die mit ihm die Position des Herrschens und der Autorität einnimmt. Dies sind zwei Aspekte der Berufung, die die Braut hat. In der Bibel gibt es lediglich einen Tisch. Natürlich gibt es den Gemeinschaftstisch nach Psalm 23,5, wo Gott „angesichts meiner Feinde“ den Tisch bereitet. Doch Offenbarung 19 erzählt noch mehr davon, was der Tisch genaugenommen bedeutet. Er steht im Zusammenhang mit dem Hochzeitsmahl des Lammes.

Du bist ein Mitglied der ewiglichen Aristokratie, der herrschenden Klasse. Denk doch einmal an die herrschende Klasse deiner Nation. Sie setzt sich aus einer kleinen Zahl von Familien zusammen und viele junge Frauen träumen davon, in Reichtum und Macht einzuheiraten. Doch du bist Teil der Aristokratie der himmlischen Stadt, weil du in den Reichtum und die Macht des allmächtigen Gottes eingeheiratet hast. Es ist Sünde, eine Stellung anzustreben, die uns außerhalb des Willens Gottes groß macht, doch Gott hat dich nichtsdestoweniger dafür bestimmt, in ihm groß sein zu können. Jesus legte seinen Nachfolgern niemals nahe, für den Wunsch, groß sein zu wollen, Buße zu tun, weil Größe ein Teil des göttlichen Designs von uns Menschen ist. Gott schuf uns, damit wir groß sind, und wir werden für immer mit ihm zusammen sein. Größe in Gott definiert sich nicht über irdische Umstände – den Besitz von Geld, Freunde, einen Dienst oder gute Gesundheit. Größe in Gott lenkt den Blickwinkel auf seine Größe und nicht auf unsere.

Der Dieb am Kreuz muss geschockt gewesen sein, als er an jenem Tag ins Paradies kam. Er besaß als Krimineller keinen Pfennig Geld, war ohne Freunde und unehrenhaft gestorben, wurde von der Gesellschaft verworfen, doch bei seinem physischen Tod überquerte er diese geheimnisvolle Linie und nahm schließlich wahr, dass er im Paradies wie ein König geehrt wurde. Selbst der kleinste Gläubige ist viel größer als die Engel. Ich kann mir vorstellen, wie er sich so umsieht und dann sagt: „Niemand hat mir jemals gesagt, dass ich ein König bin! Ich hätte kein Geld gestohlen, wenn ich gewusst hätte, dass ich ein König bin!"

Die Braut Christi ist die Königin des Himmels, weil sie mit dem König der Könige verheiratet ist. Gläubige sind zugleich Priester und Könige. Als Priester sind wir hingegebene Liebhaber, doch als Könige sind wir tatsächlich Teil der Regierung der Stadt Gottes.

Einfluss auf andere ausüben

Der Wunsch danach, andere Menschen zu beeinflussen, ist das sechste menschliche Verlangen, das wir hier kurz betrachten werden. Als Braut Christi wünschen wir uns, andere Menschen zu beeinflussen, wollen wir uns bedeutsam fühlen und andere mit der guten Nachricht des Evangeliums erfrischen – dies ist das sechste Verlangen. Bei einer Zusammenkunft mit Jesus wurde beispielsweise ein Blinder geheilt. Stell dir doch einmal seine Freude vor, als er seinen blinden Freunden am darauffolgenden Tag über diese Zusammenkunft berichtete. Wie erfrischend muss es gewesen sein, ihnen diese Neuigkeit zu übermitteln! Stell dir auch einmal die Freude vor, als er seinen Freunden davon berichtete, dass eine weitere Heilungsveranstaltung für den folgenden Abend veranschlagt wurde.

Die Fähigkeit, Einfluss auf andere auszuüben, ist etwas, was uns von Gott gegeben wurde. Wenn wir keinen Einfluss auf irgendjemanden ausüben, verliert unser geistliches Leben an Freude und Frische.

Intimität ohne Schande

Das siebte Verlangen der Braut ist ein solches nach Intimität ohne Schande.

Die Bibel sagt:

> Darum wird ein Mann seinen Vater und seine Mutter verlassen und seiner Frau *anhängen*, und sie werden zu einem Fleisch werden. Und sie waren beide nackt, der Mensch und seine Frau, und sie schämten sich nicht.
>
> 1. Mose 2,24.25, eigene Hervorhebung

Adam und Eva waren beieinander, nackt und ohne Scham. Adam und Eva waren im Fleisch verheiratete Partner. Doch Christus und seine Gemeinde sind verheiratete Partner im geistlichen Bereich. Das Neue Testament interpretiert diese Passage im ersten Buch Mose folgendermaßen:

> Deswegen wird ein Mensch Vater und Mutter verlassen und seiner Frau anhängen, und die zwei werden ein Fleisch sein. Dieses Geheimnis ist groß, ich aber deute es auf Christus und die Gemeinde. Epheser 5,30-32

In anderen Worten beziehen sich diese Verse auf die eheliche Einheit zwischen Jesus Christus und der Gemeinde. Jesus Christus hängt uns, seiner geschmückten Braut, im mächtigsten Ausdruck möglicher göttlicher Intimität an. Nackt und ohne Scham zu sein bedeutet, dass alle Geheimnisse entschleiert wurden und es keine Schande gibt. Gott vertraut uns die Geheimnisse seines Herzens an, Geheimnisse, die er nicht einmal seinen Engeln anvertraut.

In Petrus 1,12 sehen die Engel zur Gemeinde hin, um ein paar der Geheimnisse Gottes verstehen zu können:

> Ihnen wurde es geoffenbart, dass sie nicht sich selbst, sondern euch dienten im Blick auf das, was euch jetzt verkündet worden ist durch die, welche euch das Evangelium verkündigt haben im Heiligen Geist, der vom Himmel gesandt ist, in welche Dinge Engel hineinzuschauen begehren.

Gott vertraut diese Informationen nicht den Engeln an. Geliebte, erkennt ihr, wer ihr seid? Gott hat dich, seine Braut, dazu erkoren, seine Geheimnisse den Engeln verständlich zu machen.

Einladung zur heiligen Romantik

Der Heilige Geist lädt dich ein, dich in eine Romantik hineinzubegeben: das prächtige Liebeslied eines himmlischen Bräutigams und seiner wartenden Braut. Diese Romantik des Evangeliums wird dein Herz höher schlagen lassen und die Verlangen tief in deinem Innern befriedigen. Dies, mein Freund, meine Freundin, ist der Schlüssel zur freudigen Heiligkeit!

Sie laben sich am Fett deines Hauses, und mit dem Strom deiner Wonnen tränkst du sie. Psalm 36,8

7. Die Freude an Heiligkeit

Stell dir einmal dieses Bild vor: Du läufst zu einem kleinen obdachlosen Jungen hin und überreichst ihm ein Freiticket für einen wundervollen Urlaub an der See. Er kann dort in einem Fünf-Sterne-Urlaubshotel wohnen, feinstes Essen, das es nur zu kaufen gibt, zu sich nehmen, in einem warmen, sauberen Bett schlafen und dort die Zeit damit verbringen, im brausenden Meer zu schwimmen und am Strand Sandburgen zu bauen.

Der kleine dreckige Bursche nimmt dann das Ticket von dir und legt es zu den anderen gesammelten Dingen, die sich in einer Ecke seines großen Kartons befinden, in dem er nachts schläft, um sich vor Regen und kaltem Wind zu schützen. Anstatt Hamburger und Pommes frites, Apfelkuchen und Eiscreme zu schlemmen, kauert er sich auf einer Türschwelle nieder, um verdorbenes Fleisch zu sich zu nehmen, das er aus Mülleimern herausgekramt hat. Er spielt im Dreck, macht sich Dreckkuchen und isst sie zum Dessert.

C. S. Lewis beschreibt es auf folgende Weise: „Wir sind halbherzige Kreaturen, die ihre Zeit mit Alkohol und Sex und Ehrgeiz verschwenden, obwohl uns unendliche Freude angeboten wird. Wir sind wie ein unwissendes Kind, das im Slum weiter Dreckkuchen machen möchte, weil wir uns nicht vorstellen können, was die Bedeutung davon ist, einen Urlaub an der See angeboten zu bekommen."[1]

Dies entspricht der Entscheidung, die wir jedes Mal fällen, wenn wir damit konfrontiert werden, ja oder nein zu dieser Welt zu sagen. Es sieht vielleicht schmackhaft aus, es erscheint so, als ob es uns befriedigen würde, und so dachten wir auch bis jetzt, doch im

Grunde handelt es sich hier um verdorbenes Fleisch. Schimmliges Brot. Dreckkuchen zum Dessert.

Die Freuden Gottes sind ein festlich gedeckter Tisch vor uns, ein Tisch voller geistlicher Befriedigungen, die uns, einmal geschmeckt, von der Leere befreien, nach irdischen Vergnügungen zu suchen. Der Weg, auf dem das Herz von der Herrschaft der Sünde befreit werden kann, besteht darin, tiefe Freude von Gott her zu empfinden. Heiligkeit ist eine überragende Lust, die alles übersteigt, was die Sünde uns bieten kann.

Heiligkeit ist nicht das Resultat unseres Zähnezusammenbeißens, während wir uns im Innern darauf vorbereiten, der Sünde zu widerstehen. Wenn wir versuchen, Sünde vornehmlich durch Verbote und Bedrohungen zu bekämpfen, werden wir keinen Erfolg erzielen. Die Entscheidung selbst, zur Sünde nein zu sagen, entspringt der Erfahrung der Faszination in Gott und der Versicherung ewiger Freuden.

Betrachten wir die Kirchengeschichte einmal etwas näher, so können wir erkennen, dass das Thema *Heiligkeit* oft auf negative Weise präsentiert wurde. Die Gemeinden der Kirchengeschichte fertigten endlose Listen an, die Drohungen und Warnungen vor den Konsequenzen der Sünde beinhalteten. Natürlich spricht das Wort Gottes klar von den Konsequenzen absichtlicher, sündiger Rebellion. Die Bibel ist voll von Warnungen und Verboten, doch diese Gesetze und Regeln wurden von Gott niemals mit der Absicht geschaffen, das menschliche Herz und dessen Gefühle der Zuneigung umzuformen.

Im traditionellen Verständnis benutzen viele Prediger Schande und Furcht, um Menschen dazu zu motivieren, eine Liste von Ge- und Verboten einzuhalten. Doch schließlich ist die Verlockung sofortiger sündhafter Lust oft stärker als die Furcht vor Langzeitauswirkungen. Ja, Gemeindeleiter müssen weiterhin den Menschen mit aller Kraft die Konsequenzen der Sünde aufzeigen, doch können wir das nur, wenn wir auch erkennen, dass dies alleine nicht genügt. Hier muss noch etwas anderes ins Spiel kommen.

Wenn Menschen vor den sozialen und geistlichen Konsequenzen der Sünde gewarnt werden, wird ihnen dies nicht Anlass dazu geben, Pornografie, Gier, Lügen und Betrug zu verwerfen. Eigentlich kennen wir im Normalfall auch schon die negativen Risiken der Schande, die auf uns wartet, wenn wir von Sünde versucht werden.

Wenn wir noch härtere und längere Predigten gegen die Sünden hören, nach denen wir Lust verspüren, wird das auf die lange Sicht normalerweise keinen großen Unterschied machen.

Sünde und Befriedigung in Gott

Hast du jemals darüber nachgedacht, warum wir sündigen? Sünde vermittelt sofortiges Vergnügen. Sie gibt uns einen körperlichen, geistlichen und emotionalen Stoß. Wir sündigen nicht aus Verpflichtung heraus. Wir sündigen, weil wir glauben, dass hier ein Vergnügen bereitgestellt wird, das dem Vergnügen des Gehorsams Gottes überlegen ist. Die Kraft der Versuchung beruht auf dem trügerischen Versprechen, dass Sünde mehr Befriedigung bringt als ein Leben für Gott. Das Wort Gottes bezeichnet dieses Versprechen als den Betrug der Sünde oder auch als betrügerische Begierden.

> Dass ihr, was den früheren Lebenswandel angeht, den alten Menschen abgelegt habt, der sich durch die betrügerischen Begierden zugrunde richtet. Epheser 4,22

Und noch einmal:

> Damit niemand von euch verhärtet werde durch Betrug der Sünde! Hebräer 3,13

Wir werden den Kampf der Versuchung nur gewinnen, wenn wir in der Lage sind, Gott zu genießen. Das Geheimnis für den Sieg über die Sünde ist die Sättigung in Gott. Der Heilige Geist lässt uns die Schönheit Gottes in Jesus Christus erkennen, damit wir schließlich von heiliger Zuneigung verführt werden, deren Stärke mit der Kraft unserer Sünde konkurriert.

Nach himmlischen Vergnügen trachten

Gott schuf uns als geistlich, körperlich und emotional bedürftige Menschen. In den Tiefen unseres Herzens verlangen wir nach dem

Glücklichsein. Wir begehren es und sehnen uns ganz tief im Innern nach Vergnügen. Wir wurden von Gott als Menschen geschaffen, die nach Vergnügen trachten. Dies alleine ist an sich nichts Sündiges. Sünde ist, wenn wir unser Vergnügen in ungerechtem Verhalten finden. Die Bibel sagt:

> Fülle von Freuden ist vor deinem Angesicht, Lieblichkeiten in deiner Rechten immerdar. Psalm 16,11

Verbote und Drohungen führen nicht zur Heiligkeit. Dieses negative Verständnis von Heiligkeit lässt Frucht entstehen, die weder beständig noch erfüllend ist. Doch sind wir einer Heiligkeit verbunden, die sich aus der Schönheit und dem Vergnügen heraus ergibt, dass wir unser Leben für Gott leben. Wenn wir die unübertrefflichen Vergnügen erleben, die unser Leben für Gott begleiten, dann wird uns das dahin führen, nach dem Vergnügen in ihm Ausschau zu halten und weniger nach den Vergnügen, die die Welt zu bieten hat.

Dies bedeutet nicht, dass wir die negativen Beschränkungen im Wort Gottes missachten können. Diese herrlichen Parameter sind Richtungsvorgaben für ein leidenschaftliches Leben für Jesus. Sie dienen im Grunde dazu, uns in der Gegenwart Gottes zu halten, wo sich die Fülle an Freuden findet.

Obwohl es wichtig ist, die Verbote, die uns im Wort Gottes gegeben werden, nicht zu verachten, sieht die Realität doch so aus, dass viele der Drohungen und Warnungen, die in unserer Zeit von Predigern ausgesprochen werden, auf Schande basieren. Viele Prediger sagen zu den Menschen: „Wenn du dieses und jenes tust, wirst du öffentlich zur Schau gestellt werden. Du wirst erwischt und vor jedem gedemütigt werden. Du wirst deine Familie ganz schön in Verlegenheit bringen." Diese Warnungen, Furcht und schamvollen Konsequenzen reichen jedoch nicht aus, uns die Kraft zu geben, den Begierden der Sünde zu widerstehen.

Unsere überragenden göttlichen Erfahrungen müssen die vorrangige Motivation sein, damit wir der Sünde widerstehen können. Die Furcht vor negativen Konsequenzen ist dazu nicht in der Lage. Warum? Weil die Versuchung, sofortige, sündige Lust zu empfinden, gewöhnlich stärker ist als die Furcht vor Bestrafung. Diese Furcht vor den Konsequenzen der Sünde wird die Neigung unseres Herzens zur

Sünde nicht überwinden. Stattdessen führt sie uns dahin, im Geheimen und auf kreativeren Wegen zu sündigen.

Warum sündigen wir?

Warum sündigen wir? Wir sündigen, weil wir das Vergnügen genießen, das die Sünde mit sich bringt. John Piper sagte einmal: „Sünde ist etwas, was wir tun, wenn unser Herz nicht von Gott gesättigt ist.“[2] Diese Aussage hilft uns zu verstehen, warum der Kampf um Heiligkeit im Grunde dem Streben gleichkommen sollte, von Gott kontinuierlich gesättigt zu sein.

Gott selbst schuf uns als Kreaturen mit großen Bedürfnissen. Er legte einen großen Hunger und Durst in unser Inneres, und zwar sowohl emotionaler, mentaler, geistlicher, als auch körperlicher Natur. Ein jedes dieser Verlangen im menschlichen Herzen verlangt danach, befriedigt zu werden. Doch die Gegenwart Gottes ist der einzige Ort, wo die hungrige Seele wahre Befriedigung finden kann. In seiner Gegenwart findet sich wahre Fülle – überfließende erfüllende Freude und ewige Freuden.

In seinem Buch *Pleasures Evermore: The Life-Changing Power of Enjoying God* schreibt Sam Storms folgendes: „Wir müssen das Aufflackern sündiger Begierde durch den Flächenbrand heiliger Befriedigung verschlingen. Das einzige, was die Macht der Sünde umfassend brechen wird, ist die Leidenschaft für Jesus. Das einzige, was mich davor schützt, von Sünde gefangengenommen zu werden, ist, von Jesus in Entzückung versetzt zu werden.“[3] Gott wird nicht durch Rekruten verherrlicht, die ihm ein wenig zur Seite stehen wollen. Unser Gott ist so gesättigt, so sich selbst genügend und so überfließend vor Kraft, Leben und Freude, dass er sich selbst verherrlicht, wenn er uns dient. Die Erkenntnis Gottes, die das Herz transformiert, ist diejenige Erkenntnis, die uns durch die Schönheit dessen, wer Gott ist, in Entzückung versetzt.

Heiligkeit und Freuden

Gott ruft uns nicht zur Heiligkeit, um uns von einem Leben voller Freude abzuhalten. Heiligkeit ist keine stumpfsinnige Plackerei. Gott ruft uns stattdessen zu einer Heiligkeit, die uns für alle Ewigkeit unbeschränktes und perfektes Vergnügen bietet. Der Psalmist sagte: „Fülle und Freuden ist vor deinem Angesicht“ (Psalm 16,11). Diese Freuden werden von der rechten Hand Gottes, von seinem Sohn Jesus Christus, weitergegeben.

Wir ehren Gott nicht, wenn wir in Arroganz annehmen, dass wir Gott geben können, was er selbst nicht besitzt. Er wird am meisten geehrt, wenn wir in einer Haltung zu ihm kommen, die davon ausgeht, dass alles, was er für uns tut, dazu dient, unsere Befriedigung in ihm wachsen zu lassen.

Das Wort Gottes erzählt uns etwas über die Entscheidungen, die Mose traf.

> Durch Glauben weigerte sich Mose, als er groß geworden war, ein Sohn der Tochter Pharaos zu heißen, und zog es vor, (lieber) zusammen mit dem Volk Gottes geplagt zu werden, als den zeitlichen Genuss der Sünde zu haben, indem er die Schmach des Christus für größeren Reichtum hielt als die Schätze Ägyptens; denn er schaute auf die Belohnung.
>
> Hebräer 11,24-26

Mose kannte die Vergnügen des Fleisches, die den Reichtum und die Kraft seiner Position in Ägypten begleiteten, doch wählte er die größeren Reichtümer. Er erlebte etwas Freudvolleres und Schöneres als Ägypten, etwas auf übernatürliche Weise Attraktives und rundherum Befriedigendes. Wenn du wie Mose mehr nach den Freuden der Heiligkeit strebst, wirst du entdecken, dass keine die Seele so erfüllen kann wie Jesus selbst.

Es werden aber Tage kommen, da der Bräutigam von ihnen weggenommen sein wird, und dann werden sie fasten.

Matthäus 9,15

glauben. „*Nur*“, *sagte er dann – und sein Ge*sicht bekam einen für mich unbeschreibbar wehmütigen Ausdruck –, „Wissen ist eine Sache, die Praxis eine andere.“ Wie recht hatte er! „Mann“, sagte ich ihm, „Gott ist da und kann aus dir noch etwas machen! Frag Ihn ehrlich und immer wieder. Er wird dir antworten.“ Damit trennten wir uns.

So ist es noch immer. Wir machen auch heute jedem, der tief unten steckt, Mut, es mit dem [illegible] seiner Liebe und

Er war ganz tief abgerutscht, keine Bleibe, kein Bett und kein Geld, wie er sagte. Man konnte ihm das bereitwillig abnehmen. Geld war sicher nicht sein Hauptproblem, wohl aber sein Leben. Allein kam er aus dem Teufelskreis seiner eingefahrenen Verhaltens-Gewohnheiten nicht mehr heraus. Und doch: von Gott wußte er etwas. Vor Jahren schon hatte sich im Süddeutschen ein Christ mit ihm beschäftigt. Damals ging es um Gott, ob es Ihn gebe und ob Er der Schöpfer der Erde sei. Er schien es zu

8. Das Bräutigams-Fasten

Seit dem Tag in meinem Büro, an dem mich Gott berief, die herrliche Botschaft seiner Braut an seine Gemeinde weiterzugeben, wurde mein Leben dramatisch verändert. Auch ich veränderte mich seitdem. Ich sehne mich seitdem mit wachsendem Eifer nach dem Herrn, doch oft verspüre ich, dass ich nicht in die größere Realität seines Geistes durchbrechen kann, nach der mein Herz verlangt.

Zunächst erlebte ich Zeiten, in denen ich mich fühlte, als ob meine Gebete an der Decke hängen blieben. Ich mache oft Witze darüber, dass ich insgesamt mehr ungesalbte Gebetszeiten erlebe, als die aller anderen, die ich kenne, zusammengenommen.

Als ich mich danach ausstreckte, von Gott in eine größere Tiefe seiner Gegenwart gezogen zu werden, begann ich wahrzunehmen, dass Gott mit mir übers Fasten reden wollte. Da ich persönlich dazu berufen war, vor dem Herrn auf etwas andere Weise zu leben, konfrontierten mich ein paar gute Menschen, die daran Anstoß nahmen. Ich begann mit neuer Intensität zu fasten. Als ich anfänglich begann, in eine neue Dimension gnadenbasierten Fastens vorzudringen, verstand ich im Grunde genommen nicht alles, was da gerade passierte, und so stellte ich mich selbst unter Redeverbot. Ich beabsichtigte, dies mindestens zwei volle Jahre zu tun, bevor ich öffentlich darüber sprechen würde. In den ersten zwei Jahren, in denen ich dies umsetzte, predigte ich nicht übers Fasten.

Als ich anfing, zunehmend mehr Zeit im Gebet zu verbringen, äußerten einige meiner Freunde Bedenken. Ich sagte ihnen einfach, dass das, was ich gerade mit dem Fasten erlebte, nichts mit ihnen zu tún hatte. Ich wollte ihnen dadurch keine Last auferlegen. Ich ging auf eine göttliche Einladung ein, und mein schwaches, kleines, mageres Herz begann in ihm ein wenig weiter zu wachsen.

In den ersten zwei Jahren ließ ich also nur wenig über das Fasten durchsickern. Seitdem fühlte ich mich jedoch freigesetzt, Menschen in diesen sehr bedeutsamen Bereich der Gnade zu rufen. In diesen zwei Jahren des Fastens lehrte mich der Herr das, was ich gerne als Bräutigams-Fasten bezeichne. Ich entdeckte, dass das Fasten ein mächtiges geistliches Werkzeug ist, das unsere Reise in die Tiefen der Gegenwart Gottes stark beschleunigen kann. In Gnade zu fasten wird den kleinen Funken an Hunger in unserem Geist dazu bringen, eine prasselnde Flamme zu entzünden. Ich würde dir gerne etwas von dem Reichtum des geistlichen Schatzes abgeben, mit dem mich der Herr begnadete, als er mich lehrte, einen Lebensstil des Fastens zu führen.

Der Lebensstil des Fastens

Wenn du für den Bereich der Schönheit Gottes fastest und ungeduldig nach mehr Gegenwart von ihm verlangst, dann würze doch das Festessen einfach mit Fasten. Fasten ist ein göttlicher Katalysator, der deine Fähigkeit erweitert, mehr vom Heiligen Geist zu empfangen.

Es gibt in der Bibel zwei vorrangige Arten des Fastens, doch es lassen sich viele Unterkategorien davon ableiten.

Obwohl viele Gläubige das Fasten als eine Praktik des Alten Testaments betrachten, wird das Fasten in der Gemeinde des Neuen Testaments dennoch häufig gebraucht. Doch im Alten Testament wurde vorrangig gefastet, um ein Desaster – nationaler oder privater Natur – abzuwenden. Wenn eine feindliche Nation beispielsweise gerade Israel angreifen wollte, beriefen die Juden manchmal ein Fasten ein, um die Hilfe des Herrn im Kampf gegen ihre Feinde zu suchen. Häufig fasteten einzelne Individuen auch in Zeiten persönlicher Katastrophen, bis der Herr sie schließlich von der Bedrängnis befreite. Dieses Paradigma des Fastens ist äußerst biblisch und zieht sich selbst durch die Zeit des Neuen Testaments hindurch. Dieses bestimmte Fasten stellt jedoch nicht die höchste Form dar.

Das Bräutigams-Fasten

Ich spreche vom Bräutigams-Fasten. In Matthäus 9,15 wird es erwähnt, als sich die Jünger Johannes des Täufers darüber beschwerten, dass die Jünger Jesu nicht fasteten. Jesus antwortete und sprach:

> Können etwa die Hochzeitsgäste trauern, solange der Bräutigam bei ihnen ist? Es werden aber Tage kommen, da der Bräutigam von ihnen weggenommen sein wird, und dann werden sie fasten.

Hast du dich jemals so gefühlt, dass du es einfach nicht länger ertragen kannst, ohne mehr Erlebnisse mit Jesus in deinem Leben weiterzugehen? Bei mir war es so. Für solche Zeiten des geistlichen Hungers gibt uns Gott das Bräutigams-Fasten. Dieses Fasten erweitert unsere Fähigkeit, ohne Gegenleistung vom Geist Gottes zu empfangen. Diese Art des Fastens verändert uns von innen her, es hat keine äußere Absicht zum Gegenstand, wie etwa das Abwenden einer Krise.

Wenn du nicht mehr ohne weitere Erfahrungen mit Gott in der tiefen Gemeinschaft seiner Liebe leben kannst, dann ist es der Wille Gottes für dich, danach mit neuer Bestimmtheit und Intensität zu verlangen. Wenn du absolut nicht mehr ohne eine neue Tiefe in deiner Intimität mit Gott auskommen kannst, wird der Herr deinen Anteil daran gewöhnlich über die folgenden Monate und Jahre erweitern.

Wenn wir fasten, empfangen wir geistliche Zärtlichkeit und neue Entdeckungen in der Intimität mit Gott schneller und tiefer.

Jesus stellt den Jüngern des Johannes folgende Frage: „Können etwa die Hochzeitsgäste trauern?“ Du musst verstehen, dass das Fasten nicht nur ein Trauern um Gott ist, sondern um den göttlichen Bräutigam. Zu diesem Zeitpunkt seines Dienstes wusste Jesus, als er in ihre Augen blickte und jeden Tag seine Zuneigung, Schönheit und umwerfende Weisheit kommunizierte, dass sich das Herz seiner Jünger an seine physische Gegenwart gewöhnt hatte. Er wusste, dass ihnen das Fasten nach seinem Tod und seiner Himmelfahrt dabei helfen würde, ein wenig von der wunderbaren Realität wiederzufinden, die sie mit ihm durch seine physische Gegenwart erlebt hatten.

Jesus kennt das menschliche Herz und weiß, wie es funktioniert. Als Jesus gehen musste, sollte der Heilige Geist ihnen an seiner Statt dienen. Die Jünger sollten mehr von Jesus empfangen, als sie bereits durch die Kraft und Gegenwart des Heiligen Geistes erfahren hatten.

Christus wusste, dass der Wunsch, das Verlangen und der Liebeskummer die Jünger nach seiner Himmelfahrt dazu veranlassen würde, der erlebbaren Nähe nachzutrauern, die sie in den Tagen erlebt hatten, als er unter ihnen war. Dieser Hunger danach, dasselbe Gefühl der Nähe mit ihm noch einmal zu erleben, sollte sich als Schlüssel für ihre Intimität, Kraft, Salbung und Gemeinschaft mit dem Heiligen Geist herausstellen. Die Jünger trauerten und wollten nach seinem Tod und seiner Auferstehung mehr von ihm haben. Dieses neue Trauern um ihn motivierte und bestärkte sie darin, zu fasten. Ich bezeichne dies als ein Fasten durch die Kraft des Liebeskummers.

Nur Jesus hat sich dieses einmalige Paradigma ausdenken können, wie auf geistlichen Liebeskummer geantwortet werden kann. Jesus fasste die zwei scheinbar divergierenden Gedanken zu einem einzigen zusammen. Keine andere Religion der Welt brachte jemals Fasten und Liebeskummer zusammen.

Geistliches Trauern

Während Jesus noch auf Erden war, konnten die Jünger die Liebe des Herrn für sie verspüren, sie erlebten seine Umarmung und nahmen sein tiefes Verlangen nach ihnen wahr. Ihr Herz war von Jesus eingenommen und vollkommen ihm ausgeliefert. Sie hatten im Überschwang ihrer Hingabe alle Brücken hinter sich verbrannt und konnten niemals mehr zu ihrem gewohnten Alltag zurückkehren. Für ihr gesamtes Leben gehörten sie dem Herrn.

Als der Bräutigam in den Himmel auffuhr, stach in ihrem Herzen der Schmerz des Verlangens und die Erinnerung an die Intimität in wehenartigem Dürsten nach Liebe.

Sie trauerten um den Verlust, als er sie durch Tod und Auferstehung verließ. Darauf zielte Jesus ab, als er sagte, dass sie trauern und fasten würden, wenn er die Welt verließe. Er sprach nicht von einem Trauern über die Nation. Jesus bezog sich auf ihr Verlangen nach derselben Nähe zum Messias als Bräutigam. Wir könnten das Wort *trauern* auch mit dem Wort *liebeskrank* ersetzen.

Jesus wusste, dass das Herz seiner Jünger nach mehr von ihm verlangen würde. Sie würden nach einer günstigen Gelegenheit Ausschau halten, um Jesus in die Augen sehen zu können und die Wärme seiner Nähe wie in den früheren Tagen zu verspüren, als sie auf den Hügeln von Galiläa gingen. Gott dachte sich jedoch einen neuen Plan aus, durch den er ihr Verlangen stillen wollte. Der Herr sollte durch den Heiligen Geist die Erfüllung ihres Herzenswunsches ermöglichen. Um seinen Trost zu finden, sollten sie wieder die vorige Befriedigung erleben, die sie verspürten, als er ihnen so nah war. Dies sollte durch den Heiligen Geist geschehen, der ihnen Christus durch das Wort offenbart. Zu diesem Zeitpunkt stellten sie das Fasten dem Verlangen ihres Herzens gegenüber, und ihr Geist wurde ganz zärtlich von Liebe erfüllt.

Hier handelt es sich um Fasten in der Gnade Gottes. Diese Art des Fastens wird weltweit wiederhergestellt werden und für den Vorläuferdienst lebensnotwendig sein, den wir im nächsten Kapitel genauer betrachten. Das Fasten ist absolut notwendig, damit wir eine tiefere Erfahrung der Hingabe an Christus entwickeln können. Das Bräutigams-Fasten verzärtelt unseren Geist und hilft uns dabei, kostenlos und tief zu empfangen.

Wenn du anfängst, vom Liebeskummer berührt zu werden, dann denke daran, dass wir Gott brauchen, um ihn lieben zu können. Nur Gott der Heilige Geist kann die Liebe Gottes für Gott in uns hineinlegen. Noch bevor wir anfangen, uns regelmäßig in dieses Fasten hineinzubegeben, erweckt das Wort Gottes in uns ein Verlangen nach tieferer, göttlicher Liebe.

Dieses Fasten entspringt einem Verlangen nach Gott, das bereits in unserem Herzen erweckt ist. Es führt zu einem Anwachsen genau diesen Verlangens. Unser Wunsch, fasten zu wollen, kommt also auf direktem Wege von ihm selbst.

Vielleicht liest du das jetzt hier und lässt dich von der Schönheit Gottes faszinieren, obwohl du diesen Gedanken vielleicht niemals zuvor in Betracht gezogen hast. Diese neue Art, über die Zuneigung Gottes nachzudenken, bringt in deinem Innern vielleicht ein paar neue Gefühle hervor. Dieses Erwachen von Leidenschaft ist der Anfang dessen, was uns in dieses Bräutigams-Fasten hineinführt. Das

Fasten selbst erweckt sogar noch mehr Verlangen, und diese neue Ebene des Verlangens führt uns zu noch mehr Fasten und noch mehr Verlangen. Es ist so, wie es die gebräuchliche Floskel besagt: „Die Reichen werden immer reicher."

Das Streben nach Gott in heiliger Rache

> Seht zu, was ihr hört! Mit welchem Maß ihr messt, wird euch gemessen werden, und es wird euch hinzugefügt werden. Denn wer hat, dem wird gegeben werden; und wer nicht hat, von dem wird auch, was er hat, genommen werden. Markus 4,24-25

In dieser Schriftpassage können wir erkennen, dass wir damit vorsichtig umgehen sollten, welcher Vision wir in Gott folgen. Hier handelt es sich um das, was Jesus mit der Warnung ausdrücken wollte, damit vorsichtig zu sein, was wir hören, in was wir uns hineininvestieren, oder welcher Vision fürs Leben wir uns öffnen. Wenn wir uns zu einer größeren Offenbarung der Schönheit Gottes hingezogen fühlen, werden wir zugleich liebeskrank nach ihm. Wenn wir nach Gott verlangen und verlauten lassen, dass wir ohne mehr von ihm nicht weiterleben können, werden die Schätze, die uns der Heilige Geist übermittelt, Wurzeln schlagen und in unserem Herzen heranwachsen, wenn wir sie in heiliger Rache wertschätzen und suchen.

> Aber von den Tagen Johannes des Täufers an bis jetzt wird dem Reich der Himmel Gewalt angetan, und Gewalttuende reißen es an sich. Matthäus 11,12

Hier handelt es nicht von physischer Gewalt. Hier in dieser Schriftstelle gebraucht Jesus das Wort *Gewalt*, um die radikale Liebe und den radikalen Gehorsam Johannes des Täufers verbal zusammenzufassen, der von einem Lebensstil des gnadenvollen Fastens geprägt war.

Beim Fasten geht es nicht nur ums Essen, sondern auch um eine Anzahl weiterer Lebensbereiche. Unser Fasten ist niemals ein Versuch, Gott zu prüfen und ihn dazu zu bewegen, etwas Bestimmtes zu tun. Stattdessen fasten wir, weil Gott bereits unser Herz bewegt hat. Diese Art des Fastens ist einigen von uns unbekannt.

Wenn du fastest, um ein bestimmtes Bild davon zu vermitteln, wie hingegeben du bist, dann vergiss es einfach. Das Fasten sollte niemals als Show präsentiert oder abgehalten werden, um den Ruf zu erlangen, gesalbter zu sein. Das Fasten ist eine äußerst private Sache. Fasten kann leicht missverstanden werden, und es gibt im Umgang mit dem Thema Fasten viele Stolpersteine.

Gesetzlichkeit ist nur eine dieser Gefahren. Ein Fasten, das Gott dazu kriegen möchte, uns Aufmerksamkeit zu schenken, ist nur ein Beispiel für Gesetzlichkeit, weil das Motiv in einem Missverständnis der Gnade Gottes wurzelt. Wir sollten fasten, weil wir wissen, dass Gott Freude an uns hat und weil unser Herz mehr von ihm empfangen möchte. Dies ist gnadenbasiertes Fasten.

Zu diesem Zeitpunkt zeigen sich die meisten Leute im Leib Christi für ein Fasten nicht bereit. Die heilige Gewalt, von der Jesus in Matthäus 11,12 spricht, ist ein Streben nach Gott, das oft störend wirkt, wenn es darum geht, wie wir beispielsweise mit Zeit und Geld umgehen. Geistliche Intensität stört unser Leben, unseren Status quo, unseren Kreis christlicher Freunde und das Tempo des geistlichen Wachstums, mit dem wir uns fortbewegen.

Wenn du richtig ins Fasten einsteigst, könnte es sein, dass die Menschen, die um dich herum sind, vielleicht einen Schritt zurückgehen und zu dir sagen, dass du etwas komisch bist. Der Lebensstil des Fastens wird angemessen als gewalttätig bezeichnet.

Die Themen des Gerichts

Wenn sich zwei Menschen mit einer unterschiedlichen Wachstumsgeschwindigkeit und Reife in Gott vorwärts bewegen, beginnen sie oft, sich gegenseitig zu richten. Wenn du anfängst, den Lebensstil des Fastens zu entwickeln, dann rechne auch mit Zwischenfällen in einigen deiner häuslichen Beziehungen und selbst in deinen Beziehungen im Reich Gottes.

Wenn jeder mit derselben Geschwindigkeit in Christus wachsen würde, und wenn jeder weise und demütige Sprache gebrauchen würde, könnten viele Konflikte und Missverständnisse vermieden werden. Wir alle wissen jedoch, dass dies einfach nicht der Realität entspricht. Christen werden weiterhin in unterschiedlichem Tempo heranreifen, und häufig kommunizieren wir auch auf unvollkommene Weise, was sich in unserem Herzen abspielt, und bedauern es später.

Die Weisheit wird durch ihre Kinder gerechtfertigt werden

Jesus sagte:

> Der Sohn des Menschen ist gekommen, der isst und trinkt, und sie sagen: Siehe, ein Fresser und Weinsäufer, ein Freund der Zöllner und Sünder; – und die Weisheit ist gerechtfertigt worden aus ihren Werken. Matthäus 11,19

Im Grunde genommen sagte hier Jesus, dass die Weisheit im Fasten-Lebensstil des Johannes in den kommenden Tagen anhand der Frucht seines Lebens offen erkennbar sein würde, vor allem dann, wenn er in der Ewigkeit vor Gott steht. In anderen Worten sagte Jesus, dass die Weisheit im Leben des Johannes eines Tages allen offensichtlich sein würde, obwohl sie Johannes als einen Dämonisierten abgewertet hatten. Einige zweifelten und kicherten vielleicht, als Johannes am Ende ins Gefängnis geworfen wurde, doch bevor alles zu Ende geht, wird die Weisheit im Leben Johannes des Täufers offen und für alle ersichtlich sein. Seine Frucht wird vor allen hergezeigt werden. Jesus hätte sogar den Gedanken weiterspinnen und sagen können, dass seine Werke so groß waren, dass sie bis zum kommenden Zeitalter nicht vollständig manifestiert werden konnten.

Die Freunde des Bräutigams

> Dann kommen die Jünger des Johannes zu ihm und sagen: „Warum fasten wir und die Pharisäer oft, deine Jünger aber fasten nicht?“ Matthäus 9,14

Johannes der Täufer lehrte seine Jünger das Fasten. Ich glaube nicht, dass sie stolz oder selbstgefällig waren, als sie Jesus diese Frage stellten. Ich denke, sie waren ehrlich verwirrt und wollten verstehen, warum Jesus offensichtlich diesen Kompromiss im Leben seiner Jünger zuließ.

> Und Jesus sprach zu ihnen: Können etwa die Hochzeitsgäste trauern, solange der Bräutigam bei ihnen ist? Es werden aber Tage kommen, da der Bräutigam von ihnen weggenommen sein wird, und dann werden sie fasten. Matthäus 9,15

In Matthäus 9,15 fragte Jesus sie, ob die Freunde des Bräutigams etwa trauern sollten, solange der Bräutigam bei ihnen ist. Hier, vor den Jüngern des Johannes, bezeichnete sich Jesus zum ersten Mal in der Bibel als Bräutigam. Jesus verwies jedoch bis zu seiner letzten Predigt nicht öffentlich darauf, dass er der Bräutigam war (Matth. 22). Jesus war sich bewusst, dass Johannes der Täufer nach dem Bräutigam Ausschau hielt, deswegen gab er den Jüngern des Johannes einen kleinen Hinweis, indem er sich selbst als Bräutigam bezeichnete.

Als sich Jesus zweimal in dieser Passage selbst als Bräutigam bezeichnete, stellte er selbst die direkte Verbindung zwischen dem einen, von dem Johannes früher gesprochen hatte, und sich selbst her.

Johannes der Täufer sagte:

> Der die Braut hat, ist der Bräutigam; der Freund des Bräutigams aber, der dasteht und ihn hört, ist hoch erfreut über die Stimme des Bräutigams; diese meine Freude nun ist erfüllt.
> Johannes 3,29

In dieser Schriftpassage bezeichnet sich Johannes der Täufer selbst als Freund des Bräutigams. Als sich Jesus zweimal selbst als Bräutigam ausgab, müssen die Apostel des Johannes erkannt haben, dass Johannes von Christus sprach.

Diese geistliche Realität, ein Freund des Bräutigams zu sein, war nicht nur Johannes zu Eigen. Es war vielmehr eine geistliche Realität, die auch ihnen galt. Obwohl der Anspruch des Johannes, ein

Freund des Bräutigams zu sein, persönlich und in der Einzahl war, war die Aussage Jesu über die Freunde des Bräutigams in der Mehrzahl, und sie schloss auch die Jünger des Johannes mit ein.

Jesus sagte, dass kein Trauern und Fasten notwendig sei, solange der Bräutigam anwesend ist. Der Grund, warum sie zukünftig fasten sollten, war der, weil sie nach dem göttlichen Bräutigam verlangten. Sie sollten nicht nur um Gott trauern. Sie sollten um den göttlichen Bräutigam trauern, weil sie sich in der Person Jesu Christi an ihn gewöhnt hatten. Das Herz der Leute Gottes sollte sich jetzt für die Offenbarung des Bräutigams öffnen.

Jesus Christus wusste, dass sie nach seinem Weggehen nicht nur nach Erweckung verlangen würden. Sie würden nach Jesus selbst verlangen. Sie würden sich nach der persönlichen Umarmung des göttlichen Bräutigams sehnen.

Der Tanz des Herrn

Ein freiwilliges Eingehen auf die liebevolle Umarmung des Gewalttuenden ist der Tanz des Herrn. Der gewaltsame Liebhaber ist der Eine, der gewaltsam die Gestalt Gottes ablegte und alle seine Rechte aufgab, um den Schmerz und die Leiden anderer zu tragen. Hier handelt es sich um die geistliche Gewaltsamkeit, von der Jesus in Matthäus 11,12 spricht, als er sagt, dass die Gewalttuenden das Reich Gottes an sich reißen.

Es gibt so etwas wie ein biblisches Fasten, um Kraft zu bekommen, doch in dieser Bibelstelle handelt es sich um etwas anderes. Es ist nicht nur eine Einladung zu größeren Kraftressourcen. Es ist weit mehr als das. Das Bräutigamsfasten ist eine Einladung zu größeren Feldern der Intimität mit dem Bräutigam durch das Werk des Heiligen Geistes.

Das Bräutigamsfasten wird vom Heiligen Geist dazu gebraucht, die tiefen Bereiche unseres Herzens für geistliche Intimität zu öffnen. Das Fasten befähigt uns, geistliche Dinge zu sehen, die wir normalerweise nicht wahrnehmen würden. Dieses Wachstum wird nicht von einem Tag auf den anderen geschehen. Vielleicht passiert in den ersten Monaten nicht einmal viel, doch der Grad unserer Intimität mit dem Herrn wird über die Jahre und gewisse Zeiten hinweg zunehmen.

Wir werden in diesem Jahr mehr sehen als im letzten, und im nächsten Jahr noch mehr als in diesem.

Das Fasten vergrößert die Empfindsamkeit unseres Herzens, weil der Geist der Trägheit und der Leblosigkeit von uns entfernt wird. Wir werden schließlich die Gegenwart Gottes und seine Liebe auf eindeutigere Weise fühlen. Ich betone hier das Wort *fühlen*, weil Gefühle unser Leben viel reicher machen und uns dabei helfen, mit schwierigen Umständen leichter umzugehen, auch wenn Gefühle nicht unsere erste Sorge sein sollten. Zweifellos wirst du die Gegenwart Gottes nicht in jeder Minute eines Tages fühlen, doch wenn du den Lebensstil des Fastens aufgreifst, wirst du ihn mehr fühlen, als es jetzt der Fall ist. Das kann ich dir versichern.

Als Resultat des Fastens wird deine geistliche Verbindlichkeit und Intensität gleichfalls anwachsen. Das Fasten in der Gemeinschaft des Heiligen Geistes hilft uns, vor Unzufriedenheit, Begehrlichkeit und fleischlichen Gelüsten geschützt zu sein. Fasten wird in dir für eine Veränderung der emotionalen Chemie sorgen. Du wirst in den meisten Fällen nicht mehr danach verlangen, die Dinge haben zu wollen, die du einst haben wolltest. Grund dafür ist, dass Fasten deine Trennung von weltlichen Sorgen verstärkt. Recht seltsam am Fasten ist, dass er von dir verlangt, keine Sache anstatt einer anderen zu tun, denn wenn du fastest, isst du nichts, arbeitest du nicht, redest du nicht, und so weiter.

Dies ist der ultimative Zustand der törichten und schwachen Dinge dieser Welt, um die sogenannten weisen Dinge der Welt zuschanden zu machen (siehe 1. Kor. 1,27). Fasten erfordert von uns keine besondere Fertigkeit, Ausbildung oder Geld. Eigentlich kann jeder vor Gott fasten, weil alles, was man tut, ein Nichtstun ist.

Die Gebiete, auf denen wir Kompromisse eingehen, werden kleiner werden, weil das Fasten Gnade freisetzt, die uns von Unzufriedenheit, Klage und Nörgeln abschottet, wie es überall auf der Welt vorzufinden ist. Fasten bedeutet wörtlich, damit anzufangen, diese negativen Gefühle, die unser Herz und uns selbst regierten, zu offenbaren und loszulassen. Dieses mächtige geistliche Werkzeug stärkt unsere geistliche Identität in Gott und schwächt unsere fleischliche Identität. Die Gegenwart Gottes, die durch das Fasten freigesetzt wird, hilft uns auch, die Bindungen der Selbsteingenommenheit zu durchbrechen, die in der heutigen Welt so alltäglich geworden ist.

Neben dem Lernen, wie man fastet, ermutige ich dich auch dazu, mit deinem kalten Herzen vor das heilige Feuer zu kommen: das Wort Gottes. Wenn du anfängst, die Bibel zu lesen, dann drücke auch immer wieder deine Liebe gegenüber Gott aus. Es wird dir dabei helfen, eine Atmosphäre geistlicher Intimität entstehen zu lassen. Entschließe dich dafür, die vielen kommenden Jahre der geistlichen Intimität nachzujagen, und nimm keine Überprüfung der Auswirkungen vor, bis du nicht mindestens die Grenze von einem Jahr erreicht hast. Ich glaube nicht, dass es nach Ablauf eines Jahres eine einzige Person geben wird, die keine radikalen inneren Veränderungen erkennt.

Wir können wirklich nicht erwarten, in eine größere Tiefe des Geistes vorzudringen, wenn wir gewöhnlich zur Bank Gottes gehen und dort sagen: „Ich möchte die tiefen Dinge deines Reichtums, doch mir stehen nur ein paar Minuten Zeit zur Verfügung, die ich mit dir verbringen kann." Der Herr und Schöpfer der Erde antwortet vielleicht folgendermaßen: „Wenn du die tiefen Dinge meines Geistes haben möchtest, dann werde ich sie dir gerne umsonst entsprechend dem Hunger in deinem Herzen geben." Geistlicher Hunger trägt immer eine gewisse intensive Kraft in sich. Wenn wir ohne die Tiefe in Gott nicht mehr leben können, wird Gott sie uns zur rechten Zeit schenken.

Den Lebensstil des Fastens ergründen

Wenn du einen Lebensstil des Fastens entwickelst, möchtest du vielleicht noch etwas über manch andere Arten des Fastens und ihre positiven Auswirkungen auf jene erfahren, die sich nach einem tiefergehenden Lauf mit Gott sehnen. Fasten ist ein mächtiges Werkzeug, auf das du zurückgreifen kannst, wenn du die Zielrichtung Gottes für dein Leben suchst.

In Krisenzeiten

Diese Art des Fastens wurde in Krisenzeiten, besonders in der Nation Israel, angewandt. Diese Art zu fasten ist vielleicht die Antwort auf eine militärische oder nationale Krise. Die Israeliten fasteten häufig ein oder zwei Tage, wenn eine Armee sie gerade auslöschen wollte. Krisenfasten ist etwas sehr Biblisches, und die Lehre des Alten Testaments setzt sich ins Neue Testament fort. Diese Art des Fastens ist dann angemessen, wenn es eine Krise in deiner Gemeinde, Familie oder in deinem persönlichen Leben gibt.

Protestfasten

Die zweite Kategorie des Fastens ist ein Fasten aus Protest heraus. Menschen, die nicht unbedingt Christen sein müssen, fasten ebenfalls, um ihre Opposition gegenüber einem nationalen Übel offen erkennbar zu machen. In diesem Zusammenhang fasten die Protestierenden, um eine gesamte Nation wachzurütteln, was auch häufig als Hungerfasten bezeichnet wird. Vor ein paar Jahren hielten beispielsweise 20 Männer in Irland ein 60-tägiges Wasserfasten ab, wobei eine bestimmte Zahl von ihnen starb. Obwohl Gott nicht möchte, dass wir irgendetwas tun, was den Geist der Gesetzlosigkeit heraufbeschwört, ist dieses Fasten eine sehr intensive Möglichkeit, wie göttliche Menschen ihren Protest kundtun können.

Protestfasten hat manchmal kraftvolle Durchbrüche zur Folge. Wenn deine Gemeinde oder auch dein eigenes Leben fruchtlos ist, kann diese Art des Fastens einen Durchbruch bringen.

Jesus sprach in Matthäus 17,21 davon, als er sagte: „Diese Art fährt nicht aus außer durch Gebet und Fasten.“ Wenn dir die fruchtlose Kraftlosigkeit in dieser Stunde nicht mehr akzeptabel erscheint, dann trete in ein Protestfasten ein. Fasten ist eine Möglichkeit, gegen den fruchtlosen Zustand unseres Lebens oder unserer Gemeinde zu protestieren. Wir können auch gegen unseren Mangel an Kraft protestieren, um anderen Befreiung zu bringen.

Wir bringen oft das Protestfasten mit Heilung und Erweckung in Verbindung. Erhebe deinen Protest in diesem Zeitalter der Gesetzlosigkeit jedoch nicht durch Reden und Klagen. Begib dich stattdessen in einen Protest und sieh, wie Gott antwortet.

Fasten um Richtungweisung

Diese Art des Fastens zeigt sich in Apostelgeschichte 14,23:

> Als sie ihnen aber in jeder Gemeinde Älteste gewählt hatten, beteten sie mit Fasten und befahlen sie dem Herrn, an den sie gläubig geworden waren.

Bevor sie ihre Hände auf die Ältesten legten, suchten sie Richtungweisung und den Segen Gottes.

Ein Wort der Vorsicht

Mit dem Fasten sind gewisse Gefahren verbunden. Falsch angeratenes Fasten kann zu Essstörungen und einer Menge anderer körperlicher und geistlicher Probleme führen. Damit gute Frucht daraus hervorgeht, muss das Fasten auf einer biblischen Grundlage und unter der Gnade Gottes abgehalten werden.

Anhänger des Okkultismus fasten ebenfalls und streben dabei nach satanischer Macht. Falsche Religionen, wie z.B. der Hinduismus, ordnen zur Reinigung ebenfalls lange Fastenzeiten an.

Ich ermutige dich, dich dem Fasten mit Vorsicht zu nähern und dir sicher zu sein, aus der richtigen Motivation heraus zu fasten. Jesus Christus warnte seine Nachfolger ebenso davor, nicht aus falschen Bestrebungen heraus zu fasten.

> Wenn ihr aber fastet, so seht nicht düster aus wie die Heuchler! Denn sie verstellen ihre Gesichter, damit sie den Menschen als Fastende erscheinen. Wahrlich, ich sage euch, sie haben ihren Lohn dahin. Matthäus 6,16

Wenn ich mit Menschen übers Fasten spreche, sage ich ihnen, dass sie darauf Acht geben sollen, mit dem Fasten vor ihren Freunden nicht zu prahlen. Vielleicht strebst du gemäß Matthäus 6,6 auch nach einem geheimen Fasten.

> Wenn du aber betest, so geh in deine Kammer, und nachdem du deine Tür geschlossen hast, bete zu deinem Vater, der im Verborgenen ist! Und dein Vater, der im Verborgenen sieht, wird dir vergelten.

Wenn niemand weiß, dass du fastest, wirst du eine vollkommen andere Gefühlschemie in deinem Innern verspüren. Wenn niemand da ist, der dir auf die Schulter klopft, wirst du keine Probleme damit haben, dir über deine Motive klar zu werden. Das geheime Fasten öffnet dir dein Herz viel schneller, als wenn andere Menschen davon wissen, was du tust.

Jesus wies uns an, im Geheimen zu fasten. Geheimhaltung hilft uns dabei, unsere Motive rein zu halten.

Dem Herrn durch Gebet und Fasten dienen

In Lukas 2,37 sehen wir, dass Hanna dem Herrn im Tempel mit Fasten und Gebet diente.

> Und sie war eine Witwe von vierundachtzig Jahren, die wich nicht vom Tempel und diente (Gott) Nacht und Tag mit Fasten und Flehen.

Mein Gebet, über dessen Erhörung ich mir sicher bin, ist, dass Gott den Dienst an ihm mit Gebet und Fasten im Tempel wieder mit Leben erfüllen wird. Ich lege dir nicht nahe, nach Israel zu fliegen und dort für die nächsten dreißig Jahre zu leben. Ich spreche hier vom Fasten im Sinne eines Fastens, das den Absichten Gottes auf Erden dient.

Ein Blick auf Simeon und Hanna zeigt auch, wie Gott auf signifikante Weise ältere Menschen dazu gebraucht, dem Herrn durch kontinuierliches Gebet und Fasten zu dienen. In unseren Tagen wird Gott Menschen gebrauchen, die sich im Ruhestand befinden. Wenn du dich langsam dem Ruhestand näherst, dann ist dir deine Stärke für diese Stunde gegeben worden, und Gott hat dich von vielen Dingen befreit. Es gibt keine mächtigere Stärke auf Erden als die heiliger Senioren, die für Jesus Zeit und Leidenschaft besitzen.

> Und siehe, es war in Jerusalem ein Mensch, mit Namen Simeon; und dieser Mensch war gerecht und gottesfürchtig und wartete auf den Trost Israels; und der Heilige Geist war auf ihm. Und ihm war von dem Heiligen Geist eine göttliche Zusage zuteil geworden, dass er den Tod nicht sehen solle, ehe er den Christus des Herrn gesehen habe. Und er kam durch den Geist in den Tempel. Und als die Eltern das Kind Jesus hereinbrachten, um mit ihm nach der Gewohnheit des Gesetzes zu tun, da nahm auch er es in seine Arme und lobte Gott ... Lukas 2,25-28

Simeon und Hanna sind wunderbare Zeugnisse der signifikanten Dinge, die passieren können, wenn heilige Senioren des Leibes Christi in den Dienst des Betens und Fastens eintreten. Ich glaube, dass diese Art des Dienstes wieder unter jungen Menschen in Erscheinung treten wird, doch es wird auch immer einen starken, dynamischen Trupp älterer Menschen geben, die überall auf Erden verteilt beten und fasten.

Die jungen Menschen werden mit ihnen wie mit Müttern und Vätern im Geist verbunden sein. Die Jugendlichen werden in die Augen ihrer Ältesten im Herrn sehen und sich fragen, warum sie eine so starke geistliche Verbindung mit ihnen verspüren. Junge Menschen werden zu dir, älterer Mitbürger, sehen und dir sagen: „Ich weiß nicht warum, aber ich mag dich wirklich." Vielleicht lächelst du vielsagend, weil du die Person warst, die diese jungen Menschen ins Reich Gottes hineingeboren hat.

Egal, wie alt du bist: deine erfolgreichsten Jahre liegen noch vor dir.

Das Bräutigamsfasten entwickelt sich zum freudvollen Festmahl

> So spricht der Herr der Heerscharen: Das Fasten des vierten und das Fasten des fünften und das Fasten des siebten und das Fasten des zehnten (Monats) wird dem Haus Juda zur Wonne und zur Freude und zu fröhlichen Festzeiten werden. Doch die Wahrheit und den Frieden liebt! So spricht der Herr der Heer-

> scharen: Noch werden Völker und Bewohner vieler Städte kommen; und die Bewohner der einen werden zur anderen gehen und sagen: Lasst uns doch hingehen, den Herrn (um Gnade) anzuflehen und den Herrn der Heerscharen zu suchen! Auch ich will gehen! Sacharja 8,19-21

Diese Schriftstelle bezieht sich auch auf das Bräutigamsfasten. Er sagt, dass sich dein Fasten in ein freudiges, geistliches Fest am Tisch des Herrn verwandeln wird. Wenn du in der Gegenwart Gottes schwelgst, wirst du auch an seinem Tisch schwelgen. Ich glaube, dass dies auf das freudige Fest hindeutet, an dem wir beim Hochzeitsmahl des Lammes zusammen teilnehmen werden. Dort verwandelt er unsere Trauer wortwörtlich in großartige, unaussprechliche Freude.

Ich bin vollkommen davon überzeugt, dass Gott einen Dienst hervorkommen lassen wird, der dem Herrn in Gebet und Fasten hingegeben ist, weil er mit heiliger Leidenschaft für einen göttlichen Bräutigam brennt. Diese Leidenschaft und dieses Verlangen nach ihm zeigt und stärkt sich nach außen hin im Lebensstil des Fastens.

Eine Stimme ruft: In der Wüste bahnt den Weg des Herrn!
Ebnet in der Steppe eine Straße für unseren Gott! Jesaja 40,3

9. Der Vorläuferdienst

Eines Tages kam Johannes der Täufer aus der Wüste und trug Kamelhaar, aß Heuschrecken und Honig und rief der Generation vor dem ersten Kommen Jesu Christi zu: „Bahnt den Weg des Herrn!“

Heute kommt eine vollkommen neue Generation aus der Wüste der Finsternis hervor, die dieselbe Botschaft verkündet: Ebnet für das zweite Kommen von Christus den Weg!

Dieser mächtige Ruf, der den Leuten Gottes aus der Wüste zugeht, ist der Endzeitdienst der Vorläufer.

Die letzte Generation

Du bist aufgrund der Zeit, in der du lebst, wahrhaft einmalig. Im Grunde genommen kann es sogar sein, dass du gerade in den letzten prophetischen Momenten lebst, die dem Kommen des Herrn vorausgehen. Kannst du dir vorstellen, was das für dich bedeutet? Kannst du anfangen, dir vorzustellen, wie diese Realität deine Identität und deine Bestimmung formen könnte? Die Macht dieser Realität wächst in mir jedes Jahr ein Stück weit mehr. Wenn dich diese Realität ergreift, wird sie buchstäblich deinen Lebensstil verändern.

Die letzte Generation vor der Wiederkehr Christi wird Zeuge der größten Demonstration der Kraft Gottes in der gesamten Geschichte sein. Es gibt drei „übernatürliche Generationen“, die eine ungewöhnliche Schicksalsberufung im prophetischen Zeitplan Gottes genießen durften, wie er in der Bibel beschrieben wird. Ich definiere eine „übernatürliche Generation“ als eine Generation, in der die Mehrheit der Leute Gottes die Kraft Gottes auf kontinuierliche Weise erlebt. Dieser Ausdruck lässt sich nirgends in der Bibel finden. Der Gedanke ist etwas Biblisches, doch der Begriff stammt von mir.

Durch die gesamte Erlösungsgeschichte der Menschheit hindurch wurde die Kraft Gottes immer nur zu bestimmten Zeiten offenbart – ein wenig hier und ein wenig dort. Zur Zeit Davids kam beispielsweise die Kraft Gottes auf ihn, wonach seine Armee eine große Schlacht gewann. Danach gingen die Männer in ihren Alltag nach Hause zurück. Aus diesem Grund würde ich die Generation Davids nicht zu einer der übernatürlichen Generationen zählen.

Betrachten wir einmal drei bestimmte Generationen, die sich in der Bibel finden lassen und den Kriterien einer übernatürlichen Generation genügen: die Generation des Mose, die Generation der Apostel und die Generation des zweiten Kommens Jesu.

Die Mose-Generation

Ich sehe die Generation des Mose als eine übernatürliche Generation. Während der Zeit des Mose geschahen erstaunliche Wunder – Wunder, die so mächtig waren, dass sie die natürliche Ordnung der Dinge veränderten und Ägypten, die mächtigste Nation auf Erden, in die Knie zwangen. Die meisten Christen sind mit dem Bericht im 2.Mose über die mächtigen Gerichte gut vertraut, die unvorstellbare übernatürliche Macht demonstrierten.

In der ersten der zehn Plagen Ägyptens wurde das Wasser in Blut verwandelt. Das Wasser in Bächen, Flüssen, Teichen und Badestellen wurde untrinkbar. Ähnliche folgende Aussetzungen der natürlichen Ordnung wirkten sich auf alles aus – Läuse vermehrten sich, Insekten schwärmten herum, Frösche überfielen das Land, und viele der Ägypter starben. Selbst die Sonne und der Himmel wurden davon beeinflusst.

Diese Art übernatürlicher Geschehnisse wurden von der gesamten Nation Ägyptens gemeinsam erlebt. Diese Wunder waren dazu bestimmt, die Weltdominanz Ägyptens zu brechen. Gewöhnlich lösten solche Wunder göttliche Gerichte gegen ungerechte Nationen aus. Diese Gerichte wiederum setzen die Erwählten Gottes gemeinschaftlich dazu frei, ihn anzubeten. Dies war die Absicht Gottes hinter der Befreiung Israels von Ägypten.

Die Apostel-Generation

Die Generation der Apostel ist eine weitere übernatürliche Generation. Die Apostel-Generation unterschied sich sehr von der Mose-Generation. Während der Zeit der Apostel berührten Wunder individuelle Leben und manifestierten das Mitgefühl Gottes, indem durch die Gnade Wiederherstellung geschah. Sowohl in der Mose-Generation als auch in der Apostel-Generation gebrauche ich Mose beziehungsweise Paulus, um ihre gesamte Generation zu beschreiben, doch das Wundersame war weit mehr Menschen geschenkt als nur diesen zwei Individuen. Die Kraft Gottes wurde sowohl in der Mose-Generation als auch der des Paulus inmitten der Schar der Erlösten freigesetzt.

Obwohl Christus den Sturm beruhigte und die Brotlaibe und Fische vermehrte, war die vorrangige Absicht hinter der Kraft Gottes, die sich durch die Apostel manifestierte, einzelne Leben wiederherzustellen.

Die Generation des zweiten Kommens

Die dritte Generation unseres Studiums ist die Generation des zweiten Kommens des Herrn. In dieser Generation werden die verschiedenen mächtigen Wunderdemonstrationen, die durch Mose freigesetzt und von den Aposteln bezeugt wurden, auf globaler Ebene miteinander verbunden und multipliziert werden. Die Kombination von Wundern, die die natürliche Ordnung auf Erden beeinflussen, und Wunder, die individuelle Leben wiederherstellen, werden auf die gesamte Erde Auswirkung haben. Diese zwei Wunderkategorien werden auf einer globalen Ebene entfesselt werden und dabei direkt vor der Wiederkehr des Herrn die große Ernte einnehmen.

Ich persönlich bin der Überzeugung, dass wir uns in den ersten Tagen dieser letzten Generation befinden. Sollte dies wahr sein, kannst du und kann ich mich glücklich schätzen, Teil dieser gesegneten Generation zu sein. Vielleicht sieht jetzt alles gerade so wie ganz normaler Alltag aus, doch glaube ich, dass wir uns am Anfang der übernatürlichen Generation befinden, die geschichtlich gesehen die größte Demonstration der Kraft erleben wird, die jemals bezeugt wurde. Im vierzigsten Jahr, in dem Mose in der Wüste Schafe hütete, sah alles nach Alltag aus. Ich wette, dass sich Mose niemals erträumt hätte, in der Kraft Gottes auf eine Weise zu wirken, die ein Weltreich verkrüppeln sollte.

In der Woche bevor der Herr Petrus, Jakobus und Johannes von ihren Netzen wegrief, sah wahrscheinlich alles wie Alltag aus. Sie hatten wahrscheinlich niemals zuvor davon geträumt, sich bald in übernatürlicher Kraft Gottes vorwärts zu bewegen, als sie zu Menschenfischern wurden. Manchmal ergeht das Wort des Herrn plötzlich und ändert das Schicksal einer Person innerhalb nur weniger Momente.

Als die Kraft Gottes durch Mose, den früheren Schafhirten, hindurchfloss, wurde der Pharao so hilflos wie ein Kind. Seine Armee konnte nichts unternehmen, um die Kraft Gottes zu stoppen, die durch Mose offenbart wurde.

Schließlich wurde die Armee Pharaos im Roten Meer vernichtet.

Diejenigen, die sich Gott am Ende der Zeit gegenüberstellen, werden derselben mächtigen Kraft begegnen, doch die Zeichen und Wunder werden sich weltweit multiplizieren.

> Wie in den Tagen, als du aus dem Land Ägypten zogst, werde ich es Wunder sehen lassen. Die Nationen sollen es sehen und beschämt werden trotz all ihrer Macht. Sie werden die Hand auf den Mund legen, ihre Ohren werden taub sein; sie werden Staub lecken wie die Schlange, wie die kriechenden (Tiere) der Erde; zitternd werden sie hervorkommen aus ihren Burgen; zum Herrn, unserem Gott, werden sie sich bebend wenden und vor dir sich fürchten. Micha 7,15-17

Wie schon beim Pharao werden am Ende der Zeit bösartige Leiter zu Boden gebracht werden. Sie werden gedemütigt und geschlagen werden und von der Kraft Gottes vollkommen beeindruckt sein.

Micha sagt, dass sich böse Leiter vor dem Herrn, unserem Gott, fürchten werden.

Wegen der Gnade Gottes müssen sich nur diejenigen fürchten, die dem Herrn widerstehen. Diese Schriftstelle im Buch Micha spricht weiter von dem, der seine Freude an Gnade hat.

> Wer ist ein Gott wie du, der Schuld vergibt und Vergehen verzeiht dem Überrest seines Erbteils! Nicht für immer behält er seinen Zorn, denn er hat Gefallen an Gnade. Er wird sich wieder über uns erbarmen, wird unsere Schuld niedertreten. Und du wirst alle ihre Sünden in die Tiefen des Meeres werfen.
> Micha 7,18-19

Die prophetischen Männer und Frauen, die die Kraft Gottes auf Nationen freisetzen werden, müssen sich nicht fürchten. Sie können sich der Tatsache sicher sein, dass er an Gnade Gefallen hat.

> Und es wird geschehen in den letzten Tagen, spricht Gott, dass ich von meinem Geist ausgießen werde auf alles Fleisch, und eure Söhne und eure Töchter werden weissagen, und eure jungen Männer werden Gesichte sehen, und eure Ältesten werden Traumgesichte haben. Apostelgeschichte 2,17

Wir wissen, dass die letzten Tage am Pfingsttag begannen. Doch damals wurde nur eine Anzahlung der Kraft Gottes freigesetzt. Seitdem fanden über die letzten zweitausend Jahre fortwährend Manifestationen der Kraft Gottes statt. Doch vor der Wiederkehr des Herrn wird ein Fluss der Kraft Gottes auf alles Fleisch, auf die Erlösten in jeder Nation der Erde, ausgegossen werden. Die Leute Gottes – manche mehr als andere – werden anfangen, den Bereich des Übernatürlichen zu erleben. Sie werden prophezeien, Visionen sehen und Träume haben. Der Bereich des Unsichtbaren wird sich öffnen, wenn sich eine Flut des Heiligen Geistes auf alle ausgießt. Wenn dies in Fülle geschieht, wird jeder einzelne Gläubige auf Erden damit beginnen, den Bereich der übernatürlichen Salbung zu erleben.

> Und ich werde Wunder tun oben am Himmel und Zeichen unten auf der Erde: Blut und Feuer und Rauchdampf.
> Apostelgeschichte 2,19

Wunder oben am Himmel, Zeichen unten auf der Erde, Blut, Feuer und Rauchdampf – das erlebte auch schon Mose. Die letzte Generation wird dazu gebraucht werden, dieselben mächtigen Zeichen und Wunder freizusetzen. Wir werden Blut, Feuer und Rauchdampf sehen.

Die Sonne und der Mond werden bestimmte Auswirkungen erleben. Genau wie zur Zeit Mose und der Apostel werden diese Wunder auf eine gesamte Generation Einfluss nehmen.

Die zwei Zeugen

Die Bibel liefert uns einen Einblick, wie sich diese Art von Kraft offenbaren wird.

> Und wenn jemand ihnen schaden will, so geht Feuer aus ihrem Mund und verzehrt ihre Feinde; und wenn jemand ihnen schaden will, muss er ebenso getötet werden. Diese haben die Macht, den Himmel zu verschließen, damit während der Tage ihrer Weissagung kein Regen falle; und sie haben Gewalt über die Wasser, sie in Blut zu verwandeln, und die Erde zu schlagen mit jeder Plage, sooft sie nur wollen. Offenbarung 11,5-6

Es ist wichtig, diese zwei seltsamen Figuren im Buch der Offenbarung zu verstehen. Ich glaube, dass sie Vorläufer sein werden – wie Johannes der Täufer –, die den Weg für das zweite Kommen des Herrn bahnen. Uns wurden die Namen dieser zwei Endzeitpropheten – den ultimativen Vorläufern – nicht genannt.

Der Vorläuferdienst wird mit diesen zwei Propheten seinen Höhepunkt erreichen, wenn in ihnen nämlich der Geist des Elia vollkommen freigesetzt wird, und zwar genau so, wie es im Buch Maleachi steht. In dieser geschichtlichen Stunde werden sie die Wunder des Mose vollbringen.

> Siehe, ich sende euch den Propheten Elia, bevor der Tag des Herrn kommt, der große und furchtbare. Maleachi 3,23

Sie besitzen die Macht, die Himmel zu verschließen (Offb. 11,6). Das klingt nach dem, was bei Elia geschah, als nach seinem Gebet kein Regen mehr fiel. Diese Propheten werden beten, und während der Tage ihrer Prophezeiungen wird dann kein Regen fallen. Wie schon bei Mose werden diese zwei Propheten Macht über die Gewässer haben, die sie schlagen und in Blut verwandeln können. Ihr eigener

Wille wird tief im Willen Gottes verankert sein. Deswegen werden sie außerhalb der Gnade Gottes keine Plagen herbeirufen. Sie deuten auf einen ultimativen Ort der Partnerschaft mit dem Herrn hin.

Der Engel Gabriel erschien dem Zacharias und prophezeite hinsichtlich Johannes des Täufers, der bald geboren werden sollte. Gabriel verkündete, dass Johannes im Geist und in der Kraft des Elia dienen würde (siehe Lk. 1,17). Dieser Geist des Elia wird in der Generation, in der der Herr wiederkommt, in Fülle manifestiert werden.

In Partnerarbeit mit Gott

Menschen, die in dieser Dimension der Kraft dienen, werden auf dem Gebiet der zeitlichen Gerichte Gottes eine Partnerschaft mit ihm eingehen (siehe Ps. 149). Daran teilzuhaben, einen Teil der Gerichte am Ende der Zeit freizusetzen, ist vielleicht ein Gedanke, den man sich schwer vorstellen kann. Denk aber doch einmal daran, dass auch Mose genau dies tat.

Ja, ich glaube, dass es eine Armee anbetender Fürbitter geben wird, die die Rache über Nationen herabbringen wird. Diese prophetischen Fürbitter werden in verschieden starker Salbung dienen, jedoch in geringerem Grad als die zwei Zeugen. Nichtsdestotrotz wird die Kraft Gottes, die durch sie manifestiert wird, bedeutsam sein, weil sie in ihrem Leben eine Berufung als Vorläufer besitzen.

Die Offenbarung vom Spross des Herrn

Wenn sich die dynamischen Begebenheiten am Ende der Zeit entwickeln werden, solltest du daran denken, dass du nicht alleine durch diese Dinge hindurchgehen wirst. Jesaja 4,2-6 ist eine meiner Lieblingsprophezeiungen des Alten Testaments über das Ende der Zeit. Sie handelt vom Spross des Herrn – dem Messias. Dies ist eine wichtige Passage für den Vorläuferdienst.

> An jenem Tag wird der Spross des Herrn zur Zierde und zur Herrlichkeit sein und die Frucht des Landes zum Stolz und zum Schmuck für die Entkommenen Israels. Jesaja 4,2

Das gesamte Kapitel Jesaja 4 ist wie eine Inhaltstabelle, die alle Dimensionen der Herrlichkeit Gottes in der Generation beschreibt, in der der Herr erscheinen wird. Die Offenbarung von Jesus als Spross des Herrn, der sich in seiner Schönheit vor der gesamten Erde zeigt, ist die Quelle, aus der alle anderen Offenbarungen zu diesem Thema hervorgehen. Die Bezeichnung *Spross des Herrn* wird im Alten Testament fünfmal gebraucht, um die zweite Person der Dreieinigkeit zu beschreiben. Dieser Satz illustriert, wie Jesus in seiner Menschlichkeit heranwuchs und sich sein Einfluss auf die frühere jüdischen Welt ausbreitete.

Weil Gott ist, wer er ist, müsste er niemals an Einfluss zunehmen. Nichtsdestotrotz entschied er sich dafür, sich selbst durch seinen Sohn zu demütigen, indem er Mensch wurde. Er war ein Spross, der als Zweig begann und in Verständnis und Weisheit heranwuchs. Sein Einfluss weitete sich aus, und durch die Partnerschaft mit seinen Erlösten bringt er mit allen anderen Sprossen, die mit ihm verbunden sind, Frucht hervor (siehe Joh. 15). Obwohl er Gott war, war er gehorsam, sein Ziel der Erlösung zu erreichen. Die Beziehung zwischen dem Spross und der Frucht spricht von Partnerschaft, einer lebendigen Einheit sich freiwillig Liebender.

In den letzten Tagen wird der Vater seine Herrlichkeit durch den Spross des Herrn offenbaren. In Psalm 27,4 war David wie elektrisiert, als er in die Stiftshütte eintrat, wo die Herrlichkeit Gottes über der Bundeslade ruhte.

> Eins habe ich vom Herrn erbeten, danach trachte ich: Zu wohnen im Haus des Herrn alle Tage meines Lebens, um anzuschauen die Freundlichkeit des Herrn und nachzudenken in seinem Tempel.

David deckt hier als mächtiger General und Herrscher die reine Essenz seiner seelischen Motivation auf. Im Grunde genommen sagt er: „Ich lebe weder in erster Linie dafür, König zu sein, noch dafür, in den Kampf zu gehen. Mein vorrangiges Ziel und die oberste Belohnung in meinem Leben ist es, viele Stunden dazusitzen und die Schönheit des Herrn zu bewundern.“

David wurde von der Schönheit des Herrn weggetragen und wollte am liebsten jeden Tag im Tempel sitzen, um den Herrn anzuschauen. Von dort aus befragte er den Herrn über alles, was er auf dem Herzen hatte.

Die Schönheit des Sprosses wird noch einmal das Zentrum und das Hauptaugenmerk der Endzeitgemeinde sein. Ich glaube, dass die Endzeitgemeinde die Aussage Davids über die Stiftshütte entdecken wird, wo er die Schönheit des Herrn sah. Ich glaube, dass die Gläubigen der Endzeit die Schönheit des Herrn, die sich hinter dem Vorhang befindet, sehen werden. Eine Möglichkeit, die Herrlichkeit Gottes zu erleben, wird eine Anbetung sein, deren Tiefe wir uns bislang nie vorstellen konnten. Wir werden den Herrn anbeten, und die Schönheit des Herrn wird dem menschlichen Geist durch das Wort Gottes aufgedeckt werden. Das Eintreten in seine herrliche Gegenwart wird zu einem Teil unseres Lebensstils werden und dem ähnlich sein, was David in seinem Leben erfuhr. Ich glaube auch, dass einige von uns Träume und Visionen über die Schönheit des Herrn haben werden.

Jesus Christus wird dich mit seiner Schönheit betäuben, wenn er dich gleich einer Weinrebe an sich bindet, die mit dem Spross verbunden ist. In Partnerschaft mit ihm wirst du die Frucht hervorbringen, die den Vater verherrlicht.

> Dann wird der Herr über der ganzen Stätte des Berges Zion und über seinen Versammlungen eine Wolke schaffen bei Tag und Rauch sowie Glanz eines flammenden Feuers bei Nacht; denn über der ganzen Herrlichkeit wird ein Schutzdach sein.
>
> Jesaja 4,5

Es wird eine Stiftshütte geben, die Schutz vor der Hitze des Tages schenkt, einen Zufluchtsort und einen Schutz vor Sturm und Regen. Dies sind prächtige Aussagen, die uns dazu einladen, durch Gebet und Fasten zu ihm zu kommen.

Die Wolke und der Rauch am Tag und das Scheinen des Feuers bei Nacht erinnert uns an die Salbung des Heiligen Geistes, die die Leiterschaft des Mose begleitete. Jesaja 4,5 bezieht sich nicht auf das ewige kommende Zeitalter, weil Gott hier verspricht, eine herrliche

Gegenwart zu senden, die seinen Leuten vor dem Sturm, der über die Erde hinwegfegt, auf göttliche Weise Schutz gewährt. Ich glaube, dass sich die Heiligen in diesen Tagen überall in den Städten der Welt versammeln werden, um den Herrn in Einheit zu suchen. Die Wolke der Herrlichkeit und des Rauchdampfes Gottes wird in diesen stadtweiten Treffen sein, wenn jene Heiligen dem Herrn kontinuierlich dienen.

Interessanterweise erschien auch Rauchdampf, als Jesaja als Prophet beauftragt wurde (siehe Jesaja 6,4). Der Rauchdampf Gottes, oder auch die Herrlichkeit Gottes, erfüllte den Tempel. Ich glaube, dass wir wie Jesaja den Rauch der Herrlichkeit ebenfalls erleben werden. Ich glaube, dass das Feuer Gottes so auf uns ruhen wird, wie es bei den Israeliten in den Tagen des Mose war.

> Darum siehe, Tage kommen, spricht der Herr, da wird man nicht mehr sagen: So wahr der Herr lebt, der die Söhne Israel aus dem Land Ägypten heraufgeführt hat! – sondern: So wahr der Herr lebt, der die Söhne Israel aus dem Land des Nordens heraufgeführt hat und aus all den Ländern, wohin er sie vertrieben hatte! Und ich werde sie in ihr Land zurückbringen, das ich ihren Vätern gegeben habe. Jeremia 16,14-15

Ähnliche Dinge, die im Alten Bund passierten, werden wieder in größerem Maße am Ende der Zeit geschehen.

Die Gerichte der letzten Tage

> Scharen (über) Scharen im Tal der Entscheidung; denn nahe ist der Tag des Herrn im Tal der Entscheidung. Die Sonne und der Mond verfinstern sich, und die Sterne verlieren ihren Glanz. Und der Herr brüllt aus Zion und lässt aus Jerusalem seine Stimme erschallen, und Himmel und Erde erbeben. Und der Herr ist eine Zuflucht für sein Volk und eine Feste für die Söhne Israel. Joel 4,14-16

Diese Stelle in Joel prophezeit einen Tag des Gerichts und der Entscheidung für alle Menschen auf Erden. Offenbarung 9 und 16 erweitern diese Vision sogar und warnen davor, dass die schrecklichen Plagen und Gerichte dieses Tages ein Drittel der Weltbevölkerung vernichten werden.

Gott ist dabei, den Planeten Erde zu erschüttern. Er hat noch einmal verheißen, nicht nur die Erde, sondern den gesamten Himmel darüber zu erschüttern. Der Schreiber des Hebräerbriefes schrieb:

> Seht zu, dass ihr den nicht abweist, der da redet! Dessen Stimme erschütterte damals die Erde; jetzt aber hat er verheißen und gesagt: „Noch einmal werde ich nicht nur die Erde bewegen, sondern auch den Himmel. Aber das ‚noch einmal‘ deutet die Verwandlung der Dinge an, die als geschaffene erschüttert werden, damit die unerschütterlichen bleiben. Deshalb lasst uns, da wir ein unerschütterliches Reich empfangen, dankbar sein, wodurch wir Gott wohlgefällig dienen mit Scheu und Furcht! Denn auch unser Gott ‚ist ein verzehrendes Feuer‘“.
>
> Hebr. 12,25-29

Gottes Leute werden strategisch platziert werden. Seine Kraft wird sich auf ihnen befinden, und durch sie wird er seine mächtigen Gerichte freisetzen, wie er es bei Mose tat.

> Elia kommt zwar und wird alle Dinge wiederherstellen.
>
> Matth. 17,11

In dieser Bibelstelle sagt uns Jesus, dass Elia kommen wird und dass er alles wiederherstellen wird. Die Salbung, oder die Dienstgabe, die auf dem Leben des Elia lag, wird auf Erden noch einmal sichtbar werden. Diese mächtige prophetische Salbung wird zur Wiederherstellung aller Dinge führen, wie es Gott verspricht. Ist Elia einer der zwei Zeugen? Ich weiß es nicht und ich weigere mich auch, über solche wichtigen Themen zu spekulieren, wenn sie mir der Herr nicht ausdrücklich offenbart. Doch wenn die Elias in Erscheinung treten, wird es ganz klar sein, wer sie sind.

Eine Anzahlung des Geistes des Elia ruhte auf Johannes dem Täufer. Die Fülle dieser Kraft jedoch wird nicht manifestiert werden, bis die zwei Zeugen ihren Dienst ausüben. Ich bete, dass Gott eine

Million Vorläufer kommen lässt, die der Gemeinde die Endzeitgeschehen prophezeien.

Ich ermutige dich, 2. Mose 7 bis 12 zu studieren, damit du ein tieferes Verständnis von den Endzeitgeschehnissen bekommst, wie sie sich in den Wundern des Mose widerspiegeln. Die zehn Plagen etwa helfen uns zu verstehen, was noch kommen wird. Solche Plagen werden gemäß dem Buch der Offenbarung wieder auftreten, obwohl mir die Reihenfolge, in der sie auftreten werden, noch unklar ist (siehe Offb. 8;9;16).

Noch einmal sagt Jesus:

> Wahrlich, wahrlich, ich sage euch: Wer an mich glaubt, der wird auch die Werke tun, die ich tue, und wird größere als diese tun, weil ich zum Vater gehe. Johannes 14,12

Diese Endzeitgeneration wird im Wort Gottes häufiger beschrieben, als jede andere Generation.

Gott entschloss sich, diese Generation mehr als jede andere zu beschreiben, weil sie in der Erlösungsgeschichte und wegen ihrer Rolle in der göttlichen Endzeitstrategie etwas Einmaliges ist. Was für eine erstaunliche Realität! Warum sollte Gott sich dazu entschließen, in seinem Wort eine Generation mehr als alle anderen zu beschreiben? Gott teilt der Endzeitgeneration eine einmalige Rolle und Position in der gesamten Menschheitsgeschichte zu.

Warum ist diese Generation so bedeutsam? Es ist die am meisten bevölkerte Generation der Weltgeschichte – und das aus einem Grund. Denk doch einmal darüber nach: Wenn eine Milliarde Menschen in der großen Ernte am Ende der Zeit gerettet werden, dann wird es auf der Erde mehr Leute Gottes geben als im Himmel. Du und ich – wir sind wahrhaftig der Augapfel Gottes, und wir leben zu einem ganz einmaligen Zeitpunkt der Weltgeschichte.

Die große Ernte

Ich persönlich glaube, dass in der großen Ernte eine Milliarde Seelen errettet werden. Gemäß statistischer Berechnungen werden mehr Leute Gottes auf Erden sein als im Himmel, wenn eine Milliarde Menschen gerettet werden. Ich glaube, dass die Entbindung der Gerichte Gottes auf Erden und die Beauftragung der Vorläufer wesentliche Komponenten der großen Endzeiternte sein werden. Letztgenannte werden dabei helfen, die Gemeinde dadurch vorzubereiten, indem sie ihr sagen, was sie zu erwarten hat.

Du bist Teil der einmaligsten Generation der gesamten Menschheitsgeschichte. Deine Generation wird Zeuge der größten Demonstration übernatürlicher Kraft sein, die jemals gesehen wurde. Deine Generation ist die in der Bibel von Gott am meisten beschriebene und setzt sich aus mehr Menschen zusammen als alle anderen Generationen zusammengenommen.

Gott ist gerade dabei, etwas Bestimmtes zu tun – und wir befinden uns am Ende der Zeit. Die Herrlichkeit Gottes und der Sturm göttlicher Gerichte stehen kurz davor, über den Menschen ausgeschüttet zu werden, und deine Generation spielt dabei eine mächtige Rolle. Du selbst wurdest für eine Zeit wie diese geboren.

Um Zions willen will ich nicht schweigen, und um Jerusalems willen will ich nicht ruhen, bis seine Gerechtigkeit hervorbricht wie Lichtglanz und sein Heil wie eine Fackel brennt.

Jesaja 62,1

10. Die himmlische Symphonie

Ich glaube, dass es für den Herrn nichts Lauteres gibt als den Sound seiner Gemeinde, die auf Erden in Einheit mit seinem Orchester des Himmels zusammen anbetet, das die ewige Stadt mit himmlischer Musik erfüllt. Gerade jetzt stellt der Heilige Geist die Instrumente Gottes zusammen, um eine wunderschöne Symphonie herauszubilden, die in eine göttliche Partitur von Anbetung, Gebet, Hingabe und übernatürlicher Leidenschaft für Gott einmündet. Er ruft die Gemeinde dazu auf, einen Ort für lange und anhaltende Anbetung bereitzustellen. Gott wird überall auf der Erde Vollzeitfürbitter in Lokalgemeinden einsetzen – Hannas und Marien aus Betanien der heutigen Zeit. Diese Individuen werden erkannt und freigesetzt werden und vor Gott vollzeitig ausharren.

In Kansas City riefen wir das International House of Prayer ins Leben, um auf diesen Ruf zu antworten. Startschuss dafür war Mai 1983, als der Herr hörbar zu uns redete, dass wir einen Gebetsdienst hier in Kansas City gründen sollten, der 24 Stunden pro Tag läuft. In dieser Zeit machte uns der Herr klar, dass wir einen Tag-und-Nacht-Gebetsdienst gründen sollten, der einige der Prinzipien der Stiftshütte Davids, der göttlich inspirierten Ordnung der Anbetung, die König David etablierte, reflektieren sollte. Wir waren uns bewusst, dass wir auf sein Timing warten mussten, bevor wir dieses 24-Stunden-Gebet dann auch wirklich beginnen konnten.

Sechzehn Jahre später, Anfang des Jahres 1999, bestätigte uns Gott ohne Zweifel, dass wir diesen Gebetsdienst im Mai 1999 starten sollten. Zu jener Zeit war ich Pastor der Metro Christian Fellowship in Kansas City, und der Herr half uns, indem er uns einen fantastischen neuen Hauptpastor, Floyd McClung, schickte und ich mich dem neuen International House of Prayer ganz widmen konnte. Am 7. Mai diesen Jahres weihten wir ein Gebäude neu ein, das etwa anderthalb Kilometer von der Gemeinde entfernt ist. Es besitzt einen Versammlungsraum, der für etwa zweihundert Menschen Platz bietet. Rund um die Uhr und sieben Tage die Woche spielen dort Musiker auf ihren Instrumenten, lassen Sänger Schriftstellen und prophetische Lieder verlauten, stehen Fürbitter in geistlicher Wache und versammeln sich Menschen in der Gegenwart Gottes zum Gebet, wie es ihnen der Geist des Herrn zeigt. Wir stellten Tische an die Wände, damit die Menschen im Haus des Gebets lesen, schreiben, arbeiten und meditieren können. Es ist ein Ort, der dafür vorgesehen ist, dass seine manifestierte Herrlichkeit auf uns ruhen kann.

Gott schickt uns von verschiedenen Orten der Welt Vollzeitfürbitter, die sich ganz dazu verpflichten, Gott zu dienen, wie Hanna es im Tempel durch Gebet und Fasten Tag und Nacht tat. Viele von ihnen stellen regelmäßig vierzig oder fünfzig Stunden in der Woche zur Verfügung, um dem Herrn im House of Prayer zu dienen. Ein jeder von ihnen sorgt als Missionar, der (oder die) durch Fürbitte dem Missionsbefehl nachkommt, für seine eigene finanzielle Versorgung. Ich fühle mich wirklich gesegnet, wenn ich sehe, wie die Einladung des Herrn hinausgeht und Menschen mit ihrem Herz, mit Verpflichtung, Zeit und Finanzen darauf antworten. Unsere Nachtwächter sind meine Helden. Sie sind hingegebene Männer und Frauen, die sich der Nachtschicht verpflichtet haben und Nacht für Nacht, Woche für Woche, Monat für Monat dem Herrn in den Morgenstunden der Nacht dienen. Ich bin so dankbar, Teil davon sein und sehen zu können, wie Menschen mit solchem Eifer und ernstgemeinter Hingabe reagieren.

Wir haben 84 Gebetstreffen pro Woche, die jeweils zwei Stunden lang gehen, was 168 Stunden oder 24 Stunden pro Tag an sieben Tagen gleichkommt. Jedes Gebetstreffen wird von einem Lobpreisteam geleitet. Die Musik hat seit über einem Jahr niemals zu spielen aufgehört. Wir beten regelmäßig, dass das Feuer dieses Gebetsaltars bis zum zweiten Kommen Jesu niemals ausgeht.

Wir leiten dieses Konzept vom Befehl Gottes ab, den er Mose gab:

> Und das Feuer auf dem Altar soll auf ihm in Brand gehalten werden, es soll nicht erlöschen; und der Priester soll Holz auf ihm anzünden, Morgen für Morgen, und das Brandopfer auf ihm zurichten ... Ein beständiges Feuer soll auf dem Altar in Brand gehalten werden, es soll nicht erlöschen. 3. Mose 5-6

So oft erreicht die Einladung des Herrn eine Gemeinde oder einen Dienst, dann vergehen ein oder zwei Jahre und die Menschen antworten dem Herrn im Endeffekt niemals mit einem Ja. Sie analysieren vielleicht die Einladung, reden vielleicht über sie und vergleichen miteinander die Aufzeichnungen darüber, doch unternehmen sie niemals einen Schritt in diese Richtung. Statt diese Einladung des Herrn zu Boden fallen zu lassen, antworteten viele Menschen mit einem Ja und gaben sich dieser Unternehmung mit ganzem Herzen hin. Im Moment haben wir über 100 vollzeitlich fürbittende Missionare, und weitere 150 befinden sich in Vorbereitungen, um ihre eigene finanzielle Versorgung zu klären, damit sie hier als Helfer herziehen können. Unsere Vision besteht darin, aus diesen vollzeitlichen Fürbittern Teams zu bilden, die ausgesandt werden, um Häuser des 24-Stunden-Gebets in den Städten überall auf der Welt zu starten, zu denen Gott sie führt.

Am 7. Mai 1999 weihten wir unser neues Gebäude ein und begannen, Schritte zu unternehmen, um Rund-um-die-Uhr-Fürbitte zu ermöglichen. Unser Ziel war es, innerhalb von zwölf Monaten zu einem 24-Stunden-Plan zu gelangen, doch im Grunde waren wir schon nach vier Monaten dazu imstande. Am 19. September 1999 war der Plan für die Lobpreisteams vollständig ausgefüllt, was uns ermöglichte, mit dem Rund-um-die-Uhr-Plan zu beginnen. Ein solches Zusammenkommen von Anbetungsteams, Sängern und Fürbittern ist etwas wirklich Mächtiges. Gott schenkte seinen Leuten mächtige Überführung, die Prioritäten ihres Lebens neu zu überdenken, um dies in Vollzeit tun zu können. Ich bin voller Zuversicht, dass Gott dies in den kommenden Jahren in vielen Städten und Orten überall auf dem Globus tun wird.

In Urlaubszeiten, an Feiertagen oder Geburtstagen streichen wir keine der Gebetsversammlungen. Unser Feind, der Teufel, nimmt niemals Urlaub, und so machen wir es auch nicht. Wie ich schon zuvor sagte, wird jede Woche in 84 Gebetstreffen aufgeteilt, bei denen zwischen 15 und 100 Menschen dem Herrn kontinuierlich dienen, egal, wie viel Uhr es gerade tags oder nachts ist. Eine Schlüsselkomponente dieses Dienstes ist die gesalbte, prophetische Musik, die die Luft in jedem Treffen erfüllt.

Wir glauben, dass zukünftig Hunderte von Gemeinden involviert sein werden. Wir besitzen die Vision, dass sich in der Zukunft 1000 bis 2000 Menschen zu jedem Gebetstreffen versammeln.

Selbst in unserem ersten Jahr der kleinen Anfänge hatte es dennoch geistliche Auswirkung auf die größere Gemeinde, als gelegentlich manchmal nur zehn bis fünfzehn Menschen zu den Gebetstreffen zusammenkamen. Die Existenz eines Rund-um-die-Uhr-Gebetsdienstes in Kansas City ist für Gott signifikant. Die Menschen werden durch dieses Gebet selbst in ihrer Schwachheit und Unreife bewegt und inspiriert. Als ich diese Vision und dieses Zeugnis anderen lokalen Gemeindeleitern weitergab, wurden manche von diesem Gedanken ergriffen. Ich erzählte, wie rau und hart die Gebetstreffen manchmal sind. Und dennoch reagieren viele Pastoren und Menschen, die von dieser Vision hören, mit unterstützenden Antworten wie etwa: „Aber es ist am Laufen. Es läuft, und wir wollen auch so einen Dienst in unserer Stadt!"

Wenn wir diese Vision anderen Gemeinden weitergeben, will die Mehrzahl von ihnen involviert sein. Genaugenommen steigt gerade überall auf der Erde das Interesse. Viele unterschiedliche Dienste haben an dieser Vision auf schriftliche Weise oder auf Konferenzen Anteil.

Die eigentliche Tatsache, dass dieser Dienst 24 Stunden am Tag läuft, hat katalytische Auswirkung auf andere Menschen, die davon hören. Er sorgt erst einmal für heilige Eifersucht. Ich sprach zu einem Pastor in Asien, der einer Gemeinde mit 12 000 Mitgliedern voransteht. Seine Antwort auf das, was wir tun, war: „Wir müssen das auch machen. Wir müssen das auch machen. Wenn du das mit der Gnade Gottes tun kannst, dann können wir es auch. Wenn du so etwas machst, müssen wir es auch tun! Schickst du uns ein Team, das uns dabei hilft, jetzt damit anzufangen?"

Auf vielen Konferenzen, bei denen ich diese Vision übermittle, spreche ich zu Pastoren aller möglicher Nationen, die darauf antworten und sagen: „Das ist radikal. Wir müssen so etwas auch machen."

Andere Pastoren bekommen Mut, den Versuch zu starten. Sie sagen: „Wenn du so etwas machen kannst, dann können wir das sicherlich auch." Das ist genau die Wirkung, die wir uns erwünschen. Es ist überraschend und aufregend, die mächtige Zunahme der Inspiration und des Mutes zu sehen, die Gott hinsichtlich dem Haus des Gebets freisetzt. Unser eigenes House of Prayer ist noch nicht reif oder stark, doch die eigentliche Tatsache, dass wir es betreiben, hat katalytische Auswirkung.

Ich glaube, dass es ganz normal sein wird, von 24-Stunden-Gebetstreffen zu hören, die überall auf der Erde entstehen. Genaugenommen glaube ich, dass dies so in den meisten Städten der Welt geschehen wird, bis der Herr wiederkommt.

Ich halte Ausschau nach Menschen, die dasselbe tun. Wir tauschen uns über Gedanken aus, wie der Herr seine Leute dazu bringt, zu ihm zu beten, Fürbitte zu tun und ihm zu dienen. Oftmals integriere ich Dinge, die der Herr anderen Menschen in ihrem Dienst zeigte, und umgekehrt. Stück für Stück stellt der Herr durch den Heiligen Geist die Ordnung des Lobpreises wieder her, die durch David eingesetzt wurde.

Ich weiß, dass wir kaum die bloßen Anfänge davon berühren, was der Heilige Geist tun wird. Der Gebetsdienst tags und nachts wird ein globales Phänomen sein, das vom Heiligen Geist geleitet ist. Damit diese Wiederherstellung in einer Stadt stattfindet, wird der Herr inmitten seiner Leute aktiv eingreifen. Diese mächtige Realität bringt den Menschen Freude, die nicht einmal selbst im Haus des Gebets involviert sind. Trost, Freude und Dankbarkeit kommt beim Gedanken an ein Gebetsfeuer auf, das vierundzwanzig Stunden am Tag in deiner eigenen Stadt brennt.

Den ganzen Tag und die ganze Nacht

Die Bibel zeigt deutlich, dass das Versprechen Gottes, die Segensfülle des Heiligen Geistes freizusetzen, nur im Kontext des Tag-und-Nacht-Gebets erfüllt wird. Viele Menschen sind bestürzt und sagen: „Die Verheißungen treffen einfach nicht ein." Sie erkennen nicht, dass zuerst einmal die Bedingungen Gottes an Ort und Stelle erfüllt sein müssen, und das Tag-und-Nacht-Gebet ist Teil dieser Bedingungen.

Die Fülle der Verheißungen Gottes wird erst freigesetzt werden, wenn auf die Bedingung des Tag-und-Nacht-Gebets eingegangen wurde. Aus diesem Grund sind diese Rund-um-die-Uhr-Gebetsdienste nicht nur notwendig, sondern auch unumgehbar. Wir wissen, dass dies passieren wird, weil uns der Herr selbst in seinem Wort sagt, dass er die Wächter auf die Mauer setzen wird. Dies ist ein Teil des göttlichen Herzschlags, und so wird es geschehen. Unser Retter, der Hauptapostel, der den Missionsauftrag überblickt, ist derselbe ewige Fürbitter, der zur rechten Hand des Vaters sitzt. Jesus wird sich als Fürbitter darum kümmern, dass die Fürbitte in den Städten der Erde Tag und Nacht brennen wird.

Es ist mehr als unvermeidlich. Es ist herrlich. In den letzten zwanzig Jahren gab es ein deutliches Anwachsen der globalen Gebetsstrategie des Heiligen Geistes. Um dies zu sehen, müssen wir einfach die Menge an Literatur ins Auge fassen, die über dieses Thema geschrieben und überall in der westlichen Welt in christlichen Buchhandlungen verkauft wurde. Überall auf der Erde berührt der Heilige Geist die Leute Gottes und offenbart dieser einmaligen Generation seine Gebetsstrategie, bevor Jesus wiederkehrt. Unser Ziel ist es, dafür zu sorgen, dass die göttliche Ordnung des Lobpreises wiederhergestellt wird. Diese Ordnung des Lobpreises zeigt sich auf perfekte Weise in der himmlischen Symphonie um seinen Thron herum, dem Ort der perfekten geistlichen Anbetung und Wahrheit.

König David schuf in seiner Generation eine Anbetungsordnung, die einige Schlüsselprinzipien widerspiegelt, die um den Thron herum praktiziert werden. Unser Ziel ist es nicht, das Anbetungsmodell König Davids nachzuahmen. Nein, wir wollen die himmlische Realität erleben. König David berührte nur das Beste der irdischen Realität des Alten Bundes. Warum setzen wir uns dann mit den Einsichten auseinander, die David in der Anbetung besaß? Wir können studieren, was Gott dem David zeigte, um ein besseres Verständnis der himmlischen Realität zu bekommen. Ich ermutige Menschen dazu, das Modell Davids nicht zu hoch zu bewerten, sondern es lediglich als Abschussrampe zu betrachten, um in die himmlische Anbetung hineinzublicken zu können.

Der Herr ruft uns im International House of Prayer von Kansas City zu dieser Dynamik. Die Geburt anderer Komponenten der gesamten Gebetsstrategie Gottes wird von anderen Diensten ausgeführt. Ich weiß, dass unser Auftrag vom Herrn nur ein Scheibchen der gigantischen Strategie ist, die der Herr in den letzten Tagen selbst ausführen wird. Unsere göttliche Einladung, ein paar der Prinzipien Davids hinsichtlich des Lobpreises und des Gebets zu berühren, ist etwas Herrliches. Doch wir erkennen, dass es nur ein kleiner Teil des gesamten Bildes ist, das sich in den Händen des Herrn befindet.

Die Anbetung (bzw. das Gebet) vor etwa 3 000 Jahren, die nach dem Gebetsmodell Davids stattfand, wurde von Sängern und Musikern geleitet, die wussten, wie man sich im prophetischen Geist fortbewegt. Das Anbetungsmodell, das in der Stiftshütte Davids angewandt wurde, war ein Gebetsdienst, der die Leitung von Anbetungsleitern, Musikern und Sängern in den Vordergrund stellte, die stark prophetisch gesalbt waren.

Seine Last ist leicht

Ich spreche von fürbittender Anbetung, weil es hier eine Interaktion zwischen Anbetung und dem Sprechen von Gebeten gibt. Hier, während dem Singen von Gebeten und dem Sprechen der Gebete, passiert etwas Wunderbares, wenn der Geist Gottes auf der Musik liegt. Beten fällt dann leicht. Und weil Beten dann leicht fällt, können Menschen viel länger und öfter beten als in der Vergangenheit. Das Gebet wird zu etwas Erfrischendem und Genießbarem!

Fürbitte ohne gesalbte Musik kann manchmal wie Arbeit in einem Steinbruch sein. Ich konnte dies über mehrere Jahre erfahren. Nur drei Leute, die stundenlang in einem Raum ohne die Frische gesalbter Lobpreisteams beteten – das kann sich manchmal wirklich wie harte Arbeit in einem Steinbruch anfühlen, zumindest war das meine Erfahrung. Dieser Steinbruch liefert vielleicht hier und da ein paar Momente der Inspiration, doch diese Art musiklosen Gebets kann sich manchmal wie eine schwierige und schwere Berufung anfühlen. Fügt man jedoch die gesalbte Harfe, die Musik Gottes hinzu – dann ist das eine ganz andere Geschichte!

> Und David und die Obersten des Heeres sonderten die Söhne Asafs und Hemans und Jedutuns zum Dienst aus, die auf Zithern und auf Harfen und auf Zimbeln geisterfüllt spielten ... Alle diese (spielten) unter der Leitung ihrer Väter, Asaf und Jedutun und Heman, beim Gesang im Haus des Herrn auf Zimbeln, Harfen und Zithern, für den Dienst im Haus Gottes …
> 1. Chronik 25,1.6

Mit der Musik Gottes, die in 1. Chronik beschrieben wird, kommt der prophetische Geist auf die Musiker und Sänger, und Fürbitte wird dadurch genussvoll.

Ich habe keinen Glauben für 24-Stunden-Gebetstreffen in den Städten überall auf der Welt, wenn sie nicht mit gesalbter Musik durchdrungen sein werden. Es ist einfach zu schwer, viele Stunden ohne die Erfrischung zu beten, die durch die Musik kommt.

> Er sagte ihnen aber auch ein Gleichnis dafür, dass sie allezeit beten und nicht ermatten sollten. Lukas 18,1

Jesus ermahnte uns, hinsichtlich des Gebets nicht zu ermatten. Genau dies ist aber eingetreten. Viele Gläubige in der westlichen Welt führen kein regelmäßiges Gebetsleben. Die meisten Gemeinden in der westlichen Welt haben nicht einmal regelmäßige Gebetstreffen. Weiterhin sind die Gebetsdienste unter der Woche, die in vielen Gemeinden abgehalten werden, nur spärlich besucht. Das Ergebnis davon ist, dass die Gemeinde schwach im Beten ist.

Lass mich dir die guten Neuigkeiten mitteilen. Der Geist dieser Schwachheit wird durch gesalbtes Gebet ersetzt werden, das zum Himmel aufsteigt und gleichzeitig Fürbitter erfrischt. Ich bin davon überzeugt, dass der müdegewordene Geist in der Gemeinde gemäß 1. Chronik durch das Modell des prophetischen Geistes ersetzt werden wird, das Elemente des Modells Davids enthält.

Der Herr erweist uns zusammen mit anderen Gruppen die Ehre, Pioniere auf diesem Gebiet sein zu dürfen. Ich möchte lieber im International House of Prayer sein als irgendwo anders auf der Erde. So sollten wir uns alle sicher sein, dass wir uns am richtigen Ort befinden, zu dem uns Gott beordert.

Damit der Gebetsdienst große Auswirkung haben kann, muss er mit anderen Diensten wie der Mission, Zellgruppen, Einsätzen bei den Armen, Trainingszentren und anderen Aspekten des Gemeindelebens Hand in Hand gehen. Das eine wird ohne das andere nicht gut genug sein. Die Symphonie des Herrn muss zusammenkommen. Ein jeder der hundert Vollzeitmitglieder des International House of Prayer muss ein verbindliches Mitglied einer Lokalgemeinde sein, das seinen Zehnten gibt. Tag-und-Nacht-Gebet ist nicht genug. Wir sehnen uns danach, dass die Lokalgemeinde durch eine Evangelisation explodiert, die mit gesalbter Predigt inklusive Zeichen und Wundern regelmäßig stattfindet. Das House of Prayer existiert zum Teil deswegen, weil die geistliche Atmosphäre einer Stadt verändert werden soll. Mit dem 24-Stunden-Gebet wird die Predigt, durch die sich zehn Menschen bekehrten, nun tausend Menschen bekehren, weil die geistliche Atmosphäre durch Tag-und-Nacht-Lobpreis und -Gebet verändert wurde.

Tag und Nacht

> Auf deine Mauern, Jerusalem, habe ich Wächter bestellt.
> Den ganzen Tag und die ganze Nacht werden sie keinen Augenblick schweigen. Ihr, die ihr den Herrn erinnert, gönnt euch keine Ruhe. Jesaja 62,6

„Ich habe Wächter bestellt." Hier spricht der Herr im prophetischen Sinne und er sieht die Zukunft, als ob dies erledigt und abgeschlossen sei.

Diese Wächter, du könntest sie auch Fürbitter oder Anbeter nennen, sind die Menschen, die Tag und Nacht zu Gott ausrufen. Im Kontext der Schriftstellen können Wächter Propheten an anderen Orten sein, doch diese Wächter erheben ihre Stimme und ihr Herz Tag und Nacht. Der Herr setzt Wächter ein. Es ist ein souveräner Akt, wenn der Herr dem Herzen schwacher, gewöhnlicher Leute wie dir und mir den Hof macht und uns auf die Mauer bestellt.

Auf die Mauer berufen

Diese Mauer ist eine figürliche Mauer des Schutzes der Gemeinde und eine Mauer des Segens. Du wirst auf die Mauer berufen, wenn dein Herz durch Gott bewegt wird. Du weißt es, wenn du berufen worden bist, wenn dir der Hof gemacht wurde, wenn du durch ihn überzeugt und eingesetzt wurdest.

Der Herr nimmt es sehr ernst, seine Wächter an den richtigen Ort zu bringen. Ich sehe das Wort *bestellen* in zweierlei Hinsicht. Ich erkenne zwei Hauptkategorien der Berufung der Wächter. Die erste Gruppe besteht aus Menschen, deren erster Ruf nicht die Fürbitte, sondern etwas anderes ist. Vielleicht ist ihre Berufung pastoraler, evangelistischer oder administrativer Art, oder vielleicht wird sie in Hilfsdiensten ausgeübt.

Ich möchte nicht das Gefühl vermitteln, dass ein bestimmter Ruf höher als ein anderer ist. Der größte Dienst ist der, zu dem dich Gott berufen hat. Wenn dich Gott zum Beispiel in seiner Weisheit und Güte zu Hilfsdiensten beruft, dann verachte deinen Ruf nicht, indem du den Dienst anderer imitierst. Wir müssen alle unseren Ruf begrüßen, weil er für uns die höchste Berufung und zugleich auch jene ist, die in der Weisheit Gottes, der deine Möglichkeiten sehr gut kennt, ausgesprochen wurde.

Wir begegnen dem Burnout, wenn wir versuchen, in der Berufung einer anderen Person tätig zu werden. Diese Einberufung der Wächter mag vielleicht nicht deine vorrangige Funktion in der Gemeinde sein, doch bist du vielleicht dazu berufen, dies von Zeit zu Zeit einmal zu tun. Im Haus des Gebets wird es Fürbitter geben, die einmal in der Woche teilnehmen, weil ihr vorrangiger Ruf für eine andere Art Dienst gilt.

Selbst ein zweistündiges Gebetstreffen pro Woche ist keine kleine Sache. Wenn du pro Woche ein Gebetstreffen mit zwei Stunden besuchst, dann hast du in einem Jahr 100 Stunden gebetet. Wow! Das ist keine kleine Leistung – besonders, wenn sich dieser Versuch über eine gesamte Stadt erstreckt und multipliziert.

Tausende von Menschen, die zusammen 100 Stunden im Jahr beten, das ist wirklich etwas, was ernst genommen werden muss. Es gibt jedoch auch noch eine weitere wichtige Gruppe von Wächtern, die das Fundament bilden. Diese Gruppe von Fürbittern besteht aus Menschen, die eine ähnliche Berufung und Salbung wie Hanna im Tempel besitzen, oder wie Maria von Betanien. Das sind diejenigen, die der Herr buchstäblich Tag und Nacht auf die Mauer ruft, und Gebet und Anbetung ist ihre alle andere verzehrende Funktion. Für das Wachstum der Gemeinde sind beide Gruppen grundlegend wichtig.

Hanna und Maria

> Und es war eine Prophetin Hanna, eine Tochter Phanuels, aus dem Stamm Asser. Diese war in ihren Tagen weit vorgerückt; sie hatte sieben Jahre mit ihrem Mann gelebt von ihrer Jungfrauschaft an. Lukas 2,36

Hanna und Maria von Betanien waren zwei vollzeitliche Wächterinnen auf der Mauer Jerusalems. Sie repräsentierten zwei verschiedene Dimensionen der Gnade des Gebets. Sowohl die Berufung Hannas als auch die Berufung Marias von Betanien, überschreiten die Grenzen des Geschlechts und Alters. Diese Berufung gilt für Männer und Frauen, jung und alt. Diese zwei Dimensionen beschreiben eine Salbung, eine Berufung und eine Zielausrichtung im Leben einer Person.

In der Generation, in der der Herr wiederkehrt, wird der Heilige Geist die Hannas und Marien von Betanien hervorbringen und für sie einen Platz in den Endzeitabsichten Gottes bereiten. Die große Mehrzahl der Christen wird nicht dafür berufen sein, doch diese Gruppe wird in der endzeitlichen Gemeinde einen großen Unterschied machen. Ich glaube, dass es möglich sein kann, dass weniger als ein Prozent aller Christen zu dieser intensiven Art des Dienstes berufen sind.

Hanna deutet auf die geistliche Kriegsführung, Fürbitte und Fasten hin. Der Hauptfokus dieser Leute liegt darin, die Fenster des Segens zu öffnen und geistliche Wälle des Widerstandes niederzureißen. Sie sind Fürbitter voller Kraft und geistliche Krieger, die sich dem Fasten verpflichten.

Die Marien von Betanien werden große Gnade für Gebet und Anbetung genießen können, doch sie werden sich sehr davon unterscheiden. Wir können in Lukas 10 über Maria von Betanien lesen. Sie war eine extravagante Anbeterin. Obwohl sie nicht wirklich eine Fürbitterin im traditionellen Sinne war, tat sie Fürbitte. Auch Hanna betete extravagant an, doch die Marien von Bethanien verändern die Atmosphäre von Städten und Gemeinden, zu denen sie gehören, weil sie liebeskranke, extravagante Anbeter sind.

Sie können Männer oder Frauen, jung oder alt sein. In unseren Anbetungsteams haben wir ein paar Marien von Bethanien, sowohl männliche, als auch weibliche. Sie verändern die Atmosphäre und machen die Schönheit des Herrn greifbar. Gott setzte sie unter die Menschen als eine Art zärtlicher Duft der Schönheit des Herrn.

Seit Jahrhunderten machten sowohl die katholische Kirche als auch die östlich orthodoxe Kirche immer für die Hannas und Marien Platz. Gewöhnlich boten die Klöster Frauen und Männern, Jung und Alt, tags und nachts einen Ort der Fürbitte an. Die Katholiken glaubten, dass die Gegenwart solcher brennender Flammen der Gemeinde und der Gesellschaft die Gnade am Leben erhalten würde.

Dieser gegenwärtige Ruf, fürbittende Missionare zu sein, steht in direkter Verbindung mit dem Plan Gottes während der gesamten Kirchengeschichte. Da dies für manche protestantische Gläubige so ein radikaler Gedanke ist, ist es wichtig wahrzunehmen, dass der Heilige Geist dies schon seit vielen Jahren tat. Für Gott ist es nichts Neues. Der Apostel Paulus legte dem jungen Timotheus nahe, finanziell für die Witwen zu sorgen, die bereit waren, Gelübde für hingebungsvolles, kontinuierliches Gebet abzulegen.

> Die aber wirklich Witwe und vereinsamt ist, hofft auf Gott und verharrt in Flehen und Gebeten Nacht und Tag ... Und dies gebiete, damit sie untadelig seien! 1. Timotheus 5,5-7

Selbst wenn die Hannas und Marien niemals zu jemandem sprechen, verbreitet ihre Gegenwart doch eine Art Gnade, die die Gemeinde bewahrt.

Anders als die Katholiken hält die protestantische Kirche keinen Platz für diese Diener bereit. Viele Protestanten kratzen sich sozusagen am Kopf und fragen sich: „Was sollen wir mit solchen Leuten tun?“ Die protestantischen Glaubensrichtungen reagierten auf Verhaltensweisen, bei denen sie dachten, die Katholiken schössen am Ziel vorbei. Unglücklicherweise haben viele der katholischen Klöster mittlerweile die Verbindung zwischen Tag-und-Nacht-Gebet und dem Missionsauftrag verloren. Sie verloren auch den Kontakt mit der umliegenden Gesellschaft, in der sie lebten. Doch trotz dieser Vernachlässigung gab es wegen ihrer Existenz dennoch Bewahrung bzw. einen gewissen Schutz vor Sünde. Trotzdem ist die Auswirkung dieser Art von Hingabe im Gebet viel größer, wenn eine lebendige Verbindung zum Missionsbefehl aufrechterhalten bleibt.

Hanna

Hanna – was für eine interessante Frau! Sie diente dem Herrn Tag und Nacht durch Fasten und Gebet.

> Und sie war eine Witwe von vierundachtzig Jahren, die wich nicht vom Tempel und diente (Gott) Nacht und Tag mit Fasten und Flehen. Lukas 2,37

Was für ein ungewöhnlicher Gedanke ist das doch für eine Frau, dem Herrn in Gebet und Fasten zu dienen! Hanna war wahrscheinlich 17 oder 18 Jahre alt, als sie heiratete, und sieben Jahre später wurde sie Witwe. Also begann sie in ihren frühen Zwanzigern, dem Herrn Tag und Nacht zu dienen. Im Alter von 84 Jahren, also 60 Jahre später, war Hanna darin immer noch treu! Sie befand sich im Tempel kontinuierlich im Gebet.

Dies ist nicht nur ein Ruf für ältere Menschen, die sich im Ruhestand ihrer säkularen Berufe befinden. Hanna war eine junge Frau in den frühen Zwanzigern, als sie damit begann.

Was für eine Frau! Geliebte, genau in dieser Stunde umwirbt der Herr die Hannas der Endzeitgemeinde und führt sie persönlich zu ihrem Platz. Dieser Ruf beschränkt sich nicht nur auf katholische Mönche. Die protestantische Kirche muss die Hannas herausrufen, einen Platz für sie finden, sie ehren und Wege bereiten, wie sie in ihrer Berufung freigesetzt werden können.

Die Salbung der Maria von Betanien

> Es geschah aber, als sie ihres Weges zogen, dass er in ein Dorf kam; und eine Frau mit Namen Marta nahm ihn auf. Und diese hatte eine Schwester, genannt Maria, die sich auch zu den Füßen Jesu niedersetzte und seinem Wort zuhörte. Marta aber war sehr beschäftigt mit vielem Dienen; sie trat aber hinzu und sprach: Herr, kümmert es dich nicht, dass meine Schwester mich allein gelassen hat zu dienen? Sage ihr doch, dass sie mir helfe! Jesus aber antwortete und sprach zu ihr: Marta, Marta! Du bist besorgt und beunruhigt um viele Dinge; eins aber ist nötig. Maria aber hat das gute Teil erwählt, das nicht von ihr genommen werden wird. Lukas 10,38-42

Maria von Betanien wird im Neuen Testament dreimal beschrieben: in Lukas 10, Johannes 11 und in Johannes 12. Interessanterweise sitzt Maria jedes Mal, wenn sie in der Bibel beschrieben wird, zu Jesu Füßen. Der Heilige Geist führte sie in einen Dienst einer extravaganten Liebhaberin ein, die auf den Herrn wartet.

Der Heilige Geist beauftragt momentan die Hannas und Marien dieser Zeit. Er beauftragt sie, ruft sie, umwirbt sie. Er identifiziert sie in ihrem eigenen Herzen.

Bereite ihnen Raum

Gott beruft diese Fürbitter zur selben Zeit, wie er auch Gläubige zum Dienst des 24-Stunden-Gebets ruft. Ich glaube, dass Gott Leiter wie mich und auch andere dazu ermutigt, die Hannas und Marien der heutigen Gemeinde herauszurufen. Ob katholisch, östlich orthodox oder protestantisch – die einzige Bedingung, nach der der Heilige Geist Ausschau hält, ist, dass sie Jesus lieben. Gott möchte, dass die gesamte Gemeinde für diejenigen einsteht, die dazu berufen sind, wie Hanna und Maria zu leben. Wir müssen damit aufhören, sie links liegen zu lassen.

Um sie verstehen zu können, muss der Leib Christi zunächst lernen, wie diese Individuen respektiert und unterstützt werden können. Historisch betrachtet leisteten die Protestanten solchen Berufungen Widerstand und betrachteten sie als vom Maßstab abweichend. Wir fürchten, dass die Hannas und Marien uns alle davon abhalten könnten, im Missionsauftrag Evangelisation zu betreiben. Manche Gemeinden lassen diese Menschen einfach abblitzen, weil sie nicht wissen, was sie mit ihnen tun sollen.

Wir müssen uns nicht davor fürchten, dass Menschen zu viel Zeit im Gebetsraum verbringen. Wenn sie aus dem Gleichgewicht geraten, dann vergiss nicht, dass sich ihnen die Möglichkeit bietet, Gottes korrigierende Stimme zu vernehmen, während sie ihre Zeit mit Wort und Gebet füllen.

Und wie sollen wir mit der Befürchtung umgehen, dass solche Menschen ein faules Leben der religiösen Isolierung hervorbringen? Wann hast du zuletzt acht Stunden am Tag gebetet? Diese Fürbitter sind keine faulen Leute. Im Gebetsraum wird ebenfalls Arbeit verrichtet, und er ist sicherlich kein Ort, an dem man aus dem Leben aussteigen kann. Obwohl wir die Gegenwart Gottes genießen können, ist es dennoch harte Arbeit, sich während der vielen Stunden der Fürbittarbeit auf das Gebet zu konzentrieren.

Manche Menschen fühlen sich von diesen Gläubigen bedroht, weil sie Angst davor haben, sich unterlegen fühlen zu müssen, wenn sie aufkreuzen. Die Antwort darauf lautet nicht, sie loszuwerden, sondern Sicherheit darin zu finden, wer du im Herrn bist. Fühl dich in deiner eigenen Berufung sicher. Deine Berufung ist die höchste Berufung für dich persönlich. Die große Mehrheit der Christen wird sich nicht an einem solchen Ort wie dem der Hanna und der Maria wiederfinden, doch glaube ich, dass wir selbst in der protestantischen Kirche wenigstens lernen werden, sie zu ehren und freizusetzen. Wir werden ihnen Raum geben. Sie werden irgendwie mit hineinpassen.

Vielleicht beruft dich der Herr, eine Hanna oder eine Maria zu sein. Vielleicht sagst du gerade zu dir selbst: „Genau das bin ich!" Wenn dies der Fall ist, wird neue Stärke in dir aufkommen, die dir dabei hilft, deine geistliche Identität zu verstehen. Gott wird dir eine feste neue Entschlossenheit und Fähigkeit schenken, andere Möglichkeiten fallen zu lassen. Ich weiß ein wenig darüber Bescheid, weil ich es in meinem eigenen Leben erfuhr, und ich empfinde ein sehr festes Gefühl der persönlichen Identität in dieser Berufung.

Große Kraft lässt sich darin finden, wenn du in der Identität zur Ruhe kommst, zu der dich Gott im Leib Christi beruft. Die Marien und Hannas werden ohne die anderen nicht viel zustande bringen. Doch wenn sie über Beziehungen mit apostolischen Teams in Lokalgemeinden in Verbindung stehen, wird der Leib Christi, der im Einklang zusammenarbeitet, eine herrliche Symphonie formen, die himmlischen Segen und Kraft freisetzt.

Die werde ich zu meinem heiligen Berg bringen und sie erfreuen in meinem Bethaus. Ihre Brandopfer und ihre Schlachtopfer sollen (mir) ein Wohlgefallen sein auf meinem Altar. Denn mein Haus wird ein Bethaus genannt werden für alle Völker.

Jesaja 56,7

11. Die Stiftshütte Davids

Mein Herz schmilzt, wenn ich über das Hohelied nachdenke, und mein Herz ist begeistert, wenn ich über die Stiftshütte Davids nachdenke. Die geistlichen Prinzipien der Stiftshütte Davids sind Schätze, über die ich meditiere, bete und oft mit meinen Freunden und Kollegen diskutiere.

Begeisterung packt mich, wenn ich über die Stiftshütte Davids spreche. Ich kann es absolut nicht erwarten, zu sehen, wie Gott die Wiederherstellung dieser mächtigen Offenbarung sich in unserer Generation entfalten lässt. Ich liebe die Tatsache, dass der Herr mich dazu berufen hat, einen stadtweiten 24-Stunden-Gebetsdienst zu leiten, der danach strebt, im Geist der Stiftshütte Davids zu funktionieren. Was für ein Segen! Gott weiß sicherlich, wie er einen Wunsch in unser Herz legt und ihn dann weit über das hinaus erfüllt, wie wir es uns erhoffen oder erträumen können.

Während Gott seinen Plan zum Bau des International House of Prayer entfaltete, schenkte er uns auch eine größere Verständnistiefe hinsichtlich der Stiftshütte Davids und wie wir heute manche ihrer Komponenten übernehmen können. Eine der vorrangigen Passagen, aber keinesfalls die einzige, findet sich in der Apostelgeschichte 15,16-17:

> Nach diesem will ich zurückkehren und wieder aufbauen die Hütte Davids, die verfallen ist, und ihre Trümmer will ich wieder bauen und sie wieder aufrichten; damit die übrigen der Menschen den Herrn suchen und alle Nationen, über die mein Name angerufen ist, spricht der Herr, der dieses tut.

Diese Schriftstelle wurde uns vom Apostel Jakobus übermittelt, als er die große Krise des Jerusalemer Rats über die Heiden beilegte. Die Debatte ging darum, ob Heiden nach der Tradition des Mose beschnitten werden sollten, bevor sie errettet sein konnten (V. 2.5).

Petrus war vom Geist Gottes zum Haus des Zenturion Kornelius geführt worden. Als die Freunde und Verwandten des Kornelius zuhörten, gab ihm der Herr die Antwort bezüglich eines Streitgesprächs. Petrus öffnete seinen Mund, und Gott brach mit Kraft in diese Situation hinein:

> Diesem geben alle Propheten Zeugnis, dass jeder, der an ihn glaubt, Vergebung der Sünden empfängt durch seinen Namen. Während Petrus noch diese Worte redete, fiel der Heilige Geist auf alle, die das Wort hörten. Und die Gläubigen aus der Beschneidung, so viele ihrer mit Petrus gekommen waren, gerieten außer sich, dass auch auf die Nationen die Gabe des Heiligen Geistes ausgegossen worden war; denn sie hörten sie in Sprachen reden und Gott erheben. Dann antwortete Petrus: Könnte wohl jemand das Wasser verwehren, dass diese nicht getauft würden, die den Heiligen Geist empfangen haben wie auch wir? Und er befahl, dass sie getauft würden im Namen Jesu Christi. Dann baten sie ihn, einige Tage zu bleiben.
>
> Apostelgeschichte 10,43-48

Dies alles war schon Geschichte, als dieser große Jerusalemer Rat in Apostelgeschichte 15 zusammentraf. Interessanterweise beantwortete Jakobus das Dilemma, indem er eine ungewöhnliche Prophetie aus Amos 9,11 zitierte:

> An jenem Tag richte ich die verfallene Hütte Davids auf, ihre Risse vermauere ich, und ihre Trümmer richte ich auf, und ich baue sie wie in den Tagen der Vorzeit.

Obwohl Jakobus diese Schriftstelle dazu gebrauchte, um zu beweisen, dass die Heiden durch Gnade errettet werden, kann aus dieser mächtigen Bibelstelle eine Anzahl weiterer Dinge geschlossen werden. Von allen Versen, die dafür hätten herangezogen werden können, entschied sich der Heilige Geist für diese undurchsichtige Passage in

Amos 9,11, in der er sich auf die Zeit bezog, in der Gott die Stiftshütte Davids wieder vollständig wiederherstellen würde. Die anfängliche Anzahlung dieser Prophetie geschah im ersten Jahrhundert. Zur Fülle sollte es jedoch bis zur Endzeit und bis zur Generation der Wiederkehr des Herrn nicht kommen.

Apostelgeschichte 15,16-17 beschreibt den Weg, auf dem Gott allen Nationen der Erde mit dem Evangelium begegnen wird. Jakobus machte für unsere Generation gerade jetzt in diesem Augenblick eine wichtige Aussage. Die Stiftshütte des David wird vollkommen wiederhergestellt werden, damit der Missionsbefehl ausgeführt werden kann. Die Bibel bezieht sich auf alle Nationen der Erde in der heutigen Zeit.

> Nach diesem sah ich: und siehe, eine große Volksmenge, die niemand zählen konnte, aus jeder Nation und aus Stämmen und Völkern und Sprachen, stand vor dem Thron und vor dem Lamm, bekleidet mit weißen Gewändern und Palmen in ihren Händen. Und sie rufen mit lauter Stimme und sagen: Das Heil unserem Gott, der auf dem Thron sitzt, und dem Lamm! Und alle Engel standen rings um den Thron und die Ältesten und die vier lebendigen Wesen, und sie fielen vor dem Thron auf ihre Angesichter und beteten Gott an. Offenbarung 7,9-11

Natürlich ist das, was hier beschrieben wird, noch nicht passiert, und so wissen wir, dass dies bis zur letzten Generation der natürlichen Geschichte nicht vollständig zutreffen wird.

Die Stiftshütte Davids verstehen lernen

Was ist eigentlich genau die Stiftshütte Davids? Es ist die Gemeinde Jesu Christi in reifer Einheit und im vollen Sieg, die die große Ernte unter stadtweiter apostolischer Salbung und Autorität einholt.

Im Alten Testament war Melchisedek sowohl Priester als auch König. Obwohl es strengstens verboten war, im Alten Bund diese Ämter zu einem zusammenzufassen, war das Amt des Melchisedek sowohl ein priesterlicher als auch ein königlicher Dienst. David,

Mose und der Messias sind ebenfalls Beispiele für die Kombination dieser zwei Dienstformen. Doch als Usia versuchte, in beiden Ämtern zu wirken, brach Lepra an seinem Körper aus.

Diese Ämter, die unter dem Alten Bund nicht vereint werden durften, müssen genaugenommen im Neuen Testament miteinander verbunden werden. Die priesterlichen und königlichen Ämter wurden im Neuen Testament zusammengefasst, weil Jesus in beiden wirksam war. Er kam im Fleisch als vollständige Verkörperung der Einheit des königlichen und priesterlichen Amtes. Trotzdem brachte David als Vorausschau auf den mächtigen Dienst Christi die zwei Ämter in der Stiftshütte Davids zusammen.

In Essenz ist der priesterliche Dienst am Herrn der eines Anbeters, der ruft: „Ich liebe dich. Ich liebe dich. Ich liebe dich." Die königliche Aufgabe trägt andererseits dafür Sorge, die Feinde Gottes zu unterwerfen und zu besiegen. Der Missionsbefehl ist eine königliche Aufgabe, in selber Weise, wie Anbetung und Fürbitte priesterliche Funktionen sind. Der priesterliche Dienst ist auf Gott ausgerichtet. Der königliche Dienst erfüllt durch den Sieg über die Feinde Gottes das Mandat des Reiches Gottes auf Erden. Anbetung und Fürbitte sind priesterliche Komponenten. Die königliche Komponente zeigt sich in König David, als er die Feinde Gottes um Israel herum besiegte.

Im Neuen Testament gebrauchen wir die Ausdrücke *priesterlich* und *königlich* nicht sehr häufig. Wir treffen sie im Buch der Offenbarung und im 1. und 2. Petrusbrief an, doch gewöhnlich werden diese Worte durch die Ausdrücke *prophetisch* und *apostolisch* ersetzt. Ich bezeichne den prophetischen Dienst als Weihrauchdienst der Anbetung, des Gebets und des Hörens der Stimme Gottes. Er verbindet die kämpfende Fürbitte mit dem „Ich liebe dich" der Anbetung. Er ist wie der Weihrauch unseres Herzens, der zur Gegenwart Gottes aufsteigt und dort in Form seines prophetischen Wortes wieder zu uns zurückkehrt. Der königliche Dienst ist das apostolische Mandat, den Missionsbefehl auszuführen und die Feinde Gottes zu besiegen.

In der Kirche von heute war und ist unser vorrangiger Fokus auf die königlichen Pflichten ausgerichtet, etwa unsere Nachbarschaft für den Herrn zu gewinnen und die Nationen in der Ernte einzuholen. Dies ist fantastisch und wert, unser Bestes dafür zu geben. Trotzdem können wir nicht die priesterliche Dimension übersehen, die in der Stiftshütte des David betont wurde. Dies ist extrem wichtig, weil ich glaube, dass Gott die priesterliche Funktion der Stiftshütte Davids wiederherstellen wird, bevor die Fülle der königlichen Kraft manifestiert wird.

Unser Gebetsdienst in Kansas City ist nur einer von vielen Diensten dieser Stadt. Stadtweite Gebetsdienste sind lediglich Katalysatoren für die Freisetzung des Gebetsgeistes auf der gesamten Kirche. Deswegen ist es wichtig, daran zu denken, dass die gesamte Gemeinde Gottes Haus des Gebets ist und sich aus allen Lokalgemeinden überall auf der Erde zusammensetzt, die die Salbung des Gebets besitzen.

Manche Individuen erkennen das größere Spektrum der zwei miteinander verwobenen Dienste der Stiftshütte Davids nicht. Deswegen sind sie der Meinung, dass sie durch Gebet allein den Dienst der Stiftshütte ausüben. Nein, die Stiftshütte Davids beinhaltet ebenso, die Nationen durch Kraft und Evangelisation zu erreichen, wie auch das Tag-und-Nacht-Gebet. Wir dürfen unser Verständnis von der Stiftshütte Davids nicht nur auf das Gebet beschränken.

Die Wiederherstellung der Stiftshütte Davids

Als David den Thron in Israel einnahm, war der Tempel noch nicht gebaut. Die Stiftshütte Gottes, das Zelt, das die Gegenwart Gottes beherbergte, und seine übernatürliche Salbung und göttliche Gunst auf der Nation war außer Gebrauch geraten. Obwohl die Stadt Jerusalem bereits als heiliges Zentrum Israels gegründet war, wurde die Bundeslade im Haus eines Individuums aufbewahrt, nachdem sie in vorangegangenen Kämpfen der Gesamtheit aller Israeliten fast verlorengegangen war.

Die Bundeslade repräsentierte an und für sich die Gegenwart Gottes unter seinem Volk. Als die Priester mit Mose durch die Wüste reisten, trugen sie die Bundeslade vor der ganzen Menschenmasse an Griffen, wie es in genauestens ausgeführten Anweisungen vorgeschrieben war. Als die Israeliten ihr Lager aufschlugen, stellten die Priester die Bundeslade in die Stiftshütte, nahe am Vorhang zwischen der Bundeslade und den Menschen. Dann erfüllte die herrliche Gegenwart Gottes den Tempel, während die Priester dienten.

Als David König wurde, entschloss er sich, die Bundeslade nach Jerusalem hineinzubringen.

> Und David beriet sich mit den Obersten über Tausend und über Hundert, mit allen Fürsten. Und David sagte zur ganzen Versammlung Israels: Wenn es euch gut erscheint und wenn es von dem Herrn, unserem Gott, ist, dann lasst uns überallhin senden zu unseren übrigen Brüdern in allen Landen Israels und außerdem zu den Priestern und zu den Leviten in den Städten (und) ihren Weideflächen, dass sie sich bei uns versammeln. Und wir wollen die Lade unseres Gottes zu uns herüberholen; denn in den Tagen Sauls haben wir sie nicht aufgesucht.
>
> 1. Chronik 13,1-3

Beim Transport der Bundeslade versammelte David gemäß der Anweisungen Gottes 288 Sänger und 4000 Musiker um sie herum, um sie nach Jerusalem hineinzugeleiten. Als die Priester ihre von Gott angeordneten Positionen einnahmen, wurde die Bundeslade mit großer Freude nach Jerusalem hineingebracht.

Mose errichtete einen dicken Schleier oder Vorhang, um die Menschen vor dem Tod zu bewahren, den sie erlitten, sollten sie die *Shekinah* (Herrlichkeit Gottes) erblicken, die auf der Bundeslade im Allerheiligsten ruhte. David jedoch tat etwas ganz anderes, was ganz erstaunlich ist. Es gab keinen Schleier, um sie davon abzuhalten, die Herrlichkeit Gottes zu sehen. Sie sahen, wie die Herrlichkeit Gottes auf der Bundeslade ruhte, als sie 24 Stunden am Tag anbeteten.

Die Stiftshütte Davids in der Endzeit

In der Endzeit wird eine große Wiederherstellung der Kraft und Gegenwart Gottes die Erde bedecken. Die Leute Gottes werden die göttliche Gegenwart, Schönheit und Kraft Gottes in einer Weise genießen, wie es zuvor niemals vorstellbar war. Die Herrlichkeit Gottes wird die Erde bedecken, wie die Wasser das Meer bedecken. Und wenn die Herrlichkeit manifestiert ist, werden die Nationen zu Jesus Christus aufschauen, und Menschenmassen um Menschenmassen werden bei der größten Seelenernte der Menschheitsgeschichte errettet werden.

Doch die Bibel enthält noch ein paar aufregende Schlüssel, die sich darauf beziehen, wie dieses unglaubliche Geschehen stattfinden wird. Es wird nicht gemäß den exzellenten Gedanken oder Programmen einer Person geschehen. Der Leib Christi wird vielmehr in Form lebendiger Steine die Plätze innerhalb der Gemeinde einnehmen und ihre Vielzahl an Funktionen ausüben. Gott wird ihnen helfen, und die Herrlichkeit wird auf beeindruckende, letzte Endzeitschau offenbart werden.

Am aufregendsten ist dabei die Rolle von Anbetung und Fürbitte. Die Priester kamen nicht zusammen, um zu predigen oder zu lehren. Sie trugen die Bundeslade der wunderbaren Gegenwart Gottes durch göttlich orchestrierten und motivierten Lobpreis.

David umgab die Bundeslade mit 288 Sängern und 4000 Musikern, die dem Herrn dienten. Dies hatte zur Folge, dass die Feinde Gottes besiegt wurden. Ich glaube, dass dies ein Bild von den Menschen im Leib Christi ist, die als lebendige Steine des Tempels fungieren, die mächtige Gegenwart Gottes umgeben und Gefäße sind, die die Salbung des Himmels auf Erden durch eine unglaubliche Schau der Herrlichkeit offenbaren.

Obwohl dies lediglich in Saatform geschieht, glaube ich, dass der 24-Stunden-Gebetsdienst in diesem prachtvollen Endzeitspektakel überall auf Erden eine Rolle spielen wird.

Die Harfe und die Schalen

> Und als es das Buch nahm, fielen die vier lebendigen Wesen und die vierundzwanzig Ältesten nieder vor dem Lamm, und sie hatten ein jeder eine Harfe und goldene Schalen voller Räucherwerk; das sind die Gebete der Heiligen.
>
> Offenbarung 5,8

Die Harfe bedeutet Lobpreis inklusive der Musik Gottes, und die Schale repräsentiert Fürbitte. Diese zwei Elemente der Anbetung steigen zum Herrn in einer interaktiven Beziehung zwischen Musik und Fürbitte auf, die von den Königen/Priestern dargeboten wird, während sie dazu gebraucht werden, die Gegenwart Gottes auf Erden freizusetzen.

In Kansas City befinden wir uns in den ersten Anfangsmomenten der Umsetzung dessen, was wir als „Harfe und Schalen"-Modell der fürbittenden Anbetung bezeichnen. Wir gebrauchen diese Schriftstelle der Offenbarung als Grundlage unseres Modells der geistlichen Kampfführung. Die Harfe und Schale deuten auf eine Fürbitte leistende geistliche Kampfführung hin, die in Interaktion zwischen Lobpreis, Musik und Gebeten stattfindet. Wie ich bereits in früheren Kapiteln bemerkte, befinden wir uns erst am Anfang unserer Reise. In zehn Jahren werden die Dinge viel weiter entwickelt und verfeinert sein.

Wie schon David suchen auch wir Gott, um herauszufinden, wie wir hier auf Erden den Lobpreis umsetzen können, der im Himmel existiert. Jesus sagte, dass wir beten sollen, damit wir den Willen Gottes auf Erden sehen können, wie er im Himmel vorliegt (siehe Matth. 6,10). Wir wollen auf Erden den Lobpreis so sehen, wie er im Himmel ist. Ich glaube, dass die Fülle Gottes im Lobpreis zuerst, und dann die Fülle der apostolischen Kraft an zweiter Stelle kommt. Gerade jetzt müssen wir danach streben, in beidem tätig zu werden.

Wir müssen danach trachten, extravagante Anbeter wie auch gesalbte Diener Gottes zu sein, die den Missionsauftrag erfüllen. Ich glaube, dass wir den Missionsauftrag in größerer himmlischer, apostolischer Kraft ausführen werden, je mehr wir anbeten.

Es gibt viele Gründe dafür, warum Gott souverän eine Harfe und Schüsseln um seinen Thron herum platzierte. Die Harfe dient beispielsweise der musikalischen Betätigung, weil Gott im Innern seines Seins ein Musiker ist. Der Heilige Geist ist ein musikalischer Geist, und auch der menschliche Geist wurde als musikalischer Geist geschaffen.

Die Wahrheit ist mächtig und bewegt unser Herz oftmals auf tiefe Weise. Die Wahrheit Gottes im Verbund mit der Musik Gottes öffnet die tiefsten Bereiche unserer Emotionen, sogar auf einer Ebene, wie es die Wahrheit ohne gesalbte Musik nicht tut. Die Wahrheit Gottes zusammen mit gesalbter Musik sorgt für mehrere Dinge. Sie berührt uns tiefer im Innern und vereinigt uns in stärkerem Maße, weil sie vielen Menschen, die sich zusammen in einem Raum befinden, ermöglicht, gleichzeitig dieselbe Wahrheitstiefe zu erleben.

In Psalm 133 wird offensichtlich, dass der befohlene Segen kommt, wenn sich Heilige in übernatürlicher Einheit zusammenschließen.

> Siehe, wie gut und wie lieblich ist es, wenn Brüder einträchtig beieinander wohnen. Wie das köstliche Öl auf dem Haupt, das herabfließt auf den Bart, auf den Bart Aarons, der herabfließt auf den Halssaum seiner Kleider. Wie der Tau des Hermon, der herabfließt auf die Berge Zions. Denn dorthin hat der Herr den Segen befohlen, Leben bis in Ewigkeit.

Die Wahrheit Gottes im Verbund mit der Musik Gottes vereint uns auf grundlegende Weise. Wir fühlen im selben Moment gemeinsam dasselbe, was einer Komponente gleichkommt, die Gott dazu gebraucht, uns im Geist Gottes zu vereinen.

Hebräer 2,11-12 sagt aus, dass der Herr seine Lieder offenbaren und sie in der Versammlung singen wird.

> Denn sowohl der, welcher heiligt, als auch die, welche geheiligt werden, sind alle von einem; aus diesem Grund schämt er sich nicht, sie Brüder zu nennen, indem er spricht: „Kundtun will ich deinen Namen meinen Brüdern; inmitten der Gemeinde will ich dir lobsingen." Hebräer 2,11-12

Der Herr wird den Menschen seine Lieder durch den Heiligen Geist schenken. Inmitten der Versammlung des Volkes Gottes wird er seinen Brüdern die Lieder des Lammes vor dem Vater schenken und die Lieder des Vaters vor dem Lamm!

Aber nicht nur der Sohn, sondern auch der Vater singt.

> Der Herr, dein Gott, ist in deiner Mitte, ein Held, der rettet; er freut sich über dich in Fröhlichkeit, er schweigt in seiner Liebe, er jauchzt über dir mit Jubel. Zefanja 3,17

Sowohl der Vater, als auch der Sohn, sind Sänger, und der Heilige Geist ist ebenso ein phänomenaler Musiker. Gemeinsam vermitteln sie ihre Musik auf Erden durch die Gemeinde. Diese Musik und Lieder verändern die geistliche Atmosphäre der Städte, in denen sie gespielt und gesungen werden. Während wir gemeinsam beten und Fürbitte tun, berühren wir in unserem Geist ein wenig diesen Bereich der Schönheit, wenn wir uns im Geist nach den Prinzipien bewegen, wie sie in der Stiftshütte Davids anzutreffen waren.

Das Fürbittemodell Davids

Der Schlüssel des Fürbittemodells Davids war, dass er drei Dinge miteinander verband. David hatte 288 Sänger und 4000 Musiker, die schichtweise 24 Stunden am Tag Gott vor der Bundeslade dienten. Es war jedoch der prophetische Geist, der auf die Sänger und Musiker kam und hier eine Schlüsselrolle spielte. Dieses Element der Prophetie wird in 1. Chronik 25 sichtbar.

> Und David und die Obersten des Heeres sonderten die Söhne Asafs und Hemans und Jedutuns zum Dienst aus, die auf Zithern und auf Harfen und auf Zimbeln geisterfüllt spielten.
>
> 1. Chronik 25,1

Ich verwende in diesem Zusammenhang das Wort *prophetisch* nicht im Sinne von dem, was kommen wird, obgleich wir in den Psalmen erkennen können, dass prophetische Voraussagen von Zeit zu Zeit unter der Menschen gemacht wurden, die in der Stiftshütte Davids dienten. Ich meine hier eher einen Geist der Inspiration, der von Gott kommt. Die Atmosphäre des Himmels wird den Sängern und Musikern vermittelt, worauf die Fürbitter bei der Offenbarung des Herzens Gottes geradezu explodieren. Wir wissen, dass David Fürbitter, Musiker und Sänger zusammenbrachte, weil es sich bei einer gewissen Zahl von Psalmen um Fürbittpsalmen handelte, die niedergeschrieben wurden.

Ich muss eingestehen, dass unsere Umsetzung des Gebets- und Anbetungsmodells in Kansas City im Geist der Stiftshütte Davids noch sehr schwach ist und sich in den Kinderschuhen befindet, doch sind wir jederzeit bereit zum Dazulernen. Wir sehnen uns danach, die

Sänger, Musiker und Fürbitter im Fluss interaktiver Beziehungen zu halten, was wir als das Harfe-und-Schalen-Modell bezeichnen.

Esra war ein Leiter, der die Anbetungsordnung Davids in seiner Generation neu einsetzte. Nehemia 11-12 liefert uns eine grafische und detaillierte Beschreibung des aufeinander abgestimmten Gesangs bzw. Wechselgesangs und Sprechens, das vor dem Herrn stattfand.

Esra 3,11 beschreibt die Aktivitäten der flexibel agierenden Sänger. Gewöhnlich sang ein Sänger, dann antwortete der andere. Dann tat eine Person für einen Moment Fürbitte, worauf die Sänger das Gebet sangen. Dann wiederholte sich das Muster.

> Und sie stimmten (einen Wechselgesang) an mit Lob und Preis dem Herrn: Denn er ist gut, denn seine Gnade (währt) ewig über Israel. Und das ganze Volk jauchzte mit gewaltigem Jauchzen beim Lob des Herrn wegen der Grundsteinlegung zum Haus des Herrn.

In unserem Gebetsdienst verwenden wir apostolische Gebete, die unser grundlegendes neutestamentliches Modell darstellen. Die Abfolge sieht etwa folgendermaßen aus: Der Schlagzeuger spielt etwas, dann spielt die E-Gitarre. Danach setzt der Gesang ein, und dann beten wir. Wir beten nach Epheser 1,17 um den Geist der Weisheit und Offenbarung für die Stadt. Wir beten 2.Thessalonicher 3,1 für die Stadt, damit sich das Wort Gottes dort schnell ausbreitet, Jesus Chris-tus verherrlicht wird, und dass er uns in die Liebe Gottes für die Stadt hineinführt.

> Dass der Gott unseres Herrn Jesus Christus, der Vater der Herrlichkeit, euch gebe (den) Geist der Weisheit und Offenbarung in der Erkenntnis seiner selbst. Epheser 1,17

> Übrigens, Brüder, betet für uns, dass das Wort des Herrn laufe und verherrlicht werde wie auch bei euch.
> 2.Thessalonicher 3,1

Dies sind ein paar der Gebete, die wir beten, und die von den Aposteln für die Gemeinden aufgezeichnet wurden. Diese Schriftstellen werden zum Eintrainieren der apostolischen Gebete verwendet, oder anders ausgedrückt, der Gebete, die von den neutestamentlichen Aposteln gebraucht wurden.

Die zweite Art von Schriftstellen, die wir normalerweise verwenden, findet sich in der 17. Hymne der Offenbarung. Wir gebrauchen auch die Psalmen Davids als Ergänzung und Vervollständigung der Hymnen, die sich in der Offenbarung finden. Wir greifen auf deren Sprache zurück, um den Bereich der Schönheit zu berühren. Wir singen das Hohelied der Liebe, wie auch die Lieder der alttestamentlichen Propheten, bis zum Ende durch.

Die Zusammenarbeit zwischen Sängern, Musikern und Fürbittern bei den apostolischen Gebeten, Hymnen der Offenbarung, Psalmen Davids und im prophetischen Geist resultieren in der Verheißung, die in Jesaja gegeben wird:

> Die werde ich zu meinem heiligen Berg bringen und sie erfreuen in meinem Bethaus. Ihre Brandopfer und ihre Schlachtopfer sollen (mir) ein Wohlgefallen sein auf meinem Altar. Denn mein Haus wird ein Bethaus genannt werden für alle Völker.
>
> Jesaja 56,7

Jesus zitierte diesen Vers gleichfalls, als er in Jerusalem einzog und sein Reich verkündete (siehe Matthäus 21,13).

Neben den Gebeten, die wir beten und singen, streben wir danach, im International House of Prayer Wechselgesänge zu gestalten. Im Altertum sangen Chöre die Lieder Davids im Wechselgesang, wobei sie sich in Chorussen und Refrains antworteten. Wechselgesänge existieren auch im Himmel.

Die Hymnen der Offenbarung sind vom Stil her im Wechselgesang gehalten. Beispielsweise singt hier die Gemeinde, worauf die Engel schließlich antworten. Dann antworten wieder die 24 Ältesten (siehe Offenbarung 5,8-14). Beachte einmal, dass sich Sänger und Sprecher in dieser besonderen Feier fünfmal in sieben Versen abwechselten. Sie antworten einander in Anbetung und Fürbitte vor dem Thron. Im gesamten Buch der Offenbarung wird dieser Stil vor dem Thron verwendet.

Wir sehnen uns danach, den Wechselgesang in unseren Fürbittedienst zu integrieren, doch befinden wir uns dabei gegenwärtig noch in der Planungsphase. Hier ist viel Talent und Training notwendig, um Chöre zusammenzustellen, die im Wechselgesang agieren können.

Die Atmosphäre im Haus des Gebets

Die Vorläufer werden in der Atmosphäre des House of Prayer genährt und aufgebaut. König David spricht in Psalm 27,4 von dieser Wahrheit und beteuert, dass er am liebsten die Schönheit des Herrn sehen möchte. Sind wir erst einmal einer so faszinierenden Schönheit begegnet, möchten wir unseren Blick davon gar nicht mehr abwenden. David befragt den Herrn als Prophet und geht dann hinaus, um die Feinde Gottes als König zu besiegen. Nach dem Kampf kehrt David als Priester wieder zurück und wird gereinigt, geheilt und gewaschen.

David befragte also zunächst den Herrn, um in jeder gegebenen Lage eine göttliche Strategie zu empfangen, damit er die Absichten Gottes ausführen konnte. In anderen Worten wurde er zu einem apostolischen Gesandten, der die Feinde Gottes besiegen sollte.

Die Stiftshütte Davids ist grundlegend wichtig, um den Herrn betrachten zu können, mit Kraft erfüllt und geheilt zu werden.

Diese Schlachten werden außerhalb des Gebetsraums im natürlichen Bereich gewonnen, nachdem der geistliche Sieg zuvor im Haus des Gebets errungen wurde. Das Haus des Gebets dient sowohl als Startrampe, um nach Empfang einer göttlichen Strategie bestimmte Dinge in Gang zu bringen als auch als Ort, an dem geistliche Schlachten tatsächlich gewonnen werden. Das Vorbild des Lebens Davids zeigt uns, dass diese Gebetserfahrung in seiner Stiftshütte sowohl ein Sprungbrett zum Handeln, als auch einen Ort geistlicher Kampfführung darstellte, um den Sieg vor der Aktion sicherzustellen.

Beim Training unserer Fürbitter und Anbeter in Kansas City sprechen wir auch davon, dass wir an der himmlischen Symphonie und dem göttlichen Bereich der Schönheit Anteil haben wollen. In der gesamten Schöpfung ist dieser geistliche Ort der ultimative Höhepunkt des Lebens und der Kraft. Wenn wir uns diesem Bereich öffnen, berührt er unsere Emotionen und wir fühlen und erleben mehr

Kraft als an jedem anderen Ort. Dieser Bereich der himmlischen Symphonie und der Schönheit Gottes wird gewöhnlich vom Leib Christi übersehen, doch momentan findet hier gerade eine Änderung statt. Der Heilige Geist wird die Aufmerksamkeit des Leibes Christi auf sich ziehen und ihn an diesem Bereich der Schönheit Gottes ausrichten.

Ich kenne nur ein paar wenige Bedeutungen von diesem Bereich, doch das alleine schon, was ich weiß, ist wirklich mächtig. Ich fange gerade an zu verstehen, was es bedeutet, diesen geistlichen Bereich zu berühren. Haben wir uns einmal diesem Bereich geöffnet, werden wir fasziniert, innerlich erregt und von Liebeskummer gepackt.

Unser faszinierender Gott möchte, dass seine Nachfolger auf Erden und im Himmel ein Leben führen, das sich vom Fasziniertsein von Gott nährt. Weil wir nicht viel davon vertragen, lässt der Herr zu, dass uns nur kleine Teilchen dieser Faszination berühren dürfen. Unsere Kapazität ist so beschränkt, dass nur wenig davon schon große Auswirkung hat.

Wenn wir anbeten, erleben wir das Leben von seiner besten Seite. Den Höhepunkt unserer Anbetung erleben wir, wenn wir auf dem gläsernen See stehen und seinen herrlichen Thron bewundern. Die Anbetung spült uns vor Gott hin und erlaubt uns, den Thron Gottes zu erleben, während wir uns noch hier auf der Erde befinden. Bei der Auferstehung werden wir die Herrlichkeit erleben und in einem weit größerem Maß Anteil daran haben, wir sollten aber nicht bis zur Auferstehung darauf warten. Wir müssen uns gerade jetzt dort hineinbegeben. Je mehr wir uns darauf konzentrieren und darüber meditieren, desto erlebbarer wird auch diese Realität.

Während wir den Herrn suchen, um von ihm ein Muster zu empfangen, das dazu dient, den Gebetsdienst im Geist der Laubhütte Davids in Form eines Ortes wieder herzustellen, an dem wir seine Schönheit bestaunen können und erfrischt und beschützt werden, beten wir um eine entsprechende Freisetzung seiner Salbung. Wir bitten ihn darum, die Schlüssel Davids bereitzustellen, die die Laubhütte Davids in dieser Generation öffnen. Wir bitten ihn darum, dafür zu sorgen, dass Menschen, die wie du Jesus Christus lieben, mit einem Herzen ähnlich dem Davids hervortreten und sich danach sehnen, das wunderschöne Antlitz des Herrn zu bestaunen.

Um Mitternacht aber entstand ein Geschrei: Siehe, der Bräutigam! Geht hinaus, ihm entgegen! Matthäus 25,6

12. Jesus: Bräutigam, König und Richter

In dieser Stunde präsentiert der Heilige Geist drei unterschiedliche Gesichter Jesu: den Bräutigam, den König und den Richter. Mir ist klar, dass ich den göttlichen Bräutigam nicht zuverlässig verkündigen kann, wenn ich diese Botschaft nicht in der vollen Offenbarung von Jesus Christus als Bräutigam, König und Richter präsentiere. Jesus Christus wünscht sich von uns, dass wir ihn vollständig als den lieben, der er ist – und nicht nur einen Teil von ihm. Wir können keine Verkünder des Bräutigams sein, wenn wir den Weg nicht im Gericht ebnen.

Ich denke immer wieder darüber nach, wie Johannes der Täufer den Weg nicht nur dadurch bereitete, die Freude des Bräutigams zu verkündigen, sondern auch dadurch, dass er gleichfalls über die zeitlichen und ewigen Gerichte Gottes predigte. Andererseits können wir auch keine Prediger der Gerichte Gottes sein, solange wir nicht den Weg in Liebe bereiten und ihn nicht als Bräutigam voller Zuneigung verkünden.

Jesus wird als König der Könige bezeichnet, weil er schon immer als König existierte (siehe Offenbarung 19,16). Er ist König mit ewiger Vergangenheit bis hinein in alle Ewigkeit. Jesus, der große König, der alle Macht hat, besitzt das Herz eines Bräutigams. Seit Ewigkeiten brennt in Jesus, dem Bräutigam, die Leidenschaft für uns. Als König ist ihm alle Kraft zu Eigen, und als Richter besitzt er die Gerechtigkeit und den Eifer, alles zu beseitigen, was sich der Liebe entgegenstellt.

So glaube ich in dieser geschichtsträchtigen Stunde, dass wir die Offenbarung des Heiligen Geistes von Jesus auf einer ganz neuen Ebene erfassen werden – und wir befinden uns in einem herrlichen, lang herbeigesehnten Moment des sich entfaltenden Geheimnisses Gottes.

Die Offenbarung von Jesus Christus

In den zweitausend Jahren der Kirchengeschichte hat die Gemeinde die Offenbarung von Jesus als Bräutigam nahezu vollständig vernachlässigt. Das Thema seiner brennenden Leidenschaft für uns Menschen war nicht gerade der Mittelpunkt unseres Interesses. Nichtsdestoweniger beinhaltet das Wort Gottes Prophetien, die klar besagen, dass der Messias als Bräutigam erkannt werden wird, *bevor* er zurückkommt – und nicht erst danach. Jetzt, in diesem Augenblick, schließt der Heilige Geist der Gemeinde überall auf der Welt dieses Verständnis auf. Es kann sehr gut möglich sein, dass du einer von denen bist, die darauf vorbereitet werden, Jesus als den leidenschaftlichen Bräutigam zu verkündigen.

Wir müssen uns daran erinnern, dass er nicht nur Bräutigam ist, sondern auch König. Er ist der alles überragende König, der Macht über die Ozeane hat, die Sonne, über die Sterne und den natürlichen Körper. Was er in 2. Mose und in der Apostelgeschichte tat, wird sich wiederholen. Er wird in seiner Rolle als König die Völker der Erde in Form einer großen Ernte einholen.

Wir besitzen nur ein beschränktes Verständnis von Jesus als König. Im Grunde beschreiben viele unserer Anbetungslieder seine Position als König, doch besitzen wir nur eine kleine Offenbarung von dem Jesus, der die Sterne entstehen lässt und auf dessen Worte die Ozeane hören. Wir müssen noch den König erkennen, der Tausende Gelähmte durch ein einziges Wort heilt. Die Bibel verkündet auch noch, dass er in der Endzeit in den Himmeln, den Sternen, dem Wetter, den Ozeanen und den Nationen wirken wird. Er wird seine königliche Macht demonstrieren und alles erschüttern, was nur erschüttert werden kann.

> Darum werde ich die Himmel erzittern lassen, und die Erde wird aufbeben von ihrer Stelle beim Grimm des Herrn der Heerscharen und am Tage seiner Zornglut. Jesaja 13,13

Er ist ein überragender König. Ich beziehe mich gerne auf unseren Retter als den „Jesus in 1. Mose 1" – in anderen Worten, auf den Jesus, der als unerschaffener Gott sprach und die Schöpfung aus dem Nichts heraus entstehen ließ. Vor kurzem studierte ich 1. Mose 1 aus der neuen Perspektive eines Anbeters und Liebhabers Gottes heraus. Satz um Satz, Passage um Passage rief ich laut aus: „Jesus, hast du das wirklich alles getan?"

Jesus ist heute derselbe Schöpfergott wie im 1. Mose. Dieser überragende König ist gerade dabei, vor seinem zweiten Kommen auf der natürlichen Geschichtsbühne noch große Dinge zu tun. Jesus Christus wird in überragender Macht kommen. Er wird sich aufrichten und auf Erden bekannt sein.

> Vor dem gewaltigen Tosen fliehen die Völker, vor deinem Aufstehen zerstreuen sich die Nationen … Jetzt will ich aufstehen, spricht der Herr. Jetzt will ich mich aufrichten, jetzt mich erheben … Und die Völker werden zu Kalk verbrannt, wie abgehauene Dornen, die im Feuer verbrennen … Die Sünder in Zion sind erschrocken, Zittern hat die Gottlosen gepackt … Deine Augen werden den König schauen in seiner Schönheit, sehen werden sie ein weithin offenes Land. Dein Herz wird an den Schrecken denken: Wo ist der, der zählte? Wo der, der abwog? Wo ist der, der die Türme zählte? … Sondern – dort ist ein Mächtiger bei uns, der Herr – (es ist) ein Ort mit Flüssen, mit breiten Strömen; keine Ruderflotte fährt darauf, und kein mächtiges Schiff zieht darüber hin. Denn der Herr ist unser Richter, der Herr unser Anführer, der Herr unser König. Er wird uns retten … Und kein Einwohner wird sagen: Ich bin schwach. Dem Volk, das darin wohnt, wird die Schuld vergeben sein.

Diese mächtige Offenbarung der Macht Christi wird seine schrecklichen Gerichte manifestieren. Zusätzlich wird ein größeres Ausmaß an

Heilungswundern von einer unvorhergesehenen Zahl Menschen begleitet werden, die während der Endzeit errettet werden.

Ich persönlich glaube, dass Gott die natürliche Menschheitsgeschichte mit einer Machtdemonstration beenden wird, gleich der Macht, mit der er sie begann. Im 2.Thessalonicher beschreibt der Apostel Paulus die Szene des letzten Tages der natürlichen Geschichtsschreibung.

> … und euch, den Bedrängten, mit Ruhe, zusammen mit uns bei der Offenbarung des Herrn Jesus vom Himmel her mit den Engeln seiner Macht, in flammendem Feuer. Dabei übt er Vergeltung an denen, die Gott nicht kennen, und an denen, die dem Evangelium unseres Herrn Jesus nicht gehorchten; sie werden Strafe leiden, ewiges Verderben vom Angesicht des Herrn und von der Herrlichkeit seiner Stärke, wenn er kommt, um an jenem Tag in seinen Heiligen verherrlicht und in allen denen bewundert zu werden, die geglaubt haben.
>
> 2. Thessalonicher 1,7-10

Wenn der Vorhang der Zeit fällt, wird sich Jesus in den Wolken befinden, der gesamte Himmel von flammendem Feuer erfüllt sein, werden alle himmlischen Engel einen Kreis bilden, um das Geschehen mitzuverfolgen, und alle Erlösten bei ihm versammelt sein. Während der Himmel das Geschehen inmitten der Geschehnisse beobachtet, werden die Könige der Erde zu den Bergen rennen und sie darum bitten, unter ihnen begraben zu werden.

> Und ich sah, als es (Anm.: Jesus, das Lamm) das sechste Siegel öffnete: und es geschah ein großes Erdebeben; und die Sonne wurde schwarz wie ein härener Sack, und der ganze Mond wurde wie Blut, und die Sterne des Himmels fielen auf die Erde, wie ein Feigenbaum, geschüttelt von einem starken Wind, seine Feigen abwirft. Und der Himmel schwand dahin wie ein Buch, das zusammengerollt wird, und jeder Berg und jede Insel wurden von ihren Stellen gerückt. Und die Könige der Erde und die Großen und die Obersten und die Reichen und die Mächtigen und jeder Sklave und Freie verbargen sich in die Höhlen und in die Felsen der Berge; und sie sagten zu

> den Bergen und zu den Felsen: Fallt auf uns und verbergt uns vor dem Angesicht dessen, der auf dem Thron sitzt, und vor dem Zorn des Lammes! Denn gekommen ist der große Tag ihres Zorns. Und wer vermag zu bestehen? Offenbarung 6,12-17

Diese mächtige Stunde der Wut und der Herrlichkeit wird mit der Machtdemonstration von 1. Mose 1 vergleichbar sein.

Was für ein mächtiger Moment! Der Geliebte, Bräutigam, sanfte Hirte und Herr der Ernte wird auch als gerechter Richter kommen. Bevor die natürliche Menschheitsgeschichte vorbei ist, wird Gott seine Gerichte auf die Erde kommen lassen. Diese Gerichte werden im Grunde seine Gnade freisetzen und die Zahl der Menschen vergrößern, die seine Erlösung empfangen. Das Wort Gottes sagt nämlich:

> Denn wenn deine Gerichte die Erde (treffen), lernen die Bewohner des Erdkreises Gerechtigkeit. Jesaja 26,9

Die Gemeinde der westlichen Welt besitzt nur sehr wenig Erkenntnis vom und Erwartung gegenüber dem göttlichen Bräutigam, der als furchteinflößender Richter in die natürliche Menschheitsgeschichte einbrechen wird. Die Gerichte Gottes sind real und von 1. Mose bis zur Offenbarung werden sie immer wieder klar aufgeführt.

Selbst in diesem Moment lässt Gott Vorläufer hervorkommen, die den königlichen Bräutigam als Richter allen Lebens predigen. Dieser Vorläuferdienst wird der Gemeinde Lehre vermitteln, die davon handelt, dass Gott beabsichtigt, diese unvermeidbaren Gerichte freizusetzen. Es ist wichtig, dass die Braut mehr Verständnis davon bekommt, warum der göttliche Bräutigam diese Gerichte freisetzen muss. Ohne das Verständnis, warum seine Gerichte diejenigen Dinge beseitigen, die die Liebe behindern, könnte selbst die Gemeinde, die Jesus liebt, versucht sein, sich von ihm zurückzuziehen und ihn wegen seiner Grausamkeit und Härte anzuklagen, wie sie in den Gerichten zutage tritt. Weil sich Gott nach einer bereitwilligen Partnerschaft mit seiner Gemeinde sehnt, muss sie auch verstehen, dass seine Gerichte im Grunde die Liebe auf Erden stärken und nicht zerstören. Damit eine freiwillige Partnerschaft möglich wird, müssen wir Verständnis und Offenbarung erhalten. Prophetisch gesalbte Vorläufer werden der Braut den Weg bereiten, indem sie einen Teil der

Weisheit und des Verständnisses proklamieren, die sie empfangen muss, um für den Triumph in den vor ihr liegenden Tagen vorbereitet zu sein. Während sich die Geschehnisse schrittweise entfalten, wird das Geheimnis Gottes offenbart werden.

In der letzten Generation werden drei bislang noch nie zuvor gesehene Hauptaktivitäten stattfinden. Obwohl wir diese in früheren Kapiteln näher betrachteten, möchte ich sie hier noch einmal zusammenfassen.

Das erste Gebot wird wieder an der ersten Stelle stehen

Vor allem wird Gott das erste Gebot wieder an die erste Stelle stellen. Die Leute Gottes werden den Herrn von ganzem Herzen lieben. Leidenschaftliche und extravagante Liebhaber Gottes werden die Norm in der weltweiten Gemeinde sein. Die Schwachen und Gebrochenen der Gemeinde werden übernatürlich dazu befähigt werden, Gott von ganzem Herzen zu lieben. Diese Wiederherstellung wird nicht auf bestimmte Menschen oder Apostel beschränkt sein, sondern wird Hausfrauen, Geschäftsleute und Teenager mit einschließen.

Ich möchte dir prophezeien und mitteilen, dass das erste Gebot wieder an die erste Stelle gestellt sein wird, bevor der Herr zurückkommt.

Die große Ernte

Es wird zudem eine große Ernte an Seelen geben, die ins Reich Gottes eingebracht werden. Mehr Menschen als jemals zuvor in der Geschichte werden gerettet werden. Die Kraft Gottes wird ausgegossen werden, und Gott wird sich die Nationen zur Seite nehmen. Denk nur einmal darüber nach, wie viele Individuen allein in den Vereinigten Staaten leben!

Wir wissen nicht wirklich, wie die große Ernte im Einzelnen aussehen wird, doch die Bibel deutet darauf hin, dass die Massen in einer sehr kurzen Zeitspanne ins Reich Gottes kommen werden, während der König seine Macht zeigt. Dies scheint schon in einigen Ländern der Dritten Welt zu passieren. Die Zahl an Menschen, die in China, Südamerika und Korea zum Herrn kommen, gehen über unsere Vorstellungskraft hinaus. Riesenevangelisationen von vormals unvorstellbarer Größe werden etwas Gewohntes sein. Die Zahl an Seelen, die für den Herrn geerntet werden, wächst gerade zunehmend und stetig an. Vielleicht liege ich da falsch, aber ich glaube, dass wir uns gerade ganz am Anfang der letzten Generation befinden.

Vielleicht sagen manche, dass der Herr heute Nacht kommen könnte. Es könnte so sein. Ich hoffe auch, dass es so ist! Doch ich glaube nicht, dass es so sein wird. Ich glaube, dass wir bis zur Wiederkehr des Herrn noch etwas Zeit haben. Ich bin mir nicht sicher darüber, wann dies passieren wird, aber ich glaube, dass es nicht weit von jetzt entfernt ist. Es könnte in den nächsten Jahrzehnten passieren.

Bislang noch nie da gewesene zeitliche Gerichte

Offenbarung 9,15 liefert eine erstaunliche Aussage. Im Grunde wird sie sogar wiederholt. Hier heißt es, dass ein Drittel der gesamten Weltbevölkerung durch die zeitlichen Gerichte Gottes getötet werden wird. Ein Drittel der Weltbevölkerung, ein Drittel der Menschen, die auf diesem Planeten leben, werden durch katastrophale Vorgänge in den letzten Geschehnissen vor der Wiederkehr des Herrn umkommen. Vor dem zweiten Kommen Christi wird ein Drittel aller Menschen auf dieser Erde ihr Leben in Plagen verlieren, während die göttlichen Gerichte freigesetzt werden.

> Und die vier Engel wurden losgebunden, die auf Stunde und Tag und Monat und Jahr gerüstet waren, den dritten Teil der Menschen zu töten. Offenbarung 9,15

Die Endzeitgerichte Gottes haben schon begonnen. Erdbeben, Plagen, chemische Kriegsführung und Gewalt haben in alarmierendem

Maße zugenommen. Wenn wir genau hinhören, können wir das Flüstern vor dem Schrei wahrnehmen.

Zusammenfassung

Die drei Gesichter Jesu Christi – Bräutigam, König und Richter – werden in den Endzeitaktivitäten des Heiligen Geistes, wie sie bislang noch nie gesehen wurden, offenbart und betont werden. Diese drei Gesichter werden in der Wiederherstellung des ersten Gebots an erster Stelle, in der großen Ernte und der Freisetzung der zeitlichen Gerichte ersichtlich.

Gott wird die Offenbarung des Bräutigams dazu gebrauchen, das erste Gebot wieder an die erste Stelle zu stellen. Wenn wir den leidenschaftlichen Liebhaber wahrnehmen, werden auch wir zu leidenschaftlichen Liebhabern Gottes. Die Offenbarung des Königs wird uns dahin führen, in der Kraft Gottes bestimmte Dinge zu tun, wenn wir hinausgehen, um der großen Ernte zu begegnen. Die Offenbarung des Richters wird uns dahin leiten, mit ihm zusammen seine Gerichte freizusetzen.

Während ich hier dieses Buch zu Ende schreibe, habe ich gerade erst begonnen. Ich sende dich von hier aus, um zu suchen. Ich ermutige dich, die Schrift zu studieren und über dem Wort Gottes zu meditieren. Öffne dem leidenschaftlichen Liebhaber dein Herz. Er ist über dich begeistert und Feuer und Flamme für dich, während du in ihm heranreifst. Denk immer daran, dass Gott dich liebt und dass du sein Herz mit Freude erfüllst.

Wenn du ihm dein Herz zuwendest, dann sei ermutigt, dass eine mächtige neue Dimension seiner Gegenwart darauf wartet, entfaltet zu werden. Sie ist das Geheimnis ewiger Zeiten, der himmlische Bräutigam und du – seine Geliebte. Die explosive Kraft dieser Offenbarung wird dich herausfordern und darauf vorbereiten, den Herausforderungen der Heiligkeit, des Erbarmens und der Schönheit gegenüberzutreten, die im herrlichen Zeitalter auf dich warten, in dem du jetzt lebst. Dein Leben ist etwas Besonderes. Du wurdest für so eine Zeit wie diese vorbereitet. Du wurdest für einen bestimmten Zweck geboren. Und das Beste von allem:

Das Beste kommt noch!

ANMERKUNGEN

Kapitel 7:

1. C. S. Lewis, The Weight of Glory and Other Addresses (Grand Rapids, MI: Eerdmans, 1965), S. 2.
2. John Piper, Future Grace (Sisters, OR: Multnomah, 1995), S. 9.
3. Sam Storms, Pleasures Evermore: The Life-Changing Power of Enjoying God (Colorado Springs, CO: NavPress, 2000), S. 31-32.